ŒUVRES DE SIMONE DE BEAUVOIR

Aux Éditions Gallimard

Romans

L'INVITÉE (1943).

LE SANG DES AUTRES (1945).

TOUS LES HOMMES SONT MORTELS (1946).

LES MANDARINS (1954).

LES BELLES IMAGES (1966).

QUAND PRIME LE SPIRITUEL (1979).

Récit

UNE MORT TRÈS DOUCE (1964).

Nouvelle

LA FEMME ROMPUE (1968).

Théâtre

LES BOUCHES INUTILES (1945).

Essais — Littérature

PYRRHUS ET CINÉAS (1944).

POUR UNE MORALE DE L'AMBIGUÏTÉ (1947).

L'AMÉRIQUE AU JOUR LE JOUR (1948).

LE DEUXIÈME SEXE, I et II (1949).

PRIVILÈGES (1955). (Repris dans la coll. Idées sous le titre FAUT-IL BRÛLER SADE ?)

Suite de la bibliographie en fin de volume

LE SANG DES AUTRES

LE SANG DES AUTRES

SIMONE DE BEAUVOIR

LE SANG
DES AUTRES

roman

GALLIMARD

A Nathalie SOROKINE.

Chacun est responsable
de tout devant tous.

(Dostoïevski.)

I

Quand il ouvrit la porte, tous les yeux se tournèrent vers lui :
— Que me voulez-vous? dit-il.

Laurent était assis à califourchon sur une chaise devant le feu.

— Il faut que je sache si c'est décidé ou non pour demain matin,
dit Laurent.

Demain. Il regarda autour de lui. La pièce sentait la lessive et
la soupe aux choux. Madeleine fumait, les coudes sur la nappe.
Denise avait un livre devant elle. Ils étaient vivants. Pour eux,
cette nuit aurait une fin; il y aurait une aube.

Laurent le regarda.

— On ne peut pas attendre, dit-il doucement. C'est à huit heures
que je dois aller là-bas, si j'y vais.

Il parlait avec précaution, comme à un malade.

— Naturellement.

Il savait qu'il fallait répondre, et il ne pouvait pas répondre.

— Écoute, viens me voir en te réveillant : tu n'auras qu'à frapper;
j'ai besoin de réfléchir.

— Entendu. Je frapperai vers six heures, dit Laurent.

— Comment est-elle? dit Denise.

— Pour l'instant elle dort, dit-il.

Il marcha vers la porte.

— Appelle si tu as besoin do quelque chose, dit Madeleine.
Laurent va aller se reposer. Mais nous restons là toute la nuit.

— Merci.

Il poussa la porte. Décider. Les yeux sont fermés, un râle s'échappe
des lèvres, le drap se soulève et retombe, il se soulève trop; la vie

se fait trop visible, trop bruyante, elle peine, elle va s'éteindre, elle sera éteinte à l'aube. A cause de moi. Jacques d'abord et à présent Hélène. Parce que je ne l'ai pas aimée et parce que je l'ai aimée; parce qu'elle s'est approchée si près, parce qu'elle est demeurée si loin. Parce que j'existe. J'existe, et elle, libre, solitaire, éternelle, la voilà asservie à mon existence, ne pouvant pas éviter le fait brutal de mon existence, rivée à la suite mécanique de ses moments; et au bout de la chaîne fatale, atteinte au cœur d'elle-même par l'acier aveugle, la dure présence de métal, ma présence, sa mort. Parce que j'étais là, opaque, inévitable, sans raison. Il aurait fallu ne jamais être. D'abord Jacques, à présent Hélène.

Dehors, c'est la nuit, la nuit sans réverbère, sans étoiles, sans voix. Tout à l'heure une patrouille a passé. A présent, plus personne ne passe. Les rues sont désertes. Devant les grands hôtels et les ministères, des factionnaires montent la garde. Rien n'arrive. Mais ici quelque chose arrive : elle meurt. « Jacques d'abord. » Encore ces mots figés. Mais dans le lent écoulement de la nuit, à travers d'autres mots et les images passées, le scandale originel déroule son histoire. Il a pris la figure particulière d'une histoire, comme si autre chose avait été possible, comme si dès ma naissance tout n'avait pas été donné : l'absolue pourriture cachée au sein de tout destin humain. Tout entière donnée à ma naissance, et tout entière présente dans l'odeur et la pénombre de la chambre d'agonie, présente à chaque minute et dans l'éternité. Aujourd'hui et de tout temps, je suis là. J'ai toujours été là. Avant il n'y avait pas de temps. Dès que le temps a commencé, j'ai été là, pour toujours, par delà ma propre mort.

Il était là, mais d'abord il ne le savait pas. Maintenant je le vois, penché à la fenêtre de la galerie. Mais lui ne savait pas. Il croyait que le monde seul était présent. Il regardait les verrières encrassées d'où montait par bouffées une odeur d'encre et de poussière, l'odeur du travail des autres; le soleil inondait les meubles de vieux chêne tandis que les gens d'en bas suffoquaient dans la lumière terne des lampes à abat-jour verts; tout le long de l'après-midi les machines ronronnaient, monotones. Parfois, il s'enfuyait. Parfois, il restait longtemps immobile, laissant le remords entrer en lui par les yeux, par les oreilles, par les narines. Au ras du sol, sous les vitres sales, l'ennui stagnait; et dans la longue pièce aux murs clairs, le remords s'étirait en volutes douceâtres. Il ignorait que par le vasistas les

dîner. Maintenant il était
cristal brillait de tous ses
ruits glacés scintillaient;
urs, les belles dames sou-
mblait pas à ces fées par-
aules; ses cheveux noirs
moiré autour de sa tête;
urs, ni à des gâteaux opu-
ts bleutés. Une présence,
'un bout à l'autre du salon,
talons trop hauts; et elle
e visage chaviré, cette voix
de Louise; et maintenant
le tapis. Le petit de Louise
ge : Louise assise au bord
Et même, à travers l'image
présent les robes mauves,
désir de mordre dans ces
ces chevelures, de froisser
it de Louise est mort. En
pas ma mort. Je ferme les
ue je me souviens et sa mort
sa mort. Je me suis faufilé
squ'au sommeil à cause de
avec le potage tiède, plus
te de sourire pendant que
larmes et non les siennes.

re. Il pensait que la faute
ses doigts crispés s'étaient
nouée. Il ne devinait pas
poumons, le sang qui coule
ensait que s'il s'appliquait
goût souillé. Il s'appliquait.
et son regard naïf caressait
l'avenir. *Feuille nue; toile*
delà les révolutions futures.
e Jacques, ce sang; ce sang
ns épargnée et pour chaque

ouvriers pouvaient apercevoir en levant la tête son visage frais et sage d'enfant bourgeois.

La moquette bleue était douce sous la joue, la cuisine aux reflets cuivrés exhalait une bonne odeur de lard fondu et de caramel; dans le salon bruissaient des voix lisses comme la soie. Mais dans le parfum des fleurs d'été, dans les flammes crépitantes de l'hiver douillet, inlassablement le remords rôdait. Quand on partait en vacances, on l'abandonnait derrière soi; sans remords les étoiles filaient au ciel, les pommes craquaient sous la dent, l'eau douce mouillait les pieds nus. Mais dès qu'on rentrait dans l'appartement embaumé sous les housses blanches, dès qu'on secouait les rideaux farcis de naphtaline, on le retrouvait patient, intact. Les saisons passaient, les paysages changeaient, dans les livres dorés sur tranche de nouvelles aventures se déroulaient. Mais rien n'altérait le murmure égal des machines.

Du rez-de-chaussée sombre, l'odeur s'insinuait dans toute la maison. « Un jour, ce sera ta maison. » Sur la façade, il y avait écrit en lettres gravées dans la pierre : « Blomart et Fils, Imprimeurs. » Son père montait d'un pas tranquille des ateliers au grand appartement, il respirait sans trouble cet air épais qui stagnait dans l'escalier. Élisabeth et Suzon ne soupçonnaient rien non plus; elles accrochaient des gravures aux murs de leurs chambres, elles disposaient des coussins sur leurs lits-divans. Mais sa mère connaissait, il en était sûr, ce malaise qui altérait l'éclat des plus belles journées; pour elle aussi à travers les lames du parquet brillant, à travers les tentures de soie et les tapis de haute laine, le remords filtrait.

Peut-être l'avait-elle rencontré ailleurs encore, sous des figures inconnues; elle l'emportait partout avec elle, sous les manteaux de fourrure, sous les robes pailletées, étroitement collé à son petit corps potelé. C'était pour ça sans doute qu'elle avait toujours l'air de s'excuser; elle parlait sur un ton d'excuse aux domestiques, aux fournisseurs; elle marchait à petits pas rapides, toute ramassée sur elle-même comme pour amenuiser encore l'espace qu'elle accaparait. Il aurait voulu l'interroger, mais il ne savait pas bien de quels mots se servir; un jour, il avait essayé de parler des gens des ateliers et elle avait dit très vite, d'une voix aisée : « Mais non, ils ne s'ennuient pas tant; ils ont l'habitude. Et puis, dans la vie, tout le monde est obligé de faire des choses ennuyeuses. » Il n'avait rien demandé de plus; ce qu'elle disait ne comptait pas beaucoup, on avait tou-

jours l'impression qu'elle parlait devant un témoin p
pointilleux qu'il fallait éviter de choquer. Mais quand (
fiévreusement pour l'enfant de la cuisinière une layette qu
pu acheter sans peine au Bon Marché, quand elle passai
réparer les raccommodages maladroits de la femme de
il lui semblait qu'il la comprenait. « C'est stupide, il n'y
raison », disaient d'un ton grondeur Suzon et Élisabeth.
sayait pas de se justifier; mais du matin au soir, elle (
droite et de gauche, dans une fuite sans fin, poussant pe
heures le fauteuil roulant de la vieille gouvernante
causant des doigts et des lèvres avec sa cousine sourde. Ell
pas la vieille gouvernante, ni la cousine. Ce n'était pas
qu'elle se dépensait. C'était à cause de cette odeur san
s'infiltrait dans la maison.

Quelquefois elle emmenait Jean voir ses pauvres; c'é
arbres de Noël, à des goûters d'enfants bien lavés; ils re
poliment pour le bel ours en peluche ou le petit tablier
ne semblaient pas malheureux. Les mendiants en haillons
sur les trottoirs n'étaient pas inquiétants non plus; avec l
blancs, leurs moignons, ces flûtes de métal dans lesquelle
flaient par le nez, ils occupaient dans la rue une place a
relle que le chameau dans le désert, qu'en Chine les Chin
Et les histoires qu'on entendait raconter sur les vagab
tiques, sur les touchants petits orphelins, finissaient tou
des larmes de joie, des mains serrées, du linge frais, du j
La misère ne semblait exister que pour être soulagée, po
aux petits garçons riches le plaisir de donner : elle ne g
Jean. Mais il y avait autre chose, il le savait, autre chos
livres dorés sur tranche ne parlaient pas, dont Mme Bl
parlait pas : c'était peut-être défendu d'en parler.

J'avais huit ans quand pour la première fois mon cœur
le scandale. J'étais en train de lire dans la galerie; ma
rentrée avec un de ces visages que nous lui voyions so
visage chargé de reproche et d'excuse et elle a dit : « L
Louise est morte. »

Je revois l'escalier tordu et le corridor dallé sur lequel
tant de portes, toutes pareilles; maman m'a dit que derriè
porte il y avait une chambre où toute une famille habi
sommes entrés. Louise m'a pris dans ses bras; ses joues étai

Il avait mangé son potage et tout son
blotti sous le piano à queue; le lustre de
feux, sous leur carapace de sucre les
tendres et coloriées comme les petits fo
riaient. Il regardait sa mère : elle ne ress
fumées; une robe noire découvrait ses
comme sa robe s'enroulaient en bandea
mais devant elle, on ne pensait ni à des f
lents, ni à des coquillages ou à des ga
une pure présence humaine. Elle courait d
dans ses minuscules souliers de satin au
aussi souriait. Même elle. Tout à l'heure,
basse et intense qui chuchotait à l'oreill
ce rire. Pas toute notre vie. Il avait griffé
est mort. Il se forçait à contempler l'im
du lit, qui pleurait. Lui ne pleurait plus.
figée et transparente, il suivait des yeux
vertes, roses; et les désirs renaissaient
bras crémeux, de plonger le visage dans
comme un pétale les soies légères. Le pe
vain. *Ce n'est pas mon malheur. Ce n'es*
yeux, je reste immobile, mais c'est de mo
entre dans ma vie : moi je n'entre pas dan
sous le piano, et dans mon lit j'ai pleuré j
cette chose qui avait coulé dans ma gorg
âcre que le remords : ma faute. La fau
Louise pleurait, la faute de pleurer mes
La faute d'être un autre.

Mais il était trop petit pour comprem
était entrée en lui par surprise, parce qu
ouverts, parce que sa gorge s'était d
qu'elle est cet air même qui remplit mes
dans mes veines, la chaleur de ma vie. Il
assez fort, il ne connaîtrait plus jamais ce
Il s'asseyait devant son pupitre d'écolier
la page lisse, sans passé, vierge comm
vide; terre pure et glacée qui brille par
Marcel a jeté son pinceau; sur le visage
qui fume pour chaque goutte que nous a

goutte que nous avons versée. Ton sang. Rouge sur la ouate blanche, sur les gazes; dans tes veines gonflées si paresseux, si lourd. « *Elle ne passera pas la nuit!* » *Pas de fleurs, pas de corbillard : nous te cacherons dans la terre.* Cette boue sur mes mains, cette boue sur nos âmes, c'était ça l'avenir du petit garçon sage qui traçait avec candeur des pleins et des déliés. Il ne pouvait pas deviner. Il ignorait le poids de sa propre présence. Translucide et blanc devant la page blanche il souriait au bel avenir raisonnable.

Elle parlait si raisonnablement; comme si elle n'avait pas eu ces gestes frileux, comme si elle n'avait pas marché à petits pas réticents. Elle disait que la misère et l'esclavage, les armées et les guerres comme aussi les passions déchirantes et les mornes malentendus, ce n'était rien que la sottise, l'insondable sottise des hommes. S'ils avaient seulement voulu, tout aurait pu être autrement. Je m'indignais de leur folie; je pensais que nous aurions dû nous prendre par la main et parcourir la ville, elle trottinant dans ses petits souliers à talonnettes, et moi la tirant en avant avec ma fougue d'enfant; nous aurions arrêté les passants sur les places, nous serions entrés dans les cafés, et nous aurions harangué les foules. Ça ne semblait pas tellement impossible. Dans une rue couverte de Séville, par un matin fiévreux de coup d'État, des gens s'étaient mis brusquement à courir en panique; docile à la ruée, papa courait en entraînant Élisabeth et Suzon; elle s'est arrêtée, et pour contenir la poussée stupide elle a étendu ses petits bras; j'étais convaincu que si papa ne l'avait pas empoignée, s'il avait étendu lui aussi ses grands bras d'homme, la foule subjuguée aurait repris son pas tranquille.

Mais mon père ne songeait pas à arrêter la marche aveugle du monde; il courait avec dignité dans la cohue et les exhortations ne pouvaient rien contre son pas têtu. Quand j'ai commencé naïvement à l'interroger, il a d'abord souri. Plus tard, il ne souriait plus; il évoquait avec une aigre fierté sa vie de travail et d'abstinence. Il se sentait sur le luxe qui l'entourait des droits d'autant plus sûrs qu'il ne se souciait pas d'en jouir. Il travaillait tout le jour, et le soir il lisait de gros livres en prenant des notes. Il n'aimait pas recevoir, il ne sortait presque jamais. Il mangeait et buvait avec indifférence. On aurait dit qu'il regardait ses cigares, ses bourgognes, son armagnac 1893 comme des distinctions honorifiques nécessaires seulement à la paix de sa conscience.

« Les nivellements se font toujours par le bas », m'expliquait-il. « Tu n'élèveras pas la masse : tu n'aboutiras qu'à supprimer les élites. » Sa voix était coupante, sans réplique, mais il y avait au fond de ses yeux une sorte de peur furieuse. Je me taisais, et peu à peu je pressentais la vérité : il respirait voluptueusement, comme un encens, l'odeur corrompue du monde. Car ce n'était pas seulement la maison : toute la ville était infestée; toute la terre. Le soir, dans les métros, c'était encore la même angoisse qui me suffoquait. Les hommes avaient posé leurs mains à plat sur leurs genoux, les yeux des femmes étaient éteints et les secousses de la marche brassaient dans l'air lourd leurs sueurs et leurs peines; le train traversait un hall de faïence où les affiches multicolores reflétaient le visage quotidien de la terre avec ses salamandres, ses boîtes de foie gras, puis il plongeait dans le tunnel noir. Il me semblait que c'était là tout le destin de cette foule harassée et mon cœur se serrait. Je songeais à un film que j'avais vu avec mon ami Marcel : une ville enfouie dans les entrailles de la terre, où les hommes se consumaient dans la souffrance et dans la nuit tandis qu'une race orgueilleuse goûtait sur de blanches terrasses toutes les splendeurs du soleil; l'histoire finissait par une inondation, une révolte, et dans un grand désordre d'alambics brisés, par une réconciliation lumineuse. Et je me demandais : « Pourquoi est-ce que ceux-ci ne se révoltent pas? » Souvent le dimanche j'entraînais Marcel à Aubervilliers, à Pantin. Nous marchions pendant des heures le long des murs désertiques, parmi les gazomètres, les cheminées d'usine, les maisons de brique noircie. Des vies entières s'écoulaient là. Du matin au soir, le même geste harassant. Un seul dimanche par semaine. « Ils ont l'habitude. » S'ils avaient l'habitude, c'était bien pire encore.

Quand je l'ai prononcé devant elle, le mot de révolution, elle est devenue toute rouge : « Tu n'es qu'un enfant! tu parles sans savoir! » J'ai essayé de discuter, mais elle m'a arrêté, le corps secoué par une passion d'épouvante. C'était insensé de vouloir changer quelque chose au monde, à la vie; les choses étaient déjà assez déplorables si l'on se gardait d'y toucher. Tout ce que condamnait son cœur et sa raison, elle s'acharnait à le défendre : mon père, le mariage, le capitalisme. Parce que le mal n'était pas dans les institutions, mais au plus profond de nous-mêmes. Il fallait se tapir dans un coin, se faire le plus petit possible et plutôt que tenter un effort perverti d'avance, tout accepter. Cette prudence! cette prudence insensée!

Comme s'il y avait un moyen d'échapper! *Garder la porte fermée,*
les lèvres fermées : mais mon silence clame des ordres. « Tu ne dis rien,
j'y vais » ou bien « tu ne dis rien, je n'y vais pas ». Toute ma présence
est parole. Avance donc, avance dans les boues de la nuit. Décide.
J'ai décidé ta mort et je ne suis pas quitte. Encore. Je voudrais crier
grâce : il n'y a pas de grâce. O mal aimée! Si j'avais déjoué plus tôt
les pièges de la prudence, j'aurais ouvert ma porte, j'aurais ouvert
mes bras et mon cœur. Muet, rigide. « Je ne lèverai pas un doigt pour
faire tuer un homme. » Et pesant sur la terre de tout mon poids immo-
bile. Tu meurs. D'autres agonisent à petit feu, le corps zébré de coups,
la peau collée aux os. Deux millions de prisonniers grelottent derrière
les barbelés. La petite Rosa a sauté par la fenêtre. On l'a trouvé dans
sa cellule, étranglé avec son caleçon. Insensé! Il haïssait cette prudence. Il levait la main, il levait le bras tout entier; il regardait
sa mère avec colère : « Nous changerons le monde. » Cette imprudence! cette imprudence insensée! Il voulait parler, agir. *Et voilà*
Jacques couché sur le banc avec sa chemise ouverte et du sang caillé
sur son visage, les yeux fermés.

Mais tout semblait si simple alors, pauvre bon jeune homme
naïf. Il levait le poing; il chantait en chœur : « Demain, l'Internationale sera le genre humain. » Plus de guerre, plus de chômage,
plus de travail servile, plus de misère. Mort aux hommes de mauvaise volonté et joie sur la terre. Il pulvérisait en idée le vieux monde
et reconstruisait avec les morceaux un univers neuf, comme un
enfant ajuste les pièces d'un jeu de meccano.

— Ça y est! je me suis inscrit au parti! dis-je avec éclat en
entrant dans l'atelier de Marcel.

Marcel posa son pinceau et tourna son chevalet vers le mur;
toutes ses toiles avaient le nez au mur, on n'apercevait jamais que
leur dos rêche.

— Naturellement, dit-il, ça devait finir comme ça.

— Si nous ne bougeons pas un doigt, crois-tu que le monde changera tout seul? dis-je.

Marcel secoua la tête.

— Il n'y a rien à attendre de ce monde-ci. La pâte en est mauvaise. J'aime mieux en fabriquer un autre de toutes pièces.

— Mais le tien n'existe que sur des toiles.

Il rit mystérieusement :

— C'est à voir.

Il a vu. Mais en ce temps, il était jeune, lui aussi, malgré sa défiance, il espérait. Presque chaque jour, je frappais à sa porte. Il m'accueillait tantôt avec gaieté, tantôt avec indifférence. Il m'accueillait. Il aurait dû farouchement fermer sa porte. Il ne savait pas lui non plus. Ou peut-être savait-il qu'on ne peut jamais tenir une porte fermée. J'entrais. Assis devant une petite table, Jacques travaillait; il ressemblait à son frère, seulement ses traits étaient tendrement modelés et non pas taillés à la serpe. Marcel posait une bouteille de mauvais marc sur la table chargée de cactus, de coquillages, de racines de mandragores, et de mosaïques biscornues qu'il s'amusait à fabriquer avec des cailloux, des clous, des. allumettes et des bouts de ficelle. Dans un bocal de verre il y avait un hippocampe : une petite crosse épineuse et noire supportant une noble tête de cheval. Nous allumions des cigarettes et nous causions. J'aimais causer; je choisissais avec soin mes paroles : elles devaient conduire Marcel jusqu'à cette terre purifiée vers laquelle je me hâtais; et c'est Jacques qui les entendait.

Il levait la tête.

— Lutter aux côtés du prolétariat, disait-il, comment le pourrions-nous? Nous ne sommes pas dans le coup.

— Puisque nous désirons la même chose que lui.

— Justement non. Un ouvrier désire *sa* libération; ce n'est jamais que la libération d'autrui que tu désires.

— Peu importe. Il s'agit d'arriver au même résultat.

— Mais le résultat ne se laisse pas détacher de la lutte qui y conduit. Hegel explique ça si bien. Tu devrais le lire.

— Je n'ai pas le temps.

Il m'agaçait un peu avec ses subtilités philosophiques. Je croyais qu'il parlait seulement : et il était en train de vivre, avec passion.

— Bien sûr, on revendique pour obtenir, disait-il. Mais pour obtenir ce qu'on a revendiqué; un bien que je n'ai pas voulu n'est pas mon bien, n'est pas un bien. C'est ce que les fascistes n'arrivent pas à comprendre. J'admire Marx parce qu'il demande aux hommes de prendre et non de recevoir. Seulement toi et moi, nous n'avons rien à prendre; nous ne sommes pas de ce bord-là. Non. On ne peut pas *se faire* communiste.

— Alors, qu'avons-nous à faire?

Il haussait les épaules avec dépit.

— Je ne sais pas.

Je souriais. Ce n'était encore qu'un écolier. Je n'aurais pas dû sourire : il savait du moins qu'il occupait une place sur terre et que jamais il ne traverserait l'opacité de sa propre présence. Moi je ne savais toujours pas. Je n'avais de regards que pour ces horizons futurs où ne rôderait aucun remords.

Et puis, un jour, je me suis vu. Je me suis vu solide, opaque, à cette table de famille où l'omelette fumait, concentrant toute la lumière sur mon complet bien coupé, sur mes mains soignées; je me suis vu tel que me voyait Jacques, tel que me voyaient les ouvriers quand je circulais dans les ateliers, tel que j'étais : le fils Blomart; sous leurs regards stupéfaits, quatre paires d'yeux pleins de scandale rivés sur ma joue tuméfiée, je me suis devenu présent soudain, avec évidence.

La joue avait encore enflé au cours de la matinée. « Qu'est-ce que je vais bien pouvoir inventer? » Avant de gagner la salle à manger, il se tamponna longuement le visage avec une serviette humide. L'œil était presque fermé.

— Bonjour, maman; bonjour, papa, dit-il d'un air dégagé.

Il se pencha pour embrasser sa mère.

— Mon Dieu! que t'est-il arrivé? dit Mme Blomart avec horreur.

— Oh! cette figure! dit Suzon.

Il s'assit sans répondre et déplia sa serviette.

— Ta mère te demande ce qui t'est arrivé, dit M. Blomart sèchement.

— Oh! ce n'est rien, dit Jean. Il rompit un morceau de pain entre ses doigts : Hier soir, j'ai été avec des camarades dans un bar de Montmartre et il y a eu une bagarre.

— Quels camarades? dit sa mère.

Elle avait un peu rosi, comme lorsqu'elle était contrariée.

— Marcel et Jacques Ledru, dit Jean.

Il avait peur de rougir lui aussi; il n'aimait pas lui mentir.

— Ainsi, c'est un coup de poing que tu as ramassé là? dit M. Blomart lentement.

Derrière son lorgnon, son œil brillait, perspicace.

— Oui, dit-il.

Il passa la main sur son visage gonflé.

— Le type devait avoir le poing solide, un poing comme une matraque, dit M. Blomart. Il examina son fils d'un air dur : Qu'est-ce que tu faisais à minuit, devant Bullier, au milieu d'un tas de forcenés qui braillaient l'*Internationale?*

Le sang monta aux joues de Jean; il avala péniblement sa salive.

— Je sortais du meeting.

— Qu'est-ce que c'est que cette histoire? dit Mme Blomart.

— L'histoire, dit M. Blomart d'un ton contenu, la voilà : le commissaire de police m'a téléphoné ce matin pour m'aviser que ton fils a manqué être inculpé d'insultes et coups contre un agent de la force publique. Heureusement Perrun est un brave homme; il l'a fait relâcher dès qu'il a reconnu mon nom.

Toute une vie de travail et d'honneur... Jean fixait les veinules violettes qui striaient les joues de son père; des joues d'apoplectique. Le calme de M. Blomart témoignait d'une maîtrise de soi difficilement conquise. Jean avait beau faire : malgré la couperose et la barbiche grise, cette vertueuse figure l'intimidait.

— Ils nous sont tombés dessus sans provocation, dit-il, sous prétexte qu'on faisait un rassemblement sur la voie publique; ils nous ont matraqués et emmenés au poste.

— Je suppose que la police a fait ce qu'elle avait à faire, dit M. Blomart. Mais ce que je voudrais savoir, c'est comment tu te trouvais, toi, dans un meeting communiste.

Il y eut un silence de mort. Jean pétrissait une boulette de pain entre ses doigts.

— Vous savez bien que sur ces questions je n'ai jamais été d'accord avec vous, dit-il.

— Ainsi, tu es communiste? dit M. Blomart.

— Oui, dit Jean.

— Jean, dit sa mère d'un ton implorant.

On aurait dit qu'elle le suppliait de retirer un propos indécent. M. Blomart reprit sa respiration; d'un geste large, il montra la table servie :

— Mais alors, que fais-tu ici, à la table d'un affreux capitaliste? Il considérait Jean en ricanant.

Alors soudain il s'était vu. Il avait regardé avec un peu d'égarement la grande salle à manger, l'armoire pleine d'alcools anciens, l'omelette au fromage; il était là, avec les autres. Il s'était levé, il avait quitté la pièce. Mon appartement, ma maison : un corps humain, ça prend si peu de place, ça remue si peu d'air; c'est monstrueux cette énorme carapace soufflée autour d'un si modeste animal. Et dans son armoire tous ces vêtements à l'étoffe choisie, taillés exprès pour lui : le fils Blomart.

Il avait claqué la porte derrière lui et il avait marché longtemps. C'était un beau jour d'automne. Dans les feuillages roux des marronniers se balançaient, fraîches et vivaces, quelques fleurs qui s'étaient trompées de saison. Il marchait, dans ses bons souliers, dans son complet bien taillé : le fils Blomart; il occupait donc une place sur terre, une place qu'il n'avait pas choisie. Il était embarrassé de lui-même, mais il n'était pas trop inquiet : sûrement tout pouvait s'arranger; sûrement il y avait une manière de vivre. Comment aurait-il deviné qu'il était ce danger? *Dangereux comme l'arbre inconscient qui répand au tournant de la route son ombre sans poids; dangereux comme ce jouet noir et dur que Jacques regardait en souriant.* Ça semblait si inoffensif de se promener les mains dans les poches en humant l'odeur roussie des arbres; il poussait du pied un marron qui filait sur le bitume, et l'air qu'il respirait, il ne le volait à personne. Il pensait : « Il n'y aura plus de fils Blomart. » Ça serait vite fait de savoir le métier, au plus deux ans d'apprentissage; après ça, le pain qu'il mangerait serait vraiment son pain. Il se sentit soudain très heureux; il comprenait pourquoi son enfance et sa jeunesse avaient toujours eu ce goût croupi : c'était la sève pourrie du vieux monde qui circulait dans ses veines; mais voilà qu'il allait couper ses racines et se créer à neuf.

Une odeur d'oignon roussi flottait sur le palier et on entendait à travers la porte un crépitement alléchant. Il frappa. « Entrez », dit Marcel. Jacques était penché sur une poêle au milieu d'une épaisse vapeur piquante. Jean plongea la main dans ses cheveux.

— Comment ça va-t-il, bon petit mitron? Il s'approcha de Marcel qui reposait mollement sur le divan : Bonjour, vieux.

— Bonjour, dit Marcel en lui tendant une main négligente. Il se redressa d'un sursaut :

— Dis donc, tu en as une figure! Tu as vu, Jacques?

Jacques se détourna à regret de la poêle fumante où deux grosses saucisses suaient leur graisse avec un chuintement saccadé.

— Mon Dieu! dit-il, qu'est-ce qui t'a arrangé comme ça?

Jean toucha sa joue :

— J'ai reçu un bon coup de matraque, dit-il.

— Ils ont tapé dur, dit Jacques d'un air émerveillé. C'était hier soir?

— Oui, juste comme on sortait de Bullier, les flics nous sont tombés dessus.

Il y avait de la fierté dans sa voix. Imbécile, aveugle. Ignorant le danger de sa présence, le piège caché dans chaque mot, dans chaque accent de sa voix complaisante. Et Marcel qui me laissait parler en souriant de son énorme sourire de cannibale, imbécile, aveugle, au lieu de me jeter en bas de l'escalier.

— Ils auraient pu te mettre en morceaux, dit Jacques.

— Ne te frappe pas, mon petit cheval, dit Marcel. Tu vois bien qu'il n'est pas cassé. Il toucha la tempe de Jean : On arrose ça ?

— Donne-moi plutôt à manger, dit Jean.

Il regardait avec envie les saucisses épanouies sur un canapé d'oignons mordorés; leur peau croustillante avait éclaté, une chair grumeleuse bourgeonnait par les larges plaies.

— Tu n'as pas déjeuné ? dit Marcel. Tu n'oses pas te montrer chez toi ?

— Hélas! Je me suis montré, dit Jean.

— Ça a fait un drame ?

— Plutôt. Jean fit quelques pas et s'arrêta près du chevalet vide : Tu ne sais pas l'idée qui m'est venue tout à l'heure ? J'ai envie de faire mon apprentissage d'imprimeur avec le vieux Martin sans rien dire à mon père. Et le jour où j'ai un métier en main, je laisse tomber la maison.

J'aurais dû deviner. Les yeux de Jacques brillaient de ravissement incrédule; ils brillaient trop.

— Pourquoi ? dit Marcel. A quoi ça t'avancera-t-il ?

— Je ne veux pas rester toute ma vie dans une situation fausse.

— Tu crois qu'il y a des situations justes ? dit Marcel. Il coupa dans la poêle un énorme morceau de saucisse et l'engloutit : Mangeons, dit-il.

— Et maintenant, dit-il quand le repas fut achevé, vide les lieux : je travaille.

— Je vide les lieux, dis-je. Je regardai Jacques; il faisait si beau, je n'avais pas envie de rester seul : Tu travailles aussi ? tu ne viens pas te promener avec moi ?

Il rosit d'étonnement et de plaisir.

— Ça ne t'ennuie pas ?

— Puisque je te le propose.

Nous avons été nous asseoir dans le parc Montsouris, près du bassin; il y avait un cygne.qui se promenait sur l'eau et des enfants tout autour de nous.

— Comme tu as de la chance, me dit Jacques. On dirait que tu sais toujours ce que tu as à faire.

— Si tu ne t'embarrassais pas d'un tas de scrupules d'intellectuel...

— Mais je suis un intellectuel, dit Jacques.

Je haussais les épaules.

— Alors, résigne-toi. Continue à faire de la philosophie.

— Agir pour agir, ce serait une duperie, dit-il. Mais peut-être mes hésitations sont aussi une duperie.

Il me regardait avec incertitude. Il était si jeune, si ardent; ça aurait dû lui être facile de vivre, on aurait cru qu'il n'avait qu'à se laisser aller.

— Tu es trop timide, dis-je. Tant que tu te demanderas si la cause du prolétariat est bien ta cause, elle ne le sera pas. Mais dis seulement : c'est ma cause.

— Oui, dit Jacques. Mais je ne peux pas le dire sans raison. Il faudrait l'avoir dit. Pendant un instant il regarda en silence le grand cygne blanc puis il sourit : Je vais te montrer quelque chose.

— Montre.

Il hésita et plongea la main dans une poche :

— C'est un poème, mon dernier poème.

Je n'entendais pas grand'chose à la poésie; mais le poème me plut.

— Il me semble que c'est un beau poème, dis-je. En tout cas, je l'aime. Tu en as fait beaucoup d'autres?

— Quelques-uns. Je te les montrerai, si tu veux.

Il avait l'air tout heureux.

— Qu'en dit Marcel?

— Oh! tu sais, Marcel, c'est mon frère, dit Jacques avec confusion.

Je soupçonnais que Marcel regardait son frère comme un jeune génie. D'ailleurs, qui était-il celui que je commençais tranquillement d'assassiner auprès du bassin où voguait un cygne, sous l'œil placide des mères de famille? qui *n'a-t-il pas* été?

Dorénavant, je passai toutes mes journées dans les ateliers. « Je veux connaître la technique », disais-je à mon père. A mon tour, je baignais dans l'odeur du travail, dans la lumière morte des lampes à abat-jour verts. « L'aération est insuffisante », disais-je au vieux

Martin. « Il faudrait installer de nouvelles souffleries. Vous devriez
en parler à mon père. » Il tiraillait sa moustache. « Ça a toujours été
comme ça », disait-il. Ils étaient là, une poignée de vieux ouvriers
qui ressemblaient plus à des employés de maison qu'à de vrais pro-
létaires; je haïssais leurs voix déférentes et leur résignation butée.
Ça a toujours été comme ça : justement! il fallait détruire toutes ces
choses qui existaient, inertes, sans avoir été choisies. Moi-même,
assis devant le clavier de la linotype, je me choisissais à nouveau.
« Je le ferai. » Je touchais mon sarrau de toile grise : je fermerai
la porte derrière moi, je marcherai dans la rue la tête haute, les
mains vides. Plus de fils Blomart : rien qu'un homme, un homme
vrai et sans tache, ne dépendant que de soi-même. Je relevais la
tête et je rencontrais le regard d'un jeune ouvrier qui détournait
vite les yeux. Sous le sarrau poussiéreux il devinait le complet de
tweed clair; si j'avais tenté de lui parler, il m'aurait pris pour un
provocateur. J'étais encore le fils du patron.

— Quand vas-tu te décider? disait Jacques.

— Quand je saurai vraiment bien le métier.

Deux ans passèrent ainsi. J'étais devenu un bon typographe.
Je connaissais tous les secrets de la composition et de l'impression.
Et je ne partais pas encore.

— Quand j'aurai trouvé une place.

Mais je ne cherchais pas. C'était à cause d'elle. Elle était là,
figée, silencieuse, ne posant jamais de question, mais prête à serrer
les lèvres au premier choc, comme à ce déjeuner après le meeting
de Bullier, comme le jour où elle avait découvert les rendez-vous
clandestins de Suzon. Nous étions libres, libres de salir nos âmes, de
gâcher nos vies; elle ne prenait que la liberté d'en souffrir. C'était
pire que si elle avait exigé quelque chose. J'aurais pu haïr ses exi-
gences et ses reproches. Mais elle était là, rien de plus : je lui en voulais d'être là; simplement parce qu'elle était là. C'était sa présence
même qu'il me fallait détester. Pouvais-je l'aimer et haïr sa présence?
Je ne comprenais pas et je me débattais contre la vérité. *La vérité
de mon amour et de ta mort.* Ce n'était pas sa faute; ce n'était pas
ma faute. Et la faute était là entre nous et nous ne pouvions que nous
fuir. La fuyant et fuyant le mal que je lui faisais par ma faute,
me fuyant moi-même pour ne pas déchiffrer en moi le secret qui
pesait sur elle.

— Il n'y a qu'à lui parler. Elle finira bien par comprendre.

Il s'est approché d'elle un soir. Elle était assise dans le petit salon, près de la lampe; elle lisait. Elle avait coupé depuis un an ses beaux cheveux noirs et ils foisonnaient courts et drus autour de sa tête; même ses cheveux étaient encore une richesse humaine; ni une toison animale, ni une végétation : des cheveux de femme, soignés, brossés, lustrés, par des mains intelligentes. Il les a regardés longtemps et il est venu s'asseoir en face d'elle. D'un seul trait il a commencé à parler : « Tu sais, maman, je ne reprendrai pas l'imprimerie.» Elle a écouté un moment, et puis elle a parlé à son tour, le buste dressé, appuyée des deux mains aux bras du fauteuil. « Mais c'est insensé! » L'indignation donnait à sa voix un accent mondain. Lui suppliait.

— Écoute, essaie de me comprendre; je désapprouve ce régime; comment veux-tu que j'accepte d'en bénéficier?

— Mais tu en as déjà bénéficié; ce sont tes devoirs que tu refuses. Ton éducation, ta santé, c'est à ton père que tu les dois; et maintenant qu'il a besoin de toi, tu vas le laisser seul.

— Tout ce dont j'ai profité jusqu'ici, ç'a été malgré moi. Je ne me considère pas comme engagé.

Elle s'est levée; elle a marché vers le piano et arrangé quelques fleurs dans un vase, puis elle s'est retournée.

— Alors, qu'attends-tu pour prévenir ton père?

— Je voulais te parler d'abord.

— Ce n'est pas honnête : tu lui as laissé payer ton apprentissage; et maintenant tu manges confortablement son pain en attendant de trouver une place : c'est trop facile.

Il l'a dévisagée avec colère. Ses hésitations, cette lâcheté qu'elle lui reprochait, c'était à cause d'elle. Elle le dévisageait aussi, les lèvres serrées, les pommettes rouges. Ils se toisèrent un moment, chacun défiant en l'autre la figure de ses propres faiblesses.

— C'est bon, je vais lui parler tout de suite.

— C'est tout ce qui te reste à faire.

La voix était coupante, rêche. Il entendait une autre voix au dedans d'elle qui suppliait : qu'il ne parle pas, pas encore; qu'on me le laisse encore un peu de temps. Mais ce balbutiement muet, ni elle, ni lui, ne devaient en tenir compte. Il sortit du salon; au passage il donna un coup de pied dans un pouf de soie. Avec quel emportement de justice hargneuse elle prenait parti pour cet homme qu'elle n'aimait pas! Toujours prête à se sacrifier la première et à sacrifier avec elle ce qui lui tenait le plus à cœur. Elle l'aura voulu. D'ailleurs, elle a raison, je ne peux pas faire autrement. Il descendit un étage, et frappa à la porte des bureaux.

— Je voudrais te parler.

— Assieds-toi.

Il s'était assis. Il avait parlé sans timidité, sans ménagement, dans la joie de la délivrance. Puisqu'on l'y obligeait, il était trop heureux de couper tous les ponts derrière lui; comme ça, il serait jeté pour de bon dans la mêlée, il ne différerait plus tellement d'un chômeur en quête de son pain quotidien. Il vida son portefeuille sur le bureau. « Je te jure que tu n'entendras plus parler de moi. »

« Je l'ai fait. » Il ouvrit son armoire et regarda avec soulagement les vêtements suspendus aux cintres. C'était fini. Il étala sur le lit un vieux numéro de *L'Humanité*, la brosse à dents, le savon, le rasoir. Il hésita une seconde, puis il prit encore une chemise, des mouchoirs, deux caleçons, et trois paires de chaussettes. Ça ne faisait pas un lourd paquet. « J'irai voir chez Thierry, chez Coutant et Fils, chez Faber. »

Il prit le paquet sous son bras : « Je le ferai. » Et voilà qu'il l'avait fait. Il répéta : « Je l'ai fait. » Il revoyait les lampes vertes, l'atelier poussiéreux, il se revoyait vêtu du sarrau gris et promettant : « Je le ferai. » C'était si facile alors; il n'avait qu'à décider de ne pas la voir; même pas : à ne pas décider de la voir et il ne la voyait pas. Mais tandis qu'il empaquetait son linge, elle était là. Dans le petit salon ou dans sa chambre. Quelque part dans l'appartement. Il dit avec colère : « Ce n'est pas ma faute. Je ne pouvais pas faire autrement. » Je ne pouvais pas... Comme si la fatalité eût existé hors de lui-même, impersonnelle, indifférente; comme si on avait pu l'appeler à son secours. Mais l'écharde était dans son cœur. « Elle n'avait que moi. » Seule désormais parmi les satins et les velours, avec le remords qui rôde et mille échardes vives qui percent aussi son cœur. Elle ne versera pas une larme, mais elle veillera plus tard encore dans la nuit, penchée avec un dévouement glacé sur les robes d'Élisabeth et de Suzon. Et pourtant, ce n'est pas sa faute. Pas sa faute, pas ma faute. Où était la faute? Il s'irritait. Il croyait qu'elle devait être quelque part, qu'elle pouvait s'arracher à pleine main, comme une mauvaise herbe. « J'aurais dû la préparer lentement. Elle n'aurait pas dû se buter. » Mais nous en serions toujours arrivés là : mon départ, sa solitude et son injuste souffrance. Il jeta un dernier coup d'œil sur sa chambre, cette chambre où il ne serait plus. Les meubles, les gravures qu'elle avait choisies pour lui, n'entoureraient plus que son absence; et elle hâterait le pas en passant devant la porte fermée. Il franchit la porte. Le corridor était silencieux, les lames du parquet ciré craquèrent sous ses pieds. Il marcha jusqu'au bout du couloir et frappa.

— Entre.

Elle était à genoux devant un monceau de bas de soie beiges et gris. Exprès, elle s'abîmait exprès l'existence. Mais comment la défendre contre elle-même? Parfois, il y réussissait; lui seul. Et il partait.

— Je viens de voir papa. Elle leva la tête : Il m'a enjoint de quitter la maison tout de suite.

— Tout de suite?

Elle restait à genoux, mais sa main avait laissé tomber le paquet de bas qu'elle tenait.

— C'est naturel. Il haussa les épaules : Tu avais raison ; je n'ai plus rien à faire ici.

— Tout de suite, répéta-t-elle. Les lèvres entr'ouvertes, non plus raidie mais tout entière abandonnée à la chaleur bienfaisante de sa colère : Qu'est-ce que tu vas devenir?

— Je trouverai vite du travail. En attendant, je m'installerai chez Marcel. Il s'approcha d'elle, il toucha son épaule : Je n'aurais pas voulu te faire de peine.

Elle passa la main dans ses cheveux, découvrant son front fatigué.

— Puisque tu crois bien faire.

Il avait descendu lentement l'escalier. « C'est ce que j'ai voulu. Il n'y a rien à regretter. » Elle restait là-haut, agenouillée devant la pile de bas, seule. Je l'ai fait. Mais j'ai fait autre chose aussi : je ne voulais pas sa souffrance. *Ah! je ne voulais pas ta mort. La voilà étendue sur le lit avec ses paupières inertes; la chevelure jaune sur l'oreiller a déjà l'air d'une plante fanée. Reverrai-je ses yeux vivants?* Il disait : « Il n'y a rien à regretter. » Insensé! il fallait regretter tout ; le crime est partout, irrémédiable, inexpiable : le crime d'exister. « Il n'y a rien à regretter. » Il invoquait follement cette consolation désespérée, essayant d'approuver son acte, et cependant sentant ce poids qui le tire en arrière et qui n'est pas différent de lui-même; pensant avec un sursaut de colère : « Il faudrait ne rien avoir derrière soi. »

— On a toujours quelque chose derrière soi, dit Marcel. C'est pour ça que ta tentative me semble si arbitraire.

— Mais je ne tente rien d'extraordinaire, dit Jean. Il était assis sur le divan bourré de copeaux craquants, il tenait un verre de fine à la main : Tout ce que je veux, c'est partir dans la vie sans plus de chances que les autres et posséder seulement ce qu'un homme peut gagner par ses propres moyens.

— Ses propres moyens, dit Marcel, c'est vite dit.

Il inspecta Jean de la tête aux pieds.

— Oui, dit Jean. Mon père a payé ce complet, ces souliers; il a payé aussi mon apprentissage. Mais personne ne part jamais du zéro absolu.

— C'est bien ce que je dis, dit Marcel. Il souriait d'un sourire qui découvrait ses dents grises et creusait des rides profondes dans sa peau de caïman : S'il n'y avait que ce complet! mais ta culture, tes amitiés, ta santé de jeune bourgeois bien nourri. Tu ne peux pas défaire ton passé.

— Quand j'aurai vécu pendant quelques mois comme un véritable ouvrier, il ne pèsera plus bien lourd.

— Il y aura toujours un abîme entre un ouvrier et toi : tu choisis librement une condition qu'il subit.

— C'est vrai, dit Jean, mais du moins j'aurai fait mon possible.

Marcel haussa les épaules.

Il ne me semblait pas que mon effort fût si dérisoire; ma vie avait changé pour de bon. J'avais vraiment effacé mon nom, ma figure, et dans les ateliers Coutant et Fils, je n'étais qu'un travailleur exactement pareil aux autres. A 8 heures, je traversais la cour grise où s'entassaient sous des bâches des ballots de papier : tous les jours. Sur mon passage, les ouvriers ne tournaient pas la tête, les contremaîtres ne me souriaient pas; je m'installais devant ma machine, je l'examinais avec soin : c'était moi le responsable; et je commençais à frapper les touches du clavier : « C'est pour de vrai. C'est pour toute ma vie! » Lorsque je quittais ma blouse, ce n'était plus pour rentrer dans un salon soyeux, fleuri de tulipes. Je traversais en autobus les tristes rues de Clichy, je me retrouvais dans une chambre où flottait une odeur de cuisine et de lessive, étroite, avec un réchaud à gaz dans un coin et un évier en guise de lavabo. « Ce n'est pas gai », disait ma mère. Mais j'aimais que ma demeure fût réduite à la juste mesure d'un homme : les six surfaces nécessaires pour construire

un cube, un trou pour laisser entrer la lumière, un autre pour me
laisser entrer moi-même.

— Tu dois être heureux, me disait Jacques.

— Je suis très heureux.

Il venait souvent me chercher à la sortie de l'atelier; nous dînions
dans un petit restaurant à prix fixe; il trouvait de la poésie aux
nappes de papier, aux salières bouchées, aux verres marqués d'em-
preintes digitales et même à ce goût de graisse louche qui était
désormais pour moi le goût uniforme de toute nourriture; nous
allions nous asseoir sur les sièges de bois des cinémas de quartier,
nous buvions du vin rouge dans les bistros; il m'interrogeait :

— Tu n'as pas trop de mal à t'adapter? Tu es vraiment de plain-
pied avec les autres?

— Je crois même que je prendrai facilement de l'influence sur
eux, disais-je.

Il fallait de la patience. Je savais que dans ces petites entreprises,
le communisme avait du mal à pénétrer; mais j'étais beau parleur;
dans les réunions syndicales, je me faisais écouter. J'espérais réussir
à me faire déléguer au comité de la Fédération : là, il serait possible
de faire du bon travail.

— J'ai quelque chose à t'annoncer, me dit Jacques.

Nous étions assis dans un petit café de la porte de Clichy, près de
la vitre où l'on pouvait lire en lettres tracées à la craie : « Ici on
peut apporter son manger. » Deux maçons saupoudrés de plâtre
buvaient un litre de rouge à la table voisine.

— C'est une bonne nouvelle?

— Juge toi-même : je vais me faire inscrire au parti.

— C'est vrai? tu es décidé?

Je regardais Jacques avec hésitation. « C'est ce que je voulais. »
Et cependant j'hésitais. Je commençais à soupçonner que rien ne se
passe jamais comme on l'avait voulu.

— Oui, je suis décidé. Cela t'étonne?

Il souriait fièrement.

— L'autre soir, tu faisais tant d'objections au marxisme?

Jacques haussa les épaules.

— Le système n'a pas tant d'importance. La question pour moi
c'était de savoir si je pouvais agir. Et quelque chose s'est dénoué :
je peux. Il sourit. Ça m'est venu en te voyant vivre.

— Je suis content, dis-je. Je n'étais pas content. J'aurais préféré

que Jacques se fût convaincu lui-même à coup d'arguments raison-
nables; j'avais l'impression de l'avoir pris au piège. J'ajoutais :
Je voudrais mieux comprendre ce qui t'a décidé.

— L'autre soir, après notre discussion, je suis rentré chez moi
à pied. Je ne pensais plus à ce qu'on avait dit; mais je pensais à toi,
à moi; et brusquement, j'ai senti que je ne pouvais plus supporter
d'être vivant et que ma vie ne serve à rien.

— Je comprends, dis-je.

Mon malaise ne se dissipait pas. Est-ce que je servais à quelque
chose? Pour moi, ce n'était pas la question. Je ne pouvais pas me
tailler un sort juste dans un monde injuste; je voulais la justice.
Pour qui la voulais-je? pour les autres ou pour moi? Tu me l'as dit
un jour avec fureur : c'est toujours pour soi qu'on lutte. Je luttais
contre le remords et la faute, la faute d'être là, ma faute. Comment
avais-je osé entraîner dans ce combat un autre que moi-même?

J'ai dit : Ce n'est pas tant à servir que je cherche.

Mais Jacques n'entendit pas. Il avait à mener lui aussi une lutte
qui n'était celle d'aucun autre.

— Crois-tu que je sois trop jeune, que je ne puisse rien faire?

Je me ressaisis :

— Les jeunes sont le meilleur de notre force, dis-je. Je regardais
Jacques avec ce regard qu'il attendait de moi, un regard pratique
de militant sûr de ses buts : On a besoin de poings et de gosiers
solides en ce moment. Après-demain, je te présenterai à Bourgade.

Il y avait du travail en cette saison-là pour ceux qui voulaient
rebâtir le monde; les murs de Paris étaient couverts d'affiches
électorales et presque chaque soir, à travers la ville et la banlieue,
nos amis et nos ennemis s'affrontaient. Presque chaque soir, Jacques
me retrouvait et nous entrions ensemble dans un hangar, dans une
salle d'école, pleins d'une foule houleuse. J'aimais le voir trépigner
à mes côtés, rouge et heureux. Nous étouffions sous les huées les
belles phrases des orateurs bien pensants; quand les nôtres prenaient la parole, nous imposions le silence à coups de poings.

— Crois-tu qu'il y aura de la bagarre, ce soir? de la vraie?
me demanda Jacques.

— Je veux. Avant-hier, nous n'avons pas laissé Taittinger
ouvrir la bouche; ils vont essayer de nous faire danser.

Nous étions tout joyeux cet après-midi-là. Denise exultait de
bonheur. Seul Marcel gardait un visage sombre. Il s'était fait

couper les cheveux pour la circonstance, mais il n'arrivait pas à
paraître décent; il subissait avec une politesse harassée les compli-
ments d'une élite mondaine au cœur artiste.

— Braun a reçu déjà huit propositions, disait Denise. Il dit que
c'est un formidable succès. Le critique des « Cahiers d'Art » a déclaré
que tu étais le plus grand peintre de ta génération.

Ses yeux brillaient; sous son front transparaissait une roseur
vivante et on se rappelait soudain avec surprise qu'elle n'avait
que dix-huit ans; on n'y pensait pas d'ordinaire. Sa voix, ses
sourires, son maquillage, tout en elle était tellement fabriqué
que sa fraîcheur même semblait une grâce artificielle; seule la luxu-
riante chevelure rousse laissait pressentir sous les robes coûteuses
un corps parcouru d'une sève animale. Elle cueillit dans une assiette
un petit four solitaire : « Prenez des sandwiches, dit-elle. Il en reste
des provisions. »

Jean mordit dans un petit pain au foie gras; ce goût douceâtre
lui rappelait le lustre de cristal et les belles dames alléchantes de
son enfance; le tapis était épais sous ses pieds, et mêlé à l'odeur
de peinture à l'huile, il flottait dans l'air un parfum de féminité
distinguée. Trois mois avaient suffi : à présent, c'était avec étonnement qu'il se retrouvait dans cette ambiance sucrée; c'était l'odeur
de papier, le bruit des machines, le goût des beefsteaks mal cuits
qui composaient le tissu quotidien de ses journées. « Je ne suis plus
des leurs. » Les femmes ressemblaient à des objets de verre filé;
il écoutait avec un scandale amusé leurs voix jacassantes, leurs
voix chantantes aux accents de velours.

Il s'approcha du mur. Tout à l'heure, quand il était entré dans
cette volière humaine, les images modestement enfermées entre
quatre baguettes de bois étaient restées devant lui toutes plates et
silencieuses; pour leur arracher leur secret, il fallait croire en elles.
Il voulait y croire. Il s'arrêta devant une des toiles. Entre deux murs
écrasés de soleil, un cerceau solitaire roulait à l'infini vers ce point
où les parallèles se rejoignent. Tandis qu'il regardait, peu à peu
l'image s'animait. Ce qu'elle disait, on ne pouvait pas le traduire
par des mots; c'était dit avec de la peinture et aucun autre langage
n'aurait su en exprimer le sens; mais elle parlait. Il fit quelques
pas. Sous ses yeux attentifs, toutes les toiles se mettaient à vivre.
Elles éveillaient des souvenirs plus anciens que la naissance du
monde; elles évoquaient par delà les révolutions futures le visage

imprévisible de la terre; elles livraient les secrets d'un rivage déchiqueté, d'un désert plein de coquillages, tels qu'ils reposaient solitairement en eux-mêmes à l'abri de toute conscience. Ces statues sans visage, ces hommes changés en sel, ces places brûlées du feu de la mort, ces océans figés dans l'immobilité de l'instant pur, c'étaient les mille figures de l'absence. Et tandis qu'on contemplait cet univers sans témoin, il semblait qu'on fût absent à soi-même, on reposait, hors de sa propre histoire dans une éternité vide et blanche. Et cependant ce rêve de pureté et d'absence, il n'existait que parce que j'étais là pour lui prêter la force de ma vie : Marcel savait cela.

— Laisse, dit-il. Viens plutôt boire un coup. Il entraîna Jean vers la longue table couverte d'une nappe blanche devant laquelle Denise s'affairait : Tu n'as rien à nous donner d'autre que cet infect champagne?

— Il y a du porto, dit Denise.

— Du porto d'épicier, dit Marcel. Enfin, Puisque c'est fête aujourd'hui.

— Ne grogne pas, dit Denise. C'était une sale corvée, mais maintenant c'est fini.

— Fini! dit Marcel. Pendant trente jours ça va rester là, pendu au murs! Comment ai-je pu laisser faire ça?

— Ce qu'il faudrait, dit Jean, c'est un autre public : un vrai public.

— Il faudrait que je n'aie pas besoin du public, dit Marcel. Il empoigna à deux mains une chaise : Il faudrait que mes tableaux existent comme cette chaise : elle est solide, on peut s'asseoir dessus; quand nous serons partis, elle restera là, plantée sur ses quatre pieds.

Denise haussa les épaules.

— Eh bien! fais-toi menuisier, dit-elle d'un air agacé.

Marcel lâcha la chaise qui roula sur le tapis.

— Mais une chaise, ce n'est pas intéressant, dit-il.

— Plains-toi donc! dit Denise. Dans un mois tu seras célèbre! Elle eut un sourire malicieux : Après tout, ce n'est pas si mal d'être un grand peintre; il y a beaucoup de gens très bien qui s'en sont contentés!

Personne ne répondit. Denise employait souvent des mots qui n'avaient pas de sens pour nous. Nous ne comprenions pas bien Jacques et moi pourquoi Marcel avait décidé de l'épouser. Il aimait sans doute ce petit visage sec et intelligent qu'écrasait la lourde masse de cheveux; et puis il n'attachait guère d'importance à ce qu'il faisait de sa vie. Denise avait voulu le conquérir, elle l'avait conquis; elle avait obtenu qu'il consentît à cette exposition, elle comptait marcher près de lui sans obstacle vers la gloire et le bonheur. Je revois son sourire écarlate et ce chaud regard où se réflétait l'or sombre de ses cheveux. Rien ne lui avait jamais résisté : c'était une jeune fille choyée, une étudiante brillante; elle allait à travers la vie avec une aisance mondaine et hardie. Pour elle, c'était une jour-née de triomphe qui s'achevait.

— On va directement là-bas, ou on passe chez toi? dit Jacques.

— Passons chez moi, à cause des revolvers.

— Tu crois qu'il faut les emporter?

— Ça ne peut pas faire de mal. L'autre lundi, quand ils ont tiré, les copains n'avaient rien pour se défendre.

La nuit était tombée; nous traversions les beaux quartiers; je m'y sentais mal à mon aise. Parmi ces piétons qui se ruaient sur la chaussée, j'étais plus seul qu'un atome égaré dans l'éther; je n'étais pour eux qu'un corps encombrant et je ne distinguais autour de moi qu'un fourmillement aveugle. C'était l'heure où les magasins fermaient; le nez contre la vitre, les vendeuses rêvaient à la sortie du soir. Pour toi aussi, les réverbères venaient de s'allumer. Tu avais rentré dans la boutique les bocaux de bonbons; tu grignotais un bout de chocolat en regardant à travers le carreau ces gens heureux qui avaient le droit de se promener la nuit sans tutelle : tu pensais que c'était triste d'être petite. Mais moi je ne voyais derrière les vitrines que des jeunes filles anonymes dont le destin tournait indéfiniment sur lui-même, à jamais séparé du mien.

Nous avons quitté les rues bourgeoises, nous avons suivi la longue avenue toute grouillante d'une opulence populaire, nous commes montés dans ma chambre. Dans le placard qui me servait de garde-manger, je pris un bout de pain et de fromage.

— Tu veux un peu de saucisson?

— Non, dit Jacques. Tous ces cafés glacés m'ont coupé l'appétit.

J'ai glissé ma main dans le tiroir de la commode. Sous les mouchoirs et les chemises, les deux revolvers étaient là : celui que j'avais acheté avec mes écomonies, celui que Jacques avait fauché à son père. J'ai vérifié le cran d'arrêt. J'étais méticuleux, je pensais ne rien laisser au hasard.

— Tiens, dis-je. Ne le sors que si tu es vraiment menacé. Ces petits messieurs seraient trop contents de pouvoir recommencer le coup des funérailles nationales.

Jacques soupesa l'arme avec curiosité : Je n'aurais pas crû que ça puisse tuer, dit-il. On dirait vraiment un jouet.

On aurait dit un jouet. Et est-ce que je n'avais pas l'air d'un bon jeune homme inoffensif, assis parmi les camarades, trépignant et battant des mains? Ils étaient mes frères, Jacques était mon frère, un même élan nous emportait. Demain, grâce à nous, la révolution s'accomplira, et ceux qui nous huent, nous leur fermons la bouche à coups de poings. La chemise ouverte sur sa poitrine, les cheveux tombant en longues mèches sur son visage rose, Jacques luttait au milieu des matraques qui se levaient, un rictus aux lèvres, heureux de dépenser sa vie...

« Ruth! Ruth! » Elle s'agite sur son lit; elle appelle. Je ne sais pas qui elle appelle. Seuls tous deux dans cette chambre, tous deux ensemble dans la chambre, et chacun seul. Ruth. Qui voit-elle? J'entends ce nom, mais je n'aperçois aucun visage. Je la regarde, depuis des heures je la regarde et derrière ses paupières fermées, je ne vois rien; autour de moi, ce sont mes souvenirs qui se pressent; c'est mon histoire qui se déroule. Dans le tumulte, un coup de feu éclate, puis immédiatement un autre : « C'est le petit qui a tiré le premier. »

Assassin. Assassin. Je marchais dans la nuit, je titubais, je courais, je fuyais. Il était là, tranquille, au milieu de ses poèmes et de ses livres. Je l'ai pris par la main, je lui ai donné un revolver et je l'ai poussé sous les balles. Assassin. En haut de l'escalier, il y a Marcel qui lit ou qui dort, dans l'odeur de peinture à l'huile, près de l'hippocampe immobile; il attend Jacques. Je monte l'escalier; je ne peux pas monter, je ne peux pas descendre, il faut que le temps s'arrête et que je m'engloutisse, que Marcel s'engloutisse, que le monde s'engloutisse; et les marches sont solides sous mes pieds, chaque barreau est à sa place; la porte est à sa place. Derrière la porte Marcel attend Jacques; et moi je suis là, et je vais parler. Un mot et la chose va exister, elle ne cessera plus jamais d'exister. Un claquement sec, un mot, et le temps s'est lézardé, il est coupé en deux tronçons qu'on ne pourra jamais rejoindre. Je frappe à la porte.

D'abord Jacques; à présent Hélène. Et ce n'est pas encore assez. Laurent viendra. Les instants poursuivent leur course, se poussant l'un l'autre, me poussant en avant sans répit. Avance dans la nuit de l'avenir. Décide. Harcelé par la vie qui me jette en avant vers de nouveaux cadavres, vers les femmes en pleurs, les portes des cachots qui se ferment et qui s'ouvrent, qui s'ouvrent sur la mort. Sur les murs de Paris, sur les faïences blanches du métro, une affiche jaune toute fraîche, avec des noms neufs. « *N'y va pas.* » *Alors tout aura été vain, tu seras morte sans raison.* Ah! comment arrêter la poussée implacable. Avance, avance, décide. Chaque battement de mon cœur jette dans le monde une décision sans recours. Fermer la porte, fermer les yeux : *décider de fermer la porte, de fermer les yeux.*

Il n'y a aucun salut. Pas même l'ivresse du désespoir et la résolution aveugle, puisque tu es là, sur ce lit, dans la lumière sauvage de ta mort.

II

La bicyclette était toujours là, neuve, flambante, avec son cadre bleu pâle et son guidon nickelé qui étincelait contre la pierre morne du mur. Elle était si svelte, si élancée : immobile, elle semblait encore fendre l'air; jamais Hélène n'avait vu une bicyclette si raffinée. « Je la repeindrais en vert sombre, elle serait encore plus jolie », pensa-t-elle. Elle s'écarta de la fenêtre avec dépit. A quoi ça servait-il d'être là à regarder, à palpiter. Depuis huit jours, elle n'avait rien su faire d'autre. Une si belle proie! elle y pensait sans cesse, vingt fois dans la journée elle se penchait à la fenêtre pour la contempler; mais elle n'avait pas encore été capable de la prendre. « Je m'affadis », pensa-t-elle tristement. Quand elle était petite, elle faisait ce qu'elle avait envie de faire sans jamais hésiter. Elle essuya son pinceau à son tablier. Voilà. Elle était arrivée au bout de sa journée. Demain, une autre journée recommencerait toute pareille. Elle tira de son sac un morceau de carton quadrillé : 20 novembre 1934. Elle badigeonna en gris la case vide. Gris, noir; seulement deux journées rouges depuis le début du mois.

En bas, le carillon tinta. Hélène descendit l'escalier. Un petit garçon au milieu de la boutique regardait les bocaux de bonbons d'un air timide.

— Vous désirez? dit Hélène.

— Je voudrais ça, dit le petit garçon en pointant l'index vers une truffe au chocolat.

Hélène prit la truffe avec une pince et l'enveloppa dans un papier de soie.

— Ça fait un franc.

Elle jeta le franc dans le tiroir de la caisse et suivit des yeux à travers la vitre le petit garçon qui remontait la rue en grignotant sa bouchée. Il rentrait chez lui; tout le monde rentrait, c'était une heure triste; ils allaient rentrer aussi. La nuit tombait sur les pralines; Hélène sentit dans sa bouche un goût quotidien de graisse figée.

Elle ouvrit la porte qui donnait sur la cour; le guidon, les pareboue brillaient dans l'ombre. Hélène s'approcha; ça devait être voluptueux de s'asseoir sur cette belle selle jaune et de saisir le guidon entre ses mains! Elle jeta un coup d'œil vers la loge. On aurait dit que la concierge faisait exprès de ne pas sortir tous ces jours-ci. « Pourtant, je la veux, il me la faut », dit Hélène. Si lisse, si propre, si gaie; à la fois fragile et robuste, avec ses roues ajourées et ses gros pneus bonhommes. Elle pinça entre ses doigts un des grêles rayons, elle appuya la main contre l'enveloppe couleur de brique : ça résistait comme un minéral, c'était étrange de penser qu'il n'y avait là qu'une mince membrane soufflée d'air. Hélène se recula un peu : comme elle avait l'air fier, et libre. « J'irais partout où je voudrais. Je rentrerais tard le soir. Il y aurait ce rond de lumière qui me précéderait dans les rues silencieuses, j'entendrais en sourdine un doux froissement uni. Je la soignerais bien. J'aurais une petite burette, comme les mécaniciens et je verserais de l'huile dans ses intestins. » Elle leva la tête vers les fenêtres du troisième étage. « Pourvu qu'elle ne prenne pas peur, qu'elle ne la remonte pas dans son appartement. » Hélène avait chaud à la tête, le désir faisait trembler ses lèvres et ses doigts. « La première fois que la concierge sortira... »

Dans le magasin, la sonnerie tinta. Elle se précipita.

— Paul! quelle bonne idée! dit-elle joyeusement.

Il la prit dans ses bras et posa ses lèvres sur sa joue; elle lui donna un baiser rapide.

— Tu vas m'aider à fermer le magasin, et puis nous monterons chez moi. Tu veux du chocolat?

— Pas à cette heure-ci, dit Paul. Il ouvrit la porte et prit dans ses bras un des lourds bocaux alignés sur le trottoir : Ça t'étonne toujours qu'on puisse refuser du chocolat! dit-il en riant. La première fois que je t'ai vue, tu voulais absolument m'en gaver.

— C'était mon seul moyen de séduction, dit Hélène.

— Tu m'as plu sans ça, dit Paul.

— C'est vrai, tu as toujours eu l'affection désintéressée, dit Hélène. Elle sourit : Tu m'emmènes dîner dehors? j'ai un peu de sous, je t'invite.

— Pas ce soir, dit Paul. Je dîne avec un copain.

— Ah! dit Hélène.

— Demain, si tu veux, dit Paul.

Hélène se saisit d'un bocal sans rien répondre. Ce n'était pas une si grande fête, ces dîners avec Paul, mais c'était toujours mieux que les repas de famille; et justement ce soir elle en avait envie. Demain... eh bien! c'était demain. Ils achevèrent de rentrer les bocaux en silence.

— Qu'est-ce que tu as fait aujourd'hui? dit Paul d'un air gentil.

— J'ai travaillé. Qu'est-ce que tu veux que j'aie fait d'autre?

— Tu vas me montrer.

— Si tu veux, dit Hélène.

Elle le fit entrer dans sa chambre et Paul s'approcha de la table.

— C'est rudement joli, dit-il.

— Tu sais, Verdier m'a dit que les trois quarts des dessins qu'ils ont vendus étaient de moi, dit Hélène. Mais tu verras! cette garce-là, elle ne me donnera encore pas un sou d'augmentation.

C'était chaque fois pareil; elle accueillait Paul avec plaisir, et au bout de cinq minutes, elle s'ennuyait avec lui. Elle l'examina d'un œil critique; il était plutôt joli avec sa tignasse blonde et sa peau fraîche tachetée de roux; mais sous le front buté, les yeux étaient trop tendres. La coquille était dure mais transparente; on apercevait au travers un innocent mollusque tout pareil à celui qu'on découvrait en soi.

— A quoi tu penses? dit Paul.

— Je trouve que la vie n'est pas amusante, dit Hélène.

— Tu as pourtant de la chance, dit Paul. Pense, si tu devais travailler huit heures par jour dans un bureau ou dans une usine...

— Autant vaut se suicider, dit Hélène. Elle ajouta d'un ton

agressif : Je me demande comment tu fais pour être toujours de bonne humeur.

— Tu sais, chez les ouvriers, on n'a pas le temps de s'occuper de ses humeurs, dit Paul un peu sèchement.

Elle le regarda avec colère; il était agaçant quand il commençait à lui rebattre les oreilles avec les vertus ouvrières.

— Je sais, moi je suis une petite bourgeoise, tu me le reproches assez. Et qu'est-ce que ça prouve? c'est marrant, cette manière d'expliquer toujours les gens par le dehors; on dirait que ce qu'on pense, ce qu'on est, ça ne dépend pas de nous.

— Ça dépend beaucoup de notre condition, dit Paul; il sourit : Et c'est justement parce que tu es une petite bourgeoise que cette idée te révolte; tu as besoin de t'imaginer que ce qui t'arrive est unique, et que tu es unique toi-même.

— J'en suis bien persuadée, dit Hélène.

— Tous les petits bourgeois ont la manie de l'originalité, dit Paul. Ils ne se rendent pas compte que c'est encore une manière de se ressembler. Il ruminait son idée d'un air têtu et satisfait : Un ouvrier se fout de l'originalité; moi ça me fait plaisir au contraire de me sentir pareil aux camarades.

— D'abord, tu n'es pas pareil, dit-elle. Tu es typographe, tu as de l'instruction.

— Ça ne change rien. Un ouvrier, c'est un ouvrier.

— Alors selon toi, dit Hélène, il y a des milliers de filles exactement pareilles à moi de par le monde?

Paul rit placidement.

— Tu sais, on dit qu'il n'y a pas deux feuilles d'arbre exactement pareilles.

Hélène haussa les épaules avec impatience.

— Mais en gros, on peut les confondre?

— En gros, oui, dit Paul qui riait toujours.

— Bon, dit Hélène; elle se planta devant lui : Alors, pourquoi prétends-tu que tu m'aimes, moi, et pas une autre?

— Il y a aussi des milliers de types comme moi sur terre, dit Paul. Et ça fait des milliers d'amours pareils au nôtre. Il prit Hélène aux épaules et la regarda gaiement : Chacun aime sa chacune.

— Mais en somme, on pourrait échanger les chacuns et les chacunes, dit Hélène; elle se dégagea : Il me semble que quand on aime vraiment quelqu'un, on n'a même pas l'idée qu'on pourrait aimer quelqu'un d'autre.

— Naturellement, dit Paul. Mais ça aussi, ça se rencontre dans tous les amours : on n'en veut pas d'autre que celui qu'on a.

— Ah! tu m'embrouilles, dit Hélène; elle fit un pas vers lui : Oui ou non, pourrais-tu aimer une autre fille que moi?

Paul hésita une seconde; ce qu'il y avait de terrible avec lui, c'est qu'il prenait tout tellement au sérieux; elle ne lui demandait pas de répondre avec cette bonne foi.

— Maintenant, j'ai du mal à l'imaginer; et pourtant, je sais bien que oui. Toi aussi, tu aurais pu aimer un autre type.

— Je n'ai jamais dit le contraire, dit Hélène.

Paul rosit légèrement; mais le coup n'avait pas porté : il était seulement gêné qu'elle se fût abaissée à vouloir le blesser. Il y avait des moments où on avait envie de le battre pour ébranler son outrecuidante modestie. Il ne se prenait pas pour quelqu'un d'extraordinaire, mais à ses yeux Hélène n'était pas extraordinaire non plus; tout le monde était ordinaire et c'était une chose ordinaire de s'aimer. Il était tout à fait sûr qu'elle l'aimait.

— Ce n'est pas bien intéressant de se poser ces questions-là, dit Paul. Ça n'a même peut-être pas de sens de supposer que les choses auraient pu être différentes. Ce qui est sûr, c'est que je t'aime. Il lui donna une bourrade : Tu le sais bien, petite gueuse.

— Tu le dis beaucoup, dit Hélène.

— Ne fais pas l'idiote, dit Paul.

Il l'entoura de son bras et posa ses lèvres sur sa bouche; c'étaient de bonnes lèvres honnêtes et fraîches qu'elle aimait bien sentir contre les siennes; elle ferma les yeux; elle se sentait toute confortable avec ce bras solide autour d'elle, et cette chaleur dans son corps, et cette tendresse qui l'emmitouflait. Elle se dégagea en souriant.

— Eh bien! si tu m'aimes vraiment, fais quelque chose pour moi, dit-elle.

— Quoi? dit Paul.

— Décommande ton copain et emmène-moi dîner avec toi.

Le visage de Paul se rembrunit :

— Je ne peux pas, dit-il.

— Dis plutôt que tu ne veux pas, dit Hélène; elle lui tourna le dos, sortit un peigne de son sac et le passa dans ses cheveux embroussaillés : C'est au moins un type du parti.

— Non, dit Paul avec empressement. C'est Blomart, tu sais...

— Ah! Blomart, dit Hélène.

Elle roula une boucle sur son doigt. De tous les camarades dont Paul lui, parlait c'était le seul qu'elle eût envie de connaître.

— Eh bien! ne le décommande pas, dit-elle. Emmène-moi avec toi.

— Quelle idée! dit Paul.

— Pourquoi? Je te fais honte?

— Mais ça n'a aucun sens, dit Paul. Je te dis que nous avons à causer, très sérieusement.

— De quoi donc?

— Ça ne t'intéresse pas.

— Justement oui, ça m'intéresse.

Paul haussa les épaules; il avait l'air tout malheureux. « Je ne suis pas gentille », pensa Hélène. Mais quoi? depuis si longtemps, elle mijotait dans son propre suc, elle avait besoin d'un peu de nouveauté; si elle ne se souciait pas de ses intérêts, personne ne s'en soucierait pour elle; c'était la règle : chacun se préférait.

— Puisque je te dis que ça m'intéresse, dit-elle. Tu peux bien m'expliquer.

— Eh bien, tu sais qu'il existe un tas de groupements syndicaux; il en existe trop, nous dispersons nos forces; un congrès va s'ouvrir à Toulouse pour tenter de les unifier. Blomart est délégué par l'un d'eux. Je voudrais le convaincre de voter avec nous.

— Oui, dit Hélène. Parce que vous ne faites pas partie de la même bande?

— Il a été communiste autrefois; mais il est sorti du parti, dit Paul avec blâme. Et maintenant il refuse absolument de s'affilier à l'« Internationale ». C'est le vieux syndicalisme français qu'il veut ressusciter : pas de politique, les syndicats se cantonnent sur le terrain professionnel. Mais à l'heure qu'il est, c'est sur le terrain politique que la partie se joue.

Il allait poursuivre; sur ces questions, il n'avait pas de mesure : il n'en parlait pas, ou il en parlait trop. Hélène coupa court :

— Je ne vous empêcherais pas de causer, dit-elle. Où avez-vous rendez-vous?

— Au « Port-Salut ». Paul hésita une seconde : Mais je ne peux pas t'emmener, tu n'as rien à faire là dedans?

— Puisque j'ai envie de venir, dit Hélène d'un ton boudeur.

— Je t'en prie, dit Paul gentiment. Ne fais pas de caprice. Demain soir nous sortirons ensemble.

— Demain, ça ne m'amuse pas, dit Hélène. Sa voix se mouilla : Tu dis que tu m'aimes, et pour une pauvre petite faveur que je te demande...

— C'est drôle que tu ne veuilles pas comprendre, dit Paul avec un peu d'agacement.

— Je comprends très bien : ça ne se fait pas. Hélène haussa les épaules : Eh bien! justement, quand on aime, on fait des choses qui ne se font pas.

— Oh! ça, c'est des couillonnades de cinéma, dit Paul.

Il avait un air placide et définitif qui fit bouillonner le sang d'Hélène.

— C'est ton dernier mot? dit-elle. Tu ne m'emmènes pas?

Paul secoua la tête en riant à moitié :

— Non, dit-il.

— Eh bien! tu peux aussi bien t'en aller tout de suite, je ne te retiens pas.

Elle marcha vers la porte et l'ouvrit.

— Hélène! ne sois pas stupide.

— Tu m'emmènes ou non?

— Oh! ça va, dit Paul. Il franchit la porte : A demain soir.

— Si je suis là, cria-t-elle d'une voix furieuse.

Elle se pencha sur la rampe; la sonnerie d'entrée tinta et la porte se referma. « Il est parti. Ça lui est bien égal que je reste ici à moisir; ça lui est bien égal que je sois fâchée contre lui, il n'y pense déjà plus. » Elle s'assit sur une marche de l'escalier. Paul l'aimait, c'était sûr, il l'aimait depuis trois ans avec fidélité, avec dévouement, avec chaleur; mais elle ne se sentait pas tellement précieuse à ses yeux; elle n'était précieuse pour personne. Qui se souciait d'elle en cet instant? Elle était là, baignée dans l'odeur de miel et de cacao qui montait de la boutique; elle aurait pu être aussi bien n'importe où ailleurs, ç'aurait été juste pareil. Dans son enfance, elle n'était jamais ni là ni ailleurs : elle était dans les bras de Dieu; il l'aimait d'un amour éternel et elle se sentait éternelle comme lui; blottie dans la pénombre, elle lui offrait chacun des battements de son cœur et le moindre de ses soupirs prenait une importance infinie puisque Dieu même le recueillait. Paul était moins attentif; et même s'il l'eût été davantage, Paul n'était pas Dieu. Hélène se releva. « Je n'ai besoin de personne. J'existe, moi, Hélène; est-ce que ce n'est pas suffisant? »

Elle remonta dans sa chambre et s'approcha de la glace. « Mes yeux, mon visage », pensa-t-elle avec un peu d'exaltation. « Moi. Il n'y a que moi qui suis moi. » C'était rare qu'elle arrivât à tirer d'elle-même ces brèves étincelles; on avait beau toucher sa propre main comme si elle vous avait été étrangère, tout de suite on se retrouvait au cœur d'une intimité sans espoir. Hélène se jeta sur le divan. Déjà sa joie s'était essoufflée. Il n'y avait personne en face d'elle; elle était tout enfermée en elle-même; elle pouvait bien prétendre qu'elle s'aimait, cet amour n'était qu'une petite palpitation tiède à l'intérieur de sa coquille; et cet ennui, cet aigre fadeur de lait caillé, c'était la chair même dont elle était faite, une chair glaireuse et flasque, parcourue de menus frissons. Tout juste comme une huître; une huître ça doit se sentir exister exactement de cette manière-là; mes pensées, ce sont les cils vibratiles; elles ont l'air de s'en aller vers quelque chose, et puis elles se rétractent, elles repartent, elles retombent. Hélène sauta sur ses pieds. Ce n'était pas possible; il fallait qu'il y eût quelque chose. Comment les autres gens font-ils? Sans doute ce sont des huîtres plus accomplies que moi, ils n'imaginent même pas que leur coquille puisse avoir un dehors.

— Mademoiselle Bertrand?

Hélène se pencha sur la rampe :

— Oui.

— Je sors un petit moment. Je peux mettre la pancarte pour dire qu'on s'adresse chez vous?

— Oui, bien sûr, dit Hélène. Vous rentrerez dans combien de temps?

— Une demi-heure, par là, dit la concierge. Merci beaucoup.

— De rien, dit Hélène.

Elle attendit un instant et dévala l'escalier en courant; son cœur battait à grands coups. Maintenant ou jamais; il n'y aura pas de meilleure occasion. Elle ouvrit la porte de la cour, et se glissa le long du mur. Dans la façade sombre, des fenêtres luisaient, menaçantes comme des regards. Si quelqu'un la voyait, si elle croisait ses parents ou un locataire? Elle se figea sur place; ses mains étaient moites et ses jambes tremblaient. « Suis-je devenue si lâche? » Elle la voulait, cette machine; il lui semblait que c'était là toute sa part sur la terre et que si elle ne savait pas s'en emparer, il n'y aurait plus pour elle aucun espoir.

« Je la veux. » Elle saisit le guidon. Comme elle était légère! Elle s'arrêta de nouveau; la boulangère allait la voir passer, et le charcutier, tout le quartier la reconnaîtrait, elle pouvait aussi bien laisser un papier signé : c'est moi qui ai pris la bicyclette. « Tant pis! » dit-elle, les dents serrées. Elle marcha vers le porche, en poussant la machine. Maintenant elle tremblait si fort qu'elle ne serait même plus capable de se tenir en selle. « C'est absurde », répéta-t-elle avec désespoir. Dans une heure, ce serait l'émeute dans la maison : « Je serai dénoncée, on me la reprendra. » Elle regarda autour d'elle avec angoisse; déjà elle ne pouvait plus supporter de s'en séparer, c'était son bien, une chère bête familière et obéissante, son amie, son enfant chérie. « Fuir avec elle, ne jamais revenir... » Elle passa la main sur son front en sueur. « Il y a un moyen, un seul. »

Elle ramena la bicyclette à sa place et traversa la cour en courant. Tant pis pour mon amour-propre; après tout on n'est pas vraiment fâchés. Elle fila comme une flèche le long de la rue Saint-Jacques et s'arrêta à la porte du restaurant. Et s'il ne veut pas? Elle respira profondément; son visage était en feu; un brouillard la séparait du monde, son regard était resté là-bas, rivé au nickel brillant. « S'il refuse, je romps avec lui, je ne le revois plus jamais. » Elle poussa la porte; un poêle ronflait au milieu de la pièce carrelée; des gens étaient assis devant des tables recouvertes de toile cirée. Mais Paul n'était nulle part.

— Vous désirez? dit le patron.

Sous le tablier bleu, son ventre s'avançait, menaçant.

— Je cherche quelqu'un, murmura Hélène. Ses yeux se fixèrent sur un jeune homme solitaire assis à une des tables du fond; il ne mangeait pas, il semblait attendre et un livre était ouvert devant lui. Elle marcha vers lui. Il la regarda d'un air interrogateur; ce n'était plus un tout jeune homme, il devait avoir au moins trente ans. Ses yeux n'étaient pas hostiles.

— Est-ce que vous ne vous appelez pas Blomart? dit-elle.

Il sourit :

— Oui, c'est moi.

— Savez-vous si Paul va venir bientôt?

— Paul Périer?. je l'attends d'une minute à l'autre.

Il souriait toujours; un drôle de sourire retenu; on ne pouvait pas savoir s'il était aimable ou ironique. Elle hésita.

— J'avais un service à lui demander. Elle regarda Blomart avec angoisse : C'est très pressé.

— Si par hasard je pouvais vous le rendre à sa place?

Le cœur d'Hélène se mit à sauter dans sa poitrine. Ce serait encore mieux que Paul; personne dans le quartier ne connaissait cette tête. Elle le dévisagea. Dans quelle mesure pouvait-on se fier à lui?

— Je pense que je ne peux pas? reprit-il.

— Peut-être, dit Hélène. Si vous vouliez... Elle devait avoir l'air stupide à se balancer comme ça d'un pied sur l'autre : Voilà, je ne voudrais pas rentrer chez moi maintenant parce que mes parents m'obligeraient à dîner avec eux et ça m'ennuie. Mais j'ai une bicyclette dans la cour, et j'en ai besoin tout de suite... Vous ne pourriez pas me la sortir? c'est à deux pas d'ici.

Elle regarda la pendule. Sept heures trente-cinq. Ça faisait déjà vingt minutes que la concierge était sortie.

— Je veux bien, dit Blomart. Mais si quelqu'un me voit piquer votre vélo, que va-t-on croire?

— Alors, vous viendrez me chercher ici, et je dirai que c'est moi qui vous ai envoyé.

Elle le regarda d'un air suppliant. Blomart se leva.

— C'est au 200 rue Saint-Jacques; dans la cour, le vélo bleu pâle. D'ailleurs, il n'y en a qu'un. Faites vite parce que j'aimerais quand même mieux qu'on ne vous voie pas.

— Je vous le ramène tout de suite, dit Blomart.

Elle se laissa tomber sur le banc de bois. Arriverait-il à temps? S'il était pris... Mieux valait ne pas y penser. Ne rien penser, c'était la seule manière d'agir. En grandissant on se mettait à penser trop.

— Qu'est-ce que tu fais là? dit Paul.

Il avait surgi brusquement et il regardait Hélène d'un air courroucé; sa peau était rose de colère.

— J'attends ton camarade, dit Hélène. Il est gentil, lui. Je n'ai pas l'air de le dégoûter tellement.

— Où est-il? dit Paul.

— Je l'ai envoyé faire une course.

— Tu ne manques pas de culot, dit Paul d'un ton radouci. Enfin reste, puisque tu es là. Mais tu ne vas pas t'amuser.

Il s'assit.

— Je m'amuse très bien, dit Hélène.

Elle fixait le verre dépoli de la porte. Déjà sept minutes. Il aurait dû être de retour.

— Qu'est-ce que tu veux manger? dit Paul.

— Je ne sais pas, dit Hélène, je n'ai pas faim.

Ça serait moche s'il lui arrivait quelque chose à cause d'elle. Il était plaisant à voir avec son gros pull-over roulé, ses riches cheveux noirs, son cou robuste et sa taille mince; il n'avait pas l'air d'un ouvrier, ni d'un bourgeois, ni d'un type du quartier Latin. Elle tres-saillit. Il s'encadrait dans l'embrasure de la porte, il souriait.

— Votre vélo est là, dit-il. Vous le prenez tout de suite ou je le rentre?

— Oh! comme je vous remercie! dit Hélène.

Elle avait envie de se jeter à son cou. Ma bicyclette; elle est vrai-ment à moi; tout à l'heure je partirai par les rues, je traverserai tout Paris; je suis sûre qu'elle roule si bien. Il lui semblait que toute sa vie était transfigurée.

— Rentrez-la, s'il vous plaît.

— Ton vélo? dit Paul. Qu'est-ce que c'est que cette histoire? Il regarda la belle machine bleu tendre que Blomart rangeait contre le mur : C'est à toi, ça? Depuis quand?

Hélène sourit sans répondre. Paul interrogea Blomart du regard :

— Il est à toi, ce vélo?

— Mais non, c'est le sien que je lui ramène, dit Blomart. Elle m'a demandé d'aller le lui chercher.

Lui aussi regardait Hélène avec incertitude.

— Ça, par exemple! dit Paul. Il empoigna Hélène par l'épaule : Dis donc, tu pourrais faire tes mauvais coups toi-même au lieu de mettre les risques sur le dos du voisin. Tu te rends compte! s'il s'était fait prendre!

Blomart se mit à rire.

— Eh bien! je me suis drôlement fait avoir, dit-il d'un ton penaud.

Son rire était jeune et sympathique, mais il y avait dans ses yeux, au coin de ses lèvres, un tas de réticences qu'Hélène n'arrivait pas à déchiffrer.

— Vous savez, je m'excuse, dit Hélène. Mais je ne pouvais pas y aller moi-même, toutes les concierges du quartier m'auraient reconnue.

— Mais comment donc! dit Blomart. Il s'assit et passa la carte à Hélène : Que prenez-vous? l'émotion a dû vous creuser?

— Je prendrai du pâté et un beefsteak frites, dit Hélène.

— La même chose, dit Blomart au patron qui s'était approché d'eux : Avec une bouteille de rouge.

— Moi aussi : pâté et beefsteak, dit Paul d'un ton maussade. Il méditait d'un air buté : » C'est imbécile, cette histoire, dit-il abruptement. Je vais la rapporter, cette machine. »

— Ma bicyclette, cria Hélène. Paul, si tu fais ça, je ne te revois de ma vie.

— Je vais la rapporter, dit Paul.

Il se leva. Des larmes montèrent aux yeux d'Hélène. Paul était plus fort qu'elle et il était têtu.

— Si tu y vas, dit-elle, les dents serrées, je te suivrai dans la rue en hurlant, tu verras le beau scandale. Essaie donc d'y aller, essaie...

— Écoute, dit Blomart. Il regarda Paul d'un air conciliant : Maintenant que je me suis donné le mal de faucher cette bécane, laisse-la-lui!

Paul hésita.

— Mais c'est idiot, on va tout de suite la soupçonner.

— Je m'en fous, dit Hélène. Ils n'auront aucune preuve.

— Où la cacheras-tu?

— Pourquoi pas chez toi? dit Hélène.

— Non, dit Paul, je ne veux pas me mêler de ça.

— On pourrait la mettre chez moi, dit Blomart.

— Oh! que ça serait bien, dit Hélène. Je pourrais la repeindre chez vous? Ça ne vous dérangerait pas?

— Pas du tout, dit Blomart. En quelle couleur la peindrez-vous?

— En vert sombre, dit Hélène. Vous ne trouvez pas que ce serait joli?

— Vert sombre? dit Blomart. Ça ne me semble pas une mauvaise idée.

— Ces plaisanteries, je trouve que ça passait quand tu étais petite, dit Paul. Mais maintenant, c'est franchement moche. Enfin! mets-toi une minute à la place de cette pauvre bonne femme qui ne va plus retrouver son vélo.

— Justement, dit Hélène. Ça me ravit. Cette pauvre bonne femme! mais c'est une affreuse rousse toute couverte de fourrures et qui a des tapis plein son appartement. Et puis, d'abord, elle ne s'en sert jamais de son vélo, ça faisait huit jours qu'il était là dans la cour.

— Tu volerais n'importe qui, tu t'en fous, dit Paul.

— C'est pas vrai, dit Hélène. Elle haussa les épaules : Je ne comprends pas pourquoi tu te casses les pieds à défendre la propriété puisque tu es communiste!

— Ça n'a rien à voir, dit Paul. Tu parles comme les bourgeois qui s'imaginent qu'on est communiste pour piocher dans la poche du voisin.

— Je ne vois aucune raison pour ne pas voler de sales richards, dit Hélène.

Elle se tourna vers Blomart dans l'espoir de trouver dans ses yeux une complicité.

— Personnellement, je ne le ferais pas non plus, dit-il.

Il avait toujours le même air aimable et un peu ironique. « Comme si j'avais quatre ans », pensa Hélène avec un peu de colère.

— Ah! pourquoi? dit-elle déçue.

— Ça n'avance à rien, dit Blomart.

— Comment! dit Hélène. Ça m'avance très bien! elle est à moi, maintenant, cette bicyclette.

— Oui, bien sûr.

Blomart souriait. Son sourire n'était pas transparent comme le sourire de Paul. Hélène le considéra avec perplexité.

— Alors, pourquoi me blâmez-vous?

— Mais je ne vous blâme pas, dit Blomart d'un ton poli.

— Vous avez dit que vous n'auriez pas fait comme moi, dit-elle avec impatience.

Il eut un geste vague.

— Oh! ça me gêne toujours de chercher mon propre avantage. Il avait un ton sérieux, ce ton sérieux qui était si agaçant chez Paul. Seulement, lui, ses paroles ne sonnaient pas creux. Il était parti de chez lui à vingt ans exprès pour ne rien posséder. Il devait avoir de bonnes raisons.

— Mais on recherche toujours son avantage, dit Hélène. Et je trouve qu'on a bien raison, ajouta-t-elle d'un ton revendicant. Après tout, on n'a que soi.

— Toi, tu n'as que toi, dit Paul.

— Parce que je suis une petite bourgeoise, je sais, coupa Hélène, en lui montrant les dents.

— Son avantage, oui, dit Blomart, mais ça dépend où on le place.

— Qu'est-ce que vous voulez dire? dit Hélène.

Il parlait à contre-cœur, du bout des lèvres; évidemment, il la prenait pour une enfant, il ne voulait pas s'abaisser à discuter avec elle.

— Nos petits désirs personnels, ça ne me semble pas bien intéressant, dit Blomart... Je ne vois pas pourquoi on aurait profit à les satisfaire.

— Les miens m'intéressent, dit Hélène.

Elle était agacée. En un sens, elle aimait bien parler avec lui, il semblait avoir en réserve un tas de ressources secrètes. Et c'était agréable de penser qu'il choisissait ses phrases exprès pour elle, de sentir peser sur soi ce regard brillant. Mais comme il avait l'air sûr de lui! ça donnait tout de suite envie de le contredire.

— Je trouve qu'on doit avoir plus d'orgueil, dit Blomart.

— Plus d'orgueil? dit Hélène surprise.

— Oui, dit Blomart.

Elle ne comprenait pas bien ce qu'il voulait dire, mais les mots avaient sonné à ses oreilles comme une insulte. En somme, s'il se montrait indulgent pour le vol de cette bicyclette, c'est qu'il le trouvait puéril. Il regardait Hélène de toute sa hauteur d'homme et d'adulte.

— Alors, si on ne s'intéresse même pas à ce qu'on désire, dit-elle d'un ton agressif, je me demande ce qui reste.

— Bien des choses, dit Blomart gentiment.

Il y avait quelque chose de fraternel dans sa voix. Est-ce qu'il existait des gens à qui il parlait toujours de cette voix-là? une femme peut-être. C'était drôle de penser qu'il avait toute une vie derrière lui, autour de lui.

— Quoi? dit-elle.

— Ce serait bien long à expliquer, dit Blomart d'un air gai. Vous le découvrirez toute seule si vraiment vous ne le savez pas.

De nouveau la colère monta aux joues d'Hélène. Décidément, il ne voulait pas prendre la peine de causer avec elle; il lui jetait une insulte à la figure, et il passait outre avec désinvolture.

— Oh! je sais : je devrais me soucier du bonheur de l'humanité. Elle regarda Paul en ricanant : Les ouvriers, eux, ils ont le sens de la solidarité.

— Parfaitement, dit Paul.

— Mais chacun n'a qu'à s'occuper de soi, c'est bien plus simple. Moi, je me défends; le voisin n'a qu'à en faire autant.

— Je crois bien que vous êtes née toute défendue, dit Blomart·

Hélène sentit un nœud se former dans sa gorge : ce n'était pas la peine de lui faire tant de sourires pour finir par se moquer d'elle.

— Elle est moins mauvaise qu'elle ne dit, dit Paul en riant. Elle ne peut pas voir un pauvre type sans vendre sa chemise pour lui venir en aide.

Il n'avait pas besoin de se jeter au secours d'Hélène, elle était assez grande toute seule. Et puis, ça lui était bien égal de scandaliser Blomart.

— Évidemment, je n'aime pas quand quelqu'un souffre sous mes yeux, dit Hélène. Elle regarda Blomart d'un air provocant : Mais voyez-vous, je suis peut-être un monstre : les gens que je ne connais pas, je m'en balance.

— Ce n'est pas monstrueux, c'est un cas fréquent au contraire, dit Blomart.

Sa voix était indifférente. Hélène saisit son verre de vin entre ses mains; elle avait envie de le lui jeter au visage. Il avait beau jeu de la tourner en ridicule, lui qui passait son temps en discussions, en réunions. « Ça le ferait trop rire. » Elle vida son verre et le posa sur la table.

— En tous cas, ça vaut mieux que de se pavaner avec importance comme si on tenait vraiment le sort de l'humanité au bout de ses doigts, dit-elle d'une voix vacillante.

— Sûrement, dit Blomart.

Il riait. Il n'essayait même pas de déguiser son mépris.

— Je suis sûre que l'humanité s'en fout bien, de toutes vos parleries.

Elle ne pouvait plus s'arrêter; elle ne savait pas bien pourquoi elle avait commencé à prendre ce ton furieux, mais elle ne pouvait pas revenir en arrière, à chaque réplique sa colère montait. Et Blomart riait. Elle se leva et prit son manteau.

— Amusez-vous sans moi, dit-elle.

Elle saisit sa bicyclette, franchit la porte du restaurant, et sauta en selle. Ils continuaient à ricaner derrière son dos; Paul devait être un peu ennuyé, mais sûrement Blomart trouvait l'incident drôle. Des larmes de rage montèrent aux yeux d'Hélène. Ces deux pontifes!

Maintenant ils causaient, entre hommes; et elle n'était rien qu'une petite fille superficielle, capricieuse. Elle frissonna; la bruine transperçait son manteau trop mince, ce n'était pas agréable de rouler à bicyclette par ce temps froid. « Pourquoi est-ce que je me suis montrée si stupide? je ne sais jamais me conduire. » Elle freina et rangea sa bicyclette contre le trottoir. Ce n'était peut-être pas prudent de la laisser là. Tant pis. Et après tout, c'était une bicyclette, rien de plus. Elle poussa la porte d'un grand café illuminé et s'accouda au comptoir. « Un rhum. » Le rhum lui brûla la gorge. C'est Paul qui l'avait exaspérée; si seulement il n'avait pas été là. Lui, est-ce que vraiment il s'intéressait aux gens? pour de bon? Tous ces gens : des hommes, des femmes, des jeunes, des vieux. Ils riaient, ils buvaient avec bruit. Qu'est-ce qu'on peut trouver en eux? qu'ont-ils de plus que moi-même? Moi, je me connais par cœur, c'est toujours pareil; mais ils ne valent pas davantage. Vous le découvrirez toute seule. Mais non, je ne découvre rien. Qu'est-ce qui est intéressant? Qu'est-ce qui mérite un effort?

La bicyclette était à sa place contre le trottoir, fidèle, docile. Hélène empoigna le guidon avec humeur; est-ce qu'il faudrait la traîner toute la nuit? Elle n'avait pas envie de se remettre en selle, c'était plus facile de penser en marchant. « A qui est-ce que je sers? » De toutes manières, c'était difficile de penser, ses idées fuyaient dans tous les sens. « Ce qu'il me faudrait, c'est un autre rhum. » Elle entra dans un café Biard. « Deux rhums. » Le garçon essuyait le comptoir avec un torchon. Cette lumière triste; dehors la bruine qui tombe. Et moi. On est là. Pourquoi là, justement? Moi. Qui? quelqu'un qui dit moi. Et un jour cette présence ne sera plus sentie par personne. Elle appuya sa main contre le zinc. C'est impossible. J'ai toujours été là, j'y resterai toujours, c'est l'éternité. Elle considéra ses pieds, ils étaient rivés au sol; comment pourrait-elle jamais bouger? pour aller où?

Hélène se retrouva dans la rue. Elle regarda la bicyclette avec dégoût : juste là où elle l'avait laissée, comme un chien patient et importun. Elle s'éloigna, écœurée; c'était préférable de garder les mains libres, elle avait déjà assez à faire avec ses pieds : il fallait les placer juste l'un devant l'autre, ce n'était pas si simple qu'on croyait. Elle fit quelques pas. « Ça n'avance à rien », dit-elle. Elle s'adossa à un arbre. Le tronc était empoissé de brume liquide, des gouttes glacées tombaient des branches nues; Hélène sentait le froid qui fendillait chaque fibre de son corps. Elle reprit sa marche. « Ça n'avance à rien », répéta-t-elle. De toutes façons, on restait à la même place, comme dans les cauchemars. Progresser, reculer; il n'y avait pas de but.

« Lui saurait me dire. » Son visage mat, sa voix négligente et grave. Lui, ça ne semblait pas absurde qu'il fût sur terre; il paraissait avoir ses raisons. « Si je pouvais lui parler, sans Paul. » Brusquement, dans le froid glacé, une flambée crépita : il n'y aurait qu'à lui écrire. Un but. Déjà le but était là; de nouveau le temps coulait, palpable, chaud. Hélène trébucha contre le bord du trottoir et se mit à rire.

III

On a frappé. La porte s'ouvre doucement.

— Tu n'as besoin de rien?

Il secoue la tête.

— Non, merci.

Besoin de quoi? pour quoi? Là-bas, sans doute, ces mots ont encore un sens. Il y a une chambre de l'autre côté de la porte; toute une maison; une rue; une ville. Et des gens, d'autres gens qui dorment ou qui veillent.

— Laurent a été dormir?

— Oui. Il viendra te voir à six heures. Madeleine s'approche du lit : Elle dort toujours?

— Elle n'a pas cessé de dormir.

— N'oublie pas, dit Madeleine, je suis à côté, avec Denise.

Elle referme la porte. Sur le lit, il y a un mouvement léger.

— Quelle heure est-il?

Les mots sont chuchotés tout bas, d'une voix puérile. Il se penche, il effleure la main qui repose sur le drap.

— Deux heures, mon cher petit.

Elle ouvre les yeux :

— J'ai dormi.

Elle reste un moment aux aguets, elle écoute; elle n'écoute pas dehors, mais au dedans d'elle.

— Ils font toujours ce bruit là-haut, tu entends?

Il n'entend pas; il se penche avidement sur cette agonie, mais il ne peut pas la partager.

— J'aimerais bien qu'ils se taisent.

— Je vais aller leur dire. Rendors-toi.

— Oui. Le regard bleu vacille : Paul, dit-elle. Où est Paul?

— Il est sauvé; demain soir, il aura passé la ligne. Il viendra ici avant de partir.

Elle referme les yeux; les mots n'ont pas traversé son rêve. Ce rêve lourd où bruit un sang violacé et que je ne peux pas rêver. Non. Ne te rendors pas. Réveille-toi pour de bon, réveille-toi à jamais. Elle a ouvert les yeux, elle a ouvert les lèvres, de nouveau elle était près de moi et je n'ai pas su la garder. Il fallait pénétrer de force jusqu'en son cœur, déchirer les brouillards, et l'obliger à m'écouter, la supplier : reste vivante, reviens-moi. Reviens; hier encore, c'était si facile. Les mains posées sur le volant, tu regardais le ciel, tu disais : la belle nuit. Une trop belle nuit, si tiède. Tu souriais : je reviendrai. Plus jamais je ne reverrai son sourire. On dirait que sa lèvre est devenue trop courte, elle découvre ses dents et ses narines sont pincées; dans sa chair vivante, déjà un cadavre se modèle. Il faut fermer les yeux, oublier ce masque de mort; demain je ne pourrai plus, je ne verrai plus que lui. « Je reviendrai. » J'aurais dû mettre les bras autour de toi et ne plus les ouvrir : ne pars pas; je t'aime, reste avec moi. Tu les as entendus, ces mots, dans le silence; et tu es partie; j'aurais dû les crier plus fort. Je t'aime. Maintenant, je parle et tu n'entends plus. Tu m'écoutais si passion-nément : et moi je me taisais. Est-ce que nous ne reviendrons jamais en arrière, dans aucune vie? Elle est là, si proche, si jeune dans son corsage clair, jeune comme les espoirs de cet été triom-phant. Elle portait une jupe plissée à carreaux rouges et verts, un chemisier blanc et autour de la taille une large ceinture de cuir rouge : une frange couvrait son front et ses cheveux tombaient bien lisses, des deux côtés de son visage. Quand elle s'est encadrée soudain dans l'embrasure de la porte tous les yeux se sont tournés vers elle; elle n'avait pas l'air d'une femme d'ouvrier, et pourtant comme elle s'avançait à travers l'atelier, sa présence ne semblait pas déplacée; c'était sans doute grâce à cette négligence qu'il y avait dans sa toilette, dans ses gestes, dans toute sa personne.

Elle s'est approchée de moi, avec un air effarouché et agressif; elle m'a tendu brusquement un paquet.

— Je vous ai apporté à manger.

J'ai pris le paquet, un énorme colis enveloppé de papier brun grossièrement ficelé.

— Vous êtes trop gentille.

Je la regardais en hésitant; elle se balançait gauchement d'un pied sur l'autre. J'étais gêné : gêné de n'avoir pas répondu à ses lettres, et surtout de les avoir reçues.

— Eh bien, dit-elle avec impatience, vous ne l'ouvrez même pas?

Elle devait s'imaginer que nous avions passé dans le jeûne ces deux jours de captivité volontaire, elle avait dévalisé la confiserie, choisissant parmi les marchandises douceâtres ce qu'elle avait trouvé de plus robuste, de plus mâle : des pavés de pain d'épice, des bâtons de gros chocolat, d'épais biscuits; elle n'avait pas pu se retenir de glisser de-ci de-là un caramel mou, une banane confite, un rocher praliné. Elle flaira les nourritures en souriant d'avidité.

— Distribuez-les vite à vos amis : sûrement vous avez faim?

Mes yeux firent le tour de l'atelier, et rencontrèrent six paires d'yeux amusés. « Qui veut un peu de dessert? » criai-je. Je lançai à la volée les petits beurres, les boîtes de dattes, les caramels bruns et blonds et je mordis dans un morceau de pain d'épice.

— Vous ne prenez rien?

— Non, c'est tout pour vous, dit-elle.

Ses yeux luisaient; elle suivait avec application le mouvement de mes mâchoires et j'avais l'impression qu'elle sentait dans sa propre bouche la purée mielleuse qui s'écrasait contre mon palais. J'étais de plus en plus embarrassé; son regard fouillait minutieusement mon visage, il enregistrait la forme de mes sourcils, la nuance exacte de mes cheveux; personne ne m'avait jamais ainsi scruté. Madeleine ne me regardait pas, elle ne regardait rien; les choses étaient là, autour d'elle, confuses, et vaguement effrayantes, elle essayait plutôt de ne pas les apercevoir; Marcel m'examinait parfois, mais il se bornait à constater mes traits avec une impartialité désolée. Tandis que les regards d'Hélène interrogeaient, ils soupesaient, ils demandaient des comptes. Qui donc se permet d'être là, en face de moi? J'ai mâché un grand bout de pain d'épice en silence; puis j'ai dit :

— On vous a laissée passer?

Elle haussa les épaules :

— La preuve que oui.

— Ils ont pour consigne de ne laisser entrer que les mères et les femmes...

Elle sourit avec un peu de défi :

— J'ai dit que je venais voir mon fiancé.

— Perrier est dans l'atelier d'à côté, dis-je précipitamment.

— Mais c'est votre nom que j'ai donné, dit-elle. Je crois même que c'est pour ça qu'ils ne m'ont pas chassée.

Je dus avoir l'air contrarié; elle demanda :

— Ça vous ennuie?

— Un peu. C'est moi qui ai donné les consignes, je ne veux pas bénéficier d'une mesure d'exception.

Elle s'assit sur un tabouret et croisa les jambes; c'était de belles jambes hâlées. Elle portait des spartiates de cuir et des socquettes blanches.

— Et pourquoi pas? dit-elle.

— Écoutez. Si vous voulez absolument que nous causions, prenons un rendez-vous. La grève ne va plus durer longtemps. Mais il ne faut pas que vous restiez ici.

— Ah! mais c'est que je suis venue de loin, dit-elle. Non; je reste. Comme ça, vous serez bien obligé de me répondre.

J'ai souri. Ses lettres m'avaient déplu; des lettres de petite fille qui s'ennuie. Mais elle devait valoir mieux que cela; il y avait dans ses yeux, son front, ses pommettes une violence de bête sauvage tandis que tremblaient sur sa bouche mille promesses de douceur; j'aimais ce visage. Je jetai un coup d'œil sur les camarades; ils ne s'occupaient pas de nous. Les uns jouaient aux cartes sur un marbre; d'autres s'étaient allongés sur le sol et fumaient; Portal faisait réchauffer sur une lampe à alcool la gamelle que sa femme lui avait apportée, Laurent écrivait une lettre; on se serait cru dans quelque foyer populaire, n'était ce décor autour de nous qui demeurait celui de nos journées de travail; ça semblait étonnant de voir s'épanouir à loisir des vies individuelles dans ces ateliers où se déroulait naguère avec rigueur une dure tâche collective. Le plomb avait durci dans le creuset, la flamme était éteinte, les signes du clavier n'étaient plus que des taches indistinctes, les caractères de plomb étaient redevenus aussi informes que si nous n'avions pas su lire; nous seuls existions, insouciants de ces choses inhumaines,

tout entiers occupés de nous-mêmes. Nous étions libres et nous
éprouvions notre force. Nous n'obéissions à aucun ordre et nous
n'avions chargé personne d'agir à notre place; la grève avait jailli;
spontanément, sans pression des partis, sans but politique, du cœur
des travailleurs eux-mêmes, de leurs besoins, de leurs espoirs.
Je me sentais comblé. Depuis des années j'avais lutté patiemment
pour en arriver là : à l'affirmation de cette solidarité sereine où
chacun puisait chez les autres la force d'imposer sa propre volonté,
sans empiéter sur la liberté de personne et tout en demeurant
responsable de soi.

Son pied se balançait avec impatience; le bout de sa sandale
a effleuré mon bras :

— Vous êtes furieux?

— Moi? pourquoi?

— Vous ne dites rien.

— Je regardais; ces grèves sont une belle réussite. Pensez qu'en
ce moment, à travers toute la France, la même scène est en train
de se vivre dans des milliers d'usines et d'ateliers.

Sous la frange qui accentuait son air buté, ses yeux bleus ont viré
au noir.

— Pourquoi vous moquez-vous de moi?

— Je me moque de vous?

— Je n'ai pas fait tout ce chemin pour que vous me parliez de
votre grève.

Ses yeux couraient hardiment tout autour de mon visage, ils
furetaient dans chaque ride, dans chaque pli de mon front; mais elle
était embarrassée de sa bouche trop tendre, elle passa gauchement
sa langue sur ses lèvres.

— Pourquoi n'avez-vous pas répondu à mes lettres?

— Mais j'ai répondu.

— Une fois. Un mot de quatre lignes.

— Il n'y avait rien de plus à dire.

Elle m'a regardé comme si elle avait voulu me battre.

— Est-ce que c'est si mal quand on rencontre quelqu'un qui peut
vous être utile de chercher à le revoir?

— Mais est-ce mal quand quelqu'un ne peut pas vous être utile
de se refuser à le revoir?

J'étais bien décidé à la décourager, je n'avais pas de temps à
perdre avec elle; mais je la trouvais charmante avec son visage

sérieux et courroucé; un afflux de sang a réchauffé ses joues.

— Oui, évidemment, ça vous est égal que je croupisse dans ma peau sans savoir que devenir.

— C'est forcé que ça me soit égal : je ne vous connais pas.

— Mais maintenant, vous me connaissez?

Elle m'adressa un petit sourire engageant.

— Écoutez, dis-je, je vous comprends très bien; vous êtes à l'âge où on s'ennuie, n'importe quelle distraction vous est bonne. Mais moi, c'est différent; je n'ai que trop de choses à faire; je n'ai absolument pas le temps de m'occuper de vous.

— Le temps... Son pied se balançait toujours impatiemment : On trouve toujours du temps si on en a envie.

— Mettons que je n'en ai pas envie, dis-je.

Elle s'est immobilisée comme pour mieux laisser les mots entrer en elle, elle a baissé la tête.

— Je ne vous suis pas sympathique?

La question avait un accent si sincère que je restais déconcerté; dans cette manière de s'exposer aux réponses les plus cruelles, il y avait un courage qui forçait l'estime. C'est la première chose qui m'a saisi chez toi, ce goût téméraire de la sincérité.

— Vous êtes très sympathique. Mais vous savez, vous vous illusionnez beaucoup sur ce que je pourrais faire pour vous; je n'ai rien à vous apprendre. A moins que vous ne vous·intéressiez au syndicalisme.

Elle haussa les épaules :

— Si vous ne me servez à rien, je le verrai bien moi-même.

C'était difficile d'échapper à ses petites serres tenaces.

— Non, laissons ça. Si je me mettais à fréquenter tous les gens que je trouve sympathiques, ma vie n'y suffirait pas.

— Vous en connaissez tant? vous avez de la chance. Elle soupira : Moi, je ne connais personne.

— D'abord, vous avez Perrier...

La flamme noire se ralluma dans ses yeux.

— Ah! c'est à cause de Paul. Rassurez-vous, je n'ai pas du tout l'intention de tomber amoureuse de vous.

— Je n'ai jamais pensé ça, dis-je.

Je n'étais pas si rassuré; elle me semblait en humeur de passion, et évidemment ça lui aurait paru fade d'aimer son fiancé.

— Seulement, reprit-elle, Paul et moi, on mijote dans le même jus depuis des années. J'aurais voulu entendre un autre son de cloche.

— Vous aimez lire. Un bon livre, il n'y a rien de tel pour vous sortir de votre peau.

Elle haussa les épaules avec fureur.

— Bien sûr, je lis. Mais c'est pas pareil. Elle donna un coup de talon dans le pied du tabouret : On voit bien que vous ne savez pas ce que c'est que de rester du matin au soir seul dans son coin.

— Ça changera sûrement, dis-je. Je suis tranquille pour vous. J'ai fait un pas comme pour m'éloigner d'elle : Vous m'excuserez, mais j'ai du travail qui m'attend.

— Du travail? vous êtes en grève.

— Justement, j'écris un article sur la grève.

— Montrez-le-moi.

— Il n'est pas fait. Et puis ça ne vous intéresserait pas.

— Expliquez-moi, dit-elle. Vous n'êtes pas communiste?

— Non.

— Quelle différence ça fait-il?

— Les communistes regardent les hommes comme des pions sur un échiquier; il s'agit de gagner la partie; les pions par eux-mêmes n'ont pas d'importance.

Elle regarda autour d'elle avec hauteur.

— Et vous trouvez, vous, qu'ils ont tant d'importance? C'est la seule chose qui doit être amusante en politique : de sentir un tas de ficelles dans sa main et de tirer dessus.

— Vous ne savez pas de quoi vous parlez, dis-je.

C'est un accident. Tu ne vas pas quitter le parti pour ça. Tu te dois au parti, mon petit. Nous le vengerons. Deux poings, un cerveau : c'est si peu de chose; il reste tant de têtes et tant de poings. J'ai frappé dans la nuit et Marcel a ouvert la porte : son frère unique était mort. Qu'on me tue, qu'on m'enfouisse dans la terre. Dangereux comme l'arbre au tournant de la route, comme ce revolver chargé, comme la guerre, comme la peste. Cachez-moi; effacez-moi. Mais je vis. Du moins je n'agirai plus, plus jamais.

— Mais quand vous organisez ces grèves, vous ne tirez pas des ficelles?

— Elles se sont organisées sans moi, dis-je.

Après avoir quitté le parti, j'étais resté deux ans en léthargie; et puis peu à peu j'avais recommencé à m'occuper de la vie syndicale. Ce travail-là me semblait licite parce qu'il n'avait rien d'un

travail politique; il était à une mesure humaine. Je n'avais pas à
choisir pour autrui; je ne décidais rien; chaque membre du syndicat
reconnaissait sa propre volonté dans la volonté collective; je
n'exerçais aucune action sur le groupe auquel j'appartenais : je
me bornais à être l'instrument à travers lequel il réalisait son existence; en moi, ses aspirations confuses s'ordonnaient en pensées
cohérentes, ses désirs dispersés prenaient un corps tangible, ils
empruntaient ma voix pour s'exprimer tout haut; mais c'était tout.
Par moi il n'arrivait rien dans ces vies d'inattendu ni d'arbitraire,
rien qui ne jaillît d'elles-mêmes. Mais je n'avais pas envie d'expliquer tout ça à Hélène. Je lui tendis la main.

— Au revoir. Allez-vous-en sagement.

— Et si je ne veux pas partir?

— Je ne peux pas vous forcer.

J'allais m'asseoir devant le marbre sur lequel j'avais étalé mes
papiers. Elle a hésité un moment et puis elle est venue vers moi.

— Alors, au revoir, dit-elle d'une voix triste.

— Au revoir.

Je m'étais bien défendu, j'étais tout fier de ma prudence incorrup-
tible. Aveugle, une fois de plus. Je te repoussais avec conscience,
je prétendais te repousser : mais n'était-ce pas moi cette voix, ce
visage, ce passé qui t'attiraient? mon refus même me donnait un
nouvel attrait. « Je n'ai rien fait pour ça. » Madeleine haussait les
épaules. Elle avait raison, j'étais responsable. Responsable de la
douceur et de la dureté de mes yeux, de mon histoire, de ma vie, de
mon être. J'étais là, devant toi; et parce que j'étais là, tu m'avais
rencontré, sans raison, sans l'avoir voulu : désormais tu pouvais
choisir de te rapprocher ou de fuir, mais tu ne pouvais pas empêcher
que je n'existe en face de toi. Une contrainte absurde pesait sur ton
existence, et c'était moi. Je croyais faire de ma vie ce que je décidais
d'en faire, je me sentais libre et sans reproche. Et j'étais à jamais pour
autrui ce scandale. Mais je ne savais pas. Je croyais qu'il suffisait
de dire « non ». Non, je ne vous reverrai pas. Non, je n'entraînerai pas
mes camarades dans une lutte politique. Non, nous ne réclamerons
pas l'intervention.

— C'est pourtant vrai ce qu'ils t'objectent, dit Marcel. Ne pas
faire de politique, c'est encore en faire.

— Tu peux parler, dit Denise, toi qui n'as même pas voté.

Elle servait le café au milieu du grand atelier nu. Pour prévenir une saisie nous avions enlevé la veille en tapinois les meubles précieux, les tapisseries, et les rares toiles que Marcel possédait encore.

— C'est aussi absurde que de voter, dit Marcel. Il sourit : Seulement, c'est moins dérangeant.

— Pour moi, cette objection n'est qu'un sophisme, dis-je; il faudrait me prouver qu'il y a une primauté de la politique, que l'homme est un animal politique, et que son attitude est politique, quoi qu'il pense. Je nie cela. La politique, c'est l'art d'agir sur les hommes du dehors; le jour où l'humanité tout entière s'organisera du dedans d'elle-même, il n'y aura plus besoin de politique.

— Tu parles bien, dit Marcel. C'est ton discours de tout à l'heure que tu essaies sur nous?

Je l'amusais, je crois, plus que personne au monde. Prétendre ne pas se compromettre dans l'absurdité universelle, c'était un comble d'absurdité, qu'il n'avait rencontré chez personne. L'assurance avec laquelle Denise se jetait dans tous les pièges lui semblait moins burlesque que mes efforts pour les éviter. Pour lui, il acceptait avec indifférence de s'embourber dans la glu terrestre : la question était ailleurs.

Je lui souris sans rancune. Depuis huit ans, je ne m'étais jamais senti si heureux. Dans l'éclat rouge du 14 juillet, c'était mon propre triomphe que je saluais : le triomphe de ma vie, de mes idées.

— Tu n'as pas envie de venir faire un tour vers la Bastille?

— Avec ce ciel? Ses yeux désignaient l'éblouissant ciel bleu : Non. Je vais dormir un moment.

Il ne vivait guère que la nuit. Il dormait la plus grande partie du jour.

— Et vous? dis-je à Denise. Venez-vous?

Elle fixait d'un air morne la porte par où Marcel venait de disparaître.

— Je n'ai pas grande envie. Elle tourna les yeux vers moi : Dire que nous aurions pu être si heureux.

— Vous ne changerez pas Marcel, dis-je. Il faut le prendre tel qu'il est.

— J'essaie, dit-elle, mais il est inguérissable. Il fait exprès... Elle maîtrisa sa voix où tremblaient des larmes.

— Je suis sûre qu'il est en train de s'enfermer dans une impasse; il n'en sortira jamais.

Depuis des années déjà Marcel avait cessé de peindre ces images qui réclamaient pour vivre la complaisance d'un regard étranger. Il voulait créer pour de bon. Il avait taillé du bois, modelé de la glaise, travaillé à même le marbre; il caressait avec satisfaction la dure matière où sa main avait coulé une forme parlante; ça tenait debout tout seul, on pouvait tourner autour, ça ne semblait rien avoir à envier à une chaise, à une table. Mais bientôt, il s'était mis à regarder ses œuvres d'un air sombre. Le marbre existait, la lourde pierre nue. « Mais le visage, où est le visage? » disait Marcel avec fureur. Il pointait deux doigts vers moi. « Il est dans tes yeux, pas ailleurs. » Un matin, il avait chargé ses œuvres sur une charrette à bras, il s'était attelé aux brancards et il avait traîné la voiture jusqu'aux entrepôts de Bercy : il avait fait basculer la charrette dans la Seine. Denise avait pleuré pendant des jours.

— Avec lui, dès qu'on a renoncé à une chose, dit-elle, on s'aperçoit qu'il faut tout de suite renoncer à autre chose encore. Où ça s'arrêtera-t-il?

Sous les cheveux étincelants, son visage s'était fripé; ses yeux avaient appris la méfiance. Elle portait une robe élégante, mais usée aux coudes et serrée à la taille par une ceinture bon marché.

— Vous devriez essayer de vivre pour votre propre compte, dis-je, et ne pas rester suspendue à la vie de Marcel.

— Qu'est-ce que vous voulez que je fasse? je n'ai de génie en rien.

— On n'est pas obligé d'avoir du génie.

Elle me regarda d'un air de doute; elle aimait les valeurs sûres.

— J'ai horreur de la médiocrité. Elle tourna sur elle-même et fit un pas vers la table : Vous trouvez ça beau, vous? dit-elle en désignant une espèce de monticule fait de coquillages et de cailloux agglomérés. Marcel consacrait tout son temps à présent à ces constructions, il tressait des ficelles, de la paille, des bourrelets de fenêtre, il fabriquait des mosaïques avec des morceaux de chromo. Ces objets le satisfaisaient parce qu'on ne pouvait pas séparer, même en pensée, leur sens obscur et leur existence de chair et d'os.

— Marcel ne prétend pas que ce soit beau, dis-je.

Elle haussa les épaules.

— Un raté, voilà ce qu'il est en train de faire de lui-même.

C'était difficile de lui expliquer que la réussite, la gloire ne méritaient pas de si brûlants regrets. « Alors, qu'est-ce qui a de l'importance? » disait-elle. Je ne pouvais pas répondre pour elle. Je savais ce qui était important pour moi; et Marcel ce qui était important pour lui. Mais nous n'avions rencontré dans aucun ciel ces mesures absolues, définitives, dont Denise exigeait la révélation.

— Faites-lui confiance, dis-je.

— Est-ce que je n'ai pas été patiente? dit-elle.

Je la regardais avec compassion. Elle avait beaucoup de mérite. Elle acceptait la pauvreté sans se plaindre, elle n'adressait jamais de reproches à Marcel, elle essayait avec application de comprendre ce qu'elle appelait « son complexe ». Loyale, intelligente, courageuse. Mais une secrète disgrâce rendait vaines toutes ces vertus.

Je touchais son bras.

— Vous ne devriez pas rester ici, dis-je. Venez donc avec moi.

— J'ai peur que ce ne soit trop fatigant.

Elle me sourit sans gaieté; elle avait peur d'être indiscrète. Je n'insistais pas. Je n'arrivais pas à éveiller en moi une vraie sympathie pour elle. Je me le reprochais parfois.

— Ne t'en fais pas, me disait Madeleine. Tout ça, c'est du malheur bourgeois, du malheur de luxe.

Madeleine ne comprenait pas qu'on pût se plaindre de son sort; ni qu'on pût s'en réjouir; ni qu'on pût rien craindre ni rien espérer.

— Qu'est-ce qu'ils s'imaginent donc? dit-elle en désignant le flot noir et rouge qui coulait entre les trottoirs.

Elle marchait à mes côtés en clopinant. Ses souliers lui faisaient toujours mal parce qu'elle les achetait au hasard d'une occasion, d'un échange, d'un service à rendre.

— Ils pensent que demain sera meilleur qu'aujourd'hui, dis-je.

Je le pensais aussi. A travers les hésitations de ce début d'expérience, tant de promesses étaient en train d'éclore!

— Peuh! quoi qu'ils fassent, la vie ne vaudra jamais cher.

Je ne répondis pas; je n'essayais jamais de discuter avec Madeleine; plus les arguments qu'on lui opposait étaient convaincants, plus elle se méfiait de leurs artifices. D'ailleurs il était vrai que sa vie ne valait pas cher puisqu'elle la mettait elle-même à si bas prix; son corps ne valait pas cher, elle le livrait avec indifférence à qui l'en sollicitait; son temps ne valait pas cher, elle l'employait surtout à dormir ou à fumer, les yeux dans le vague; elle n'aurait pas été dépourvue d'intelligence si elle n'eût estimé que ses pensées non plus ne valaient pas cher : c'était rare qu'elle consentît à s'y arrêter. Ses plaisirs, ses intérêts, ses ennuis, ses sentiments mêmes ne comp-

taient guère à ses yeux et personne ne pouvait les faire compter
pour elle; personne, sauf elle, ne pouvait faire qu'il fût important
pour elle d'exister. Mais pour ces hommes qui défilaient en chantant,
c'était une entreprise importante que d'être un homme. Demain, la
vie allait trouver un sens, elle en avait un déjà par la force de leurs
espoirs.

— Tu viens avec moi ou tu m'attends dans un bistro?

— Tu vas encore causer? dit-elle.

— Oui. J'ai promis un discours aux camarades.

Au milieu de la place, juché sur une estrade, Gauthier était en
train de parler. Il devait y avoir une zone de silence autour de lui,
mais nous étions trop loin, ses paroles se perdaient dans l'immense
voix de la foule.

— Qu'est-ce qu'il raconte? dit Madeleine.

— Je ne sais pas.

— Et toi, qu'est-ce que tu vas dire?

— Viens, tu le sauras.

— Non, dit-elle, je t'attends ici.

Elle s'adossa à un arbre et ôta ses souliers, découvrant ses bas
percés de trous et constellés de taches roses : pour arrêter les mailles
qui filaient, elle les badigeonnait de vernis à ongles.

— Ça risque d'être long, dis-je.

— Ça m'est égal.

Une cohorte d'enfants passa devant nous, un foulard rouge noué
autour du cou, un béret rouge sur la tête; puis il y eut des femmes
qui criaient sur l'air des lampions : « La Roque au poteau. » Les
drapeaux claquaient au-dessus de nos têtes : les étoffes tricolores se
mêlaient aux étendards rouges; à tous les carrefours de Paris des
tréteaux s'étaient dressés et des guirlandes se balançaient entre les
arbres : 1936. 14 juillet 1936. Comme nous portions le front haut!
Certes, tout n'était pas gagné, nous avions encore beaucoup à faire,
mais pour la première fois, par delà les divisions des partis, nous
avions su coaliser toutes les forces de l'espoir. N'était-ce pas hier?
Il fendit la foule. Cette joie qui lui gonflait le cœur, il voulait la
crier tout haut : sa joie, leur joie.

« Camarades. » Il parlait. Les mots qu'il disait c'était lui qui les
inventait, et eux cependant ne les entendaient pas avec leurs oreilles,
mais au fond d'eux-mêmes. Il parlait pour lui-même et ils l'accla-
maient : c'était pour eux qu'il parlait. Il disait l'immense bonne

volonté qui venait de naître en France et qui allait rayonner sur le
monde; il leur promettait qu'ils sauraient imposer à toute la terre
leurs méthodes de paix. Car c'est surtout pour nous, camarades syn-
dicalistes, que ce jour est un jour de triomphe; les résultats que nous
avons obtenus ne sont encore qu'un commencement : mais ce qui
fait notre orgueil, ce qui permet tous les espoirs, c'est que nous les
ayons obtenus par des grèves purement professionnelles. Il parlait
et ses mots n'étaient ni des prières, ni des ordres : un chant, un chant
de fête. Par sa bouche, tous chantaient en chœur. *Comme si nous*
n'avions pas occupé chacun une place sur terre; comme si chacun
n'avait pas été pour autrui cet obstacle; chacun soi seulement pour soi,
existant à côté des autres à jamais séparé d'eux : un autre. Ils chantaient la magie de la liberté, la force de la fraternité et la gloire
souveraine d'être un homme. Bientôt la guerre, la violence, l'arbitraire, deviendraient impossibles; la politique même serait inutile,
car il n'y aurait plus de séparation entre les hommes, mais une seule
humanité. C'était là l'espoir suprême qu'ils saluaient au fond de
l'avenir : la réconciliation de tous les hommes dans la libre recon-
naissance de leur liberté.

— Tu me passeras tes notes, dit Gauthier. Je veux faire paraître
ton discours dans la *Vie Syndicale*.

— T'as rudement bien causé, dit Laurent.

Blomart mit la main sur son épaule :

— C'est un copain de l'atelier.

— Vous avez rudement bien parlé aussi, dit Laurent à Gauthier.
C'est vous qui écrivez dans la *Vie Syndicale?*

— C'est lui qui la dirige, dit Blomart.

Il souriait. Il était heureux. Les drapeaux claquaient, la foule
chantait; et les copains de l'atelier, les camarades du syndicat,
ceux qui se taisaient, ceux qui parlaient, ceux qui étaient importants
dans le mouvement, ceux qui n'étaient rien, tous frappaient sur
son épaule, se frappaient sur l'épaule, et leurs mains se serraient.
Notre fête. Notre victoire. Il se rappelait une autre foule, dans les
métros de son enfance, et la vieille odeur du remords. C'était fini.
Sans remords il respirait l'odeur d'encre et de poussière, l'odeur de
sueur, l'odeur de travail; sans remords il longeait les murs nus, il
regardait les gazomètres et les cheminées d'usines car par delà la
fatigue et les horizons gris, ces hommes savaient affirmer leur
volonté et leur vie n'était pas une sourde végétation de plante :

ils se choisissaient un destin; c'est dans l'orgueil qu'il communiait avec eux, pensant : je suis l'un d'eux.

— Je t'ai fait attendre longtemps; tu ne t'es pas trop ennuyée?

— Non, dit Madeleine. Je te voyais là-bas qui t'agitais.

Elle était restée debout, appuyée contre le tronc d'arbre. Je pris son bras. Juste à ce moment, tu as surgi devant moi; tu tenais Paul par le bras; une cocarde écarlate saignait sur ta blouse blanche; tes joues brillaient d'animation.

— On te cherche partout, dit Paul.

Tu lui as jeté un regard furieux, et puis tu as regardé Madeleine qui essayait avec maladresse de glisser le pied dans son soulier. J'ai fait les présentations.

— Nous avons écouté ton discours, dit Paul d'une voix ironique.

— Ah! vous étiez là?

— Oui. Il haussa les épaules : Comme si la France pouvait séparer son destin de celui du monde!

Je voulais répondre, mais tu m'as arrêté avec impatience.

— On ne va pas rester plantés là pendant une heure.

— C'est fatigant d'être debout, dit Madeleine.

Tu l'as toisée avec hauteur :

— Ah! je ne suis pas fatiguée.

Nous avons suivi le flot noir qui s'écoulait en désordre entre les maisons pavoisées; le sol était jonché de papiers : des drapeaux, des cocardes, des tracts; nous nous sommes assis à un carrefour dans un bal populaire; le garçon a posé sur notre table trois demis et un diabolo grenadine : Hélène adorait ces boissons aux couleurs indigestes.

— Tous ces cons-là qui sont en train de chanter, dit Paul. Ils s'imaginent qu'ils vont se faire un petit nid confortable au milieu de l'Europe. Bien calfeutrés, cadenassés, avec les Pyrénées au sud et la ligne Maginot au nord. Et pendant ce temps-là, le fascisme s'installe à notre porte. Ils savent pourtant bien qu'on ne peut pas rester sur le plan national.

— Sans doute, dis-je. Mais il faut quand même commencer par gagner la partie sur ce plan-là.

Il y eut un silence. Madeleine écoutait l'accordéon en souriant. Hélène balançait ses jambes d'avant en arrière comme une écolière dissipée. Je n'avais pas envie de poursuivre la discussion. Je savais bien que la France n'était pas seule au monde. Moi non plus, je n'étais pas seul; mais j'avais réussi à rassembler autour de moi une vie sans compromis, sans privilège, qui ne devait rien à personne, et qui ne pouvait pour personne être une source de malheur. Je souris à Madeleine. Il y avait sur son visage un air de béatitude tranquille. Je ne lui donnais sans doute pas beaucoup de moi-même, mais elle ne m'en demandait pas davantage, elle n'aurait su qu'en faire. Elle ne pouvait vivre autrement qu'à la dérive et les meilleurs moments de son existence étaient encore ceux qu'elle passait avec moi. Je ne me sentais responsable que de moi-même, et c'est une responsabilité que j'assumais dans la paix : j'étais ce que je désirais d'être, ma vie ne se distinguait pas du dessein concerté que j'en formais. Toi cependant, par-dessus la petite table de fer, tu considérais ce visage que je ne m'étais pas choisi.

— Naturellement, vous ne savez pas danser?

— J'ai su, mais je crains d'avoir oublié.

— Tu devrais essayer, dit Madeleine.

Elle examinait Hélène sans hostilité ni sympathie, une fois pour toutes, afin de ne plus avoir à y penser.

— Essayons, dis-je.

J'enlaçais Hélène; j'avais tout oublié, mais je n'avais qu'à me laisser conduire, elle savait danser pour deux.

— Qui est cette personne qui est avec vous? dit-elle.

— C'est une amie à moi.

— Elle s'occupe de vos histoires de syndicat?

— Certes non; ça l'ennuie au moins autant que vous.

— Qu'est-ce qu'elle fait?

— Rien du tout.

— Rien? Elle me regarda avec cet air qu'elle avait de demander des comptes : Pourquoi sortez-vous avec elle?

— Parce que je l'aime bien.

— Et elle?

— Elle m'aime bien aussi, dis-je un peu sèchement.

Il y eut un silence.

— C'était drôle de vous voir sur cette estrade tout à l'heure, dit-elle.

Je souris.

— J'ai dû bien vous ennuyer.

Elle me regarda d'un air sérieux.

— Non. J'ai essayé de comprendre. Ça m'a intéressée, ce que vous avez dit sur la liberté.

— Qui sait? dis-je. C'est peut-être un commencement. Peut-être vous allez vous passionner pour les questions sociales.

— Ça m'étonnerait. Elle regarda autour d'elle : Évidemment, quand on est pris comme ça dans une foule, ça fait fort; on chante, on marche, avec les autres. Mais dès qu'on s'arrête, je trouve qu'on est écœuré comme après une saoulerie.

— Certainement, dis-je. Mais un travail politique, ou syndical, ça n'a rien à voir avec ces manifestations.

Elle réfléchit :

— Ce qui m'a bien plu dans votre discours, c'est que vous aviez l'air de penser que les gens existent un à un, chacun pour soi, et pas seulement par grandes masses.

— Les masses sont faites de gens qui existent un à un; ce n'est pas le nombre qui compte.

— Ah! vous pensez ça vraiment? dit-elle. Son visage s'illumina : Paul a toujours l'air de considérer qu'on est juste une fourmi dans une fourmilière. Et alors, tout ce qu'on fait, tout ce qu'on sent, ça a si peu d'importance! Ce n'est vraiment pas la peine de vivre.

Elle dansait, la tête un peu rejetée en arrière, ses cheveux blonds flottant librement autour de son mince visage; ils brillaient au soleil, et sa blouse blanche étincelait de lumière; mais plus que ses cheveux, son teint d'enfant ou le bleu de ses yeux, ce qui lui donnait son éclat c'était cette ardeur de vie qui la jetait vers l'avenir. Son regard se posait sur mon front, sur le ciel, il fouillait l'horizon pour lui arracher toutes ses promesses, ses jambes frémissaient d'un élan contenu; le monde était devant toi si vaste, une si belle proie. Il n'y a plus d'avenir et le monde s'efface. Tes yeux sont fermés, les images tournent en rond dans ta tête bruissante, comme ce sang qui court de ton cœur à ton cœur; même quand tes paupières se soulèvent, les choses sont là, évidentes et inertes, comme en rêve, et elles ne se distinguent plus de toi-même; le monde perd son épaisseur, il s'engloutit en toi; il s'amenuise jusqu'à ne plus être que cette faible lueur qui pâlit, qui va s'éteindre; l'avenir se rétracte vers l'immobilité de l'instant; bientôt il n'y aura plus qu'un présent coïncidant exactement avec lui-même; il n'y aura plus de temps, il n'y aura plus de monde, il n'y aura plus personne. Tu dansais, serrée contre moi, et déjà se tissait entre nous ce lien qui me rive à ton agonie; déjà malgré moi j'étais entré dans ta vie afin qu'un jour je demeure ainsi malgré moi seul aux portes de ta mort.

La musique s'arrêta. Hélène jeta un coup d'œil navré vers l'estrade enguirlandée. « Quel dommage! j'aurais tant voulu continuer à causer! »

— On fera une autre danse tout à l'heure.

Elle haussa les épaules avec irritation.

— Ce n'est pas intéressant s'il faut tout le temps s'interrompre.

Il y avait dans sa voix une sollicitation impérieuse; mais je fis la sourde oreille. Nous avons regagné nos places. Madeleine causait avec Perrier; elle s'entendait bien avec lui, elle lui souriait. J'aimais bien ces sourires auxquels elle n'avait jamais l'air de consentir; elle aurait eu du charme si elle eût laissé plus volontiers son visage s'épanouir; malgré sa physionomie renfermée, il y avait quelque chose d'attirant dans ses gestes lents, dans son corps douillet et son regard perdu.

Hélène respira avec une paille les gouttes roses suspendues aux flancs de son verre.

— J'en voudrais un autre, dit-elle.

De nouveau, elle balançait ses jambes d'un air impertinent et ennuyé.

— On a décidé d'aller dîner tous les quatre ensemble, dit Madeleine. Ça te va?

— Bien sûr, ça me va. Où irons-nous?

Ce n'était pas une question à laquelle on pût répondre à la légère. Madeleine était sensible aux atmosphères; il y avait des endroits où elle se trouvait sans défense, comme une bête traquée, et d'autres plus cléments où elle pouvait oublier un moment cette peur que lui inspirait le monde. Nous avons commencé à discuter. Hélène se taisait avec affectation; on lui avait apporté un second diabolo et elle soufflait à travers une paille des bulles d'air dans le liquide rose. Brusquement elle s'est levée :

— Vous m'avez promis de danser encore une fois.

Je me suis levé de bonne grâce et nous avons dansé un moment en silence; soudain elle a gémi :

— Oh! que j'ai mal à la tête!

Je me suis arrêté :

— Vous voulez vous asseoir?

— Si vous étiez gentil, vous iriez me chercher un cachet de calmine.

— Tout de suite.

Je partis en courant; la première pharmacie que je rencontrai était fermée; je dus aller jusqu'à l'Hôtel de Ville; j'étais content de rendre un petit service à Hélène; j'aurais souhaité faire quelque chose pour elle si je n'avais senti combien le moindre de mes gestes pouvait la mettre en danger.

Je posais trois cachets de calmine sur la table; Hélène était assise toute seule devant les quatre verres vides.

— Où sont les autres?

— Ils sont partis en avant pour retenir une table. Ils disaient que si on ne se pressait pas, on ne trouverait plus de place nulle part.

— Où sont-ils partis?

— Chez Demory, rue Broca.

— Si loin! dis-je. Eh bien! allons les rejoindre. Vous ne prenez pas votre cachet?

Elle hésita :

— Je n'ai plus si mal. J'aime mieux attendre un peu.

Nous sommes partis gaiement à travers les rues où la chaleur du jour pâlissait et s'attendrissait. Ça ne m'ennuyait pas, ce tête-à-tête imprévu, au contraire. J'essayais de répondre de mon mieux à ses questions; elle me harcelait de questions : on aurait dit qu'elle me prenait pour Dieu le Père.

— En somme, me dit-elle, pourquoi vit-on?

Nous entrions chez Demory; je m'avançai jusqu'au fond de la salle. Madeleine n'était pas là, ni Paul.

— Vous êtes sûr que le rendez-vous était ici?

— Mais oui, dit Hélène.

— Vous n'avez pas l'air si sûre...

— Je suis tout à fait sûre, dit-elle. Elle se dirigea vers une table : Il n'y a qu'à s'asseoir et à attendre.

— Oui, dis-je, ils ne vont sûrement pas tarder.

Hélène appuya son menton contre la paume de sa main.

— Expliquez-moi, reprit-elle. Pourquoi vit-on?

— Je ne suis pas un Évangile, dis-je avec un peu de gêne.

— Enfin, vous savez pourquoi vous vivez. Elle écarta ses doigts en éventail et les considéra attentivement : Moi, je ne sais pas.

— Il y a sûrement des choses que vous aimez, des choses que vous désirez...

Elle sourit :

— J'aime le chocolat et les belles bicyclettes.

— C'est mieux que rien.

Elle regarda de nouveau ses doigts; elle avait l'air triste soudain.

— Quand j'étais petite, je croyais en Dieu, c'était magnifique; quelque chose était exigé de moi, à chaque instant; alors il me semblait que je *devais* exister. C'était une nécessité.

Je lui souris avec sympathie.

— Je crois que votre tort, c'est de vous imaginer que vos raisons de vivre devraient vous tomber du ciel toutes faites : c'est à nous de les créer!

— Mais si on sait qu'on les crée soi-même, on ne peut plus y croire. Ce n'est qu'une manière de se duper.

— Pourquoi? on ne crée pas comme ça, en l'air; on crée par la force d'un amour, d'un désir; et alors ce qu'on a créé se dresse devant soi, bien solide, bien réel.

Tout en parlant, je regardais la porte. Je commençais à être inquiet. Toute cette histoire me semblait un peu louche. Pourquoi n'avaient-ils pas attendu dix minutes? Jamais Madeleine n'avait de ces crises d'affolement pratique.

— C'est drôle qu'ils n'arrivent pas, dis-je. Je me demande si vous n'avez pas tout embrouillé.

— Mais non, dit-elle avec un peu d'impatience. Ils ont dû faire un tour avant de venir, voilà tout. De nouveau, elle planta son regard dans mes yeux : Comment tirerait-on de soi de bonnes raisons de vivre? dit-elle, puisqu'on meurt.

— Ça ne change rien.

— Moi, je trouve que ça change tout, dit-elle. Elle me dévisagea avec curiosité : Ça vous est égal de penser qu'un jour vous ne serez plus là, qu'il n'y aura même plus personne pour penser à vous?

— Si j'ai vécu comme je voulais, qu'importe?

— Mais une vie, pour que ce soit intéressant, il faudrait que ça ressemble à une ascension : on franchit un palier, puis un autre, puis un autre, et chacun n'est fait que pour le palier suivant. Elle haussa les épaules : Alors, si une fois au sommet, tout s'effondre... ça devient absurde depuis le début. Vous ne trouvez pas?

— Non, dis-je distraitement.

Je n'étais plus à la conversation; je me sentais vraiment préoccupé.

— Écoutez, dis-je, je vais prendre un taxi et faire le tour des restaurants dont nous avions parlé. Vous, restez ici. S'ils viennent, vous leur direz que je serai là dans un quart d'heure.

Elle me regarda d'un air sournois.

— On se passe bien d'eux.

— Je suis sûr que c'est vous qui vous êtes trompée. Ils nous attendent ailleurs.

— Laissez-les attendre, dit-elle avec agacement.

Je me levais.

— Vous n'y pensez pas.

— J'y pense très bien.

— Eh bien! pas moi.

— Bon. Elle me jeta un coup d'œil triomphant : En tout cas, ce n'est pas la peine d'aller les chercher. Vous ne les trouverez pas.

— Pourquoi ?

Elle passa sa langue sur ses lèvres.

— Je les ai envoyés à l'autre bout de Paris.

Je la regardai sans bien comprendre.

— J'ai dit que vous vous étiez souvenu brusquement d'un rendez-vous, qu'ils devaient aller en avant retenir des places au restaurant et que nous les y rejoindrions.

— Quel restaurant?

Elle regarda autour d'elle d'un air malin :

— Un tout autre.

J'étais contrarié; trop de gens traitaient Madeleine avec désinvolture. Je n'en tenais que davantage à ne jamais manquer d'égards envers elle.

— Pourquoi avez-vous fait cette sottise?

— Je voulais causer avec vous.

— Eh bien! maintenant, nous avons causé. Dites-moi où ils nous attendent, et partons vite.

Elle secoua la tête.

— Je ne vous le dirai pas.

— C'est absurde, dis-je. Vous pensez bien que vous ne me ferez pas causer avec vous par force!

Elle serra les lèvres sans répondre. Je me levai.

— Si vous refusez de me renseigner, je vais rentrer chez moi.

Son visage durcit.

— Rentrez chez vous.

— Vous gâchez toute une soirée qui aurait pu être plaisante.

— Parlons-en! Elle haussa les épaules avec fureur : C'était déjà assez ennuyeux tout à l'heure.

— Et pour ne pas vous ennuyer, vous n'hésitez pas à empoisonner trois personnes? Vous êtes une sale petite égoïste.

Le sang lui monta au visage.

— Ça me fait plaisir de vous emmerder un peu. Vous êtes si dur avec moi.

— Je ne suis pas dur. Je ne veux pas m'embarquer dans une histoire avec vous.

Je poussai la porte de la brasserie et partis à grands pas vers l'arrêt de mon autobus; elle trottait à mes côtés.

— C'est à cause de cette vilaine bonne femme?

Elle suffoquait de jalousie avec une impudeur qui me fit rire au dedans de moi-même. Jamais je n'avais vu de femme si ignorante de tous les artifices féminins.

— Madeleine n'a rien à voir là-dedans.

C'était vrai; aucun engagement ne nous liait; pendant certaines périodes, nous nous rencontrions chaque jour et puis Madeleine disparaissait pour plusieurs semaines; elle me confiait avec candeur ses déboires sentimentaux. Si j'avais eu des aventures, si je m'étais épris d'une femme, je le lui aurais dit sans embarras.

— Je vous dispense de m'accompagner, dis-je.

J'allongeai le pas. Le plus simple serait de raconter toute l'histoire à Madeleine; c'était facile de la froisser dans les petites choses, mais si l'on prenait garde de ménager ses susceptibilités, elle était capable d'admettre n'importe quoi.

Je débouchai sur la place des Gobelins; les terrasses des cafés débordaient jusque sur la chaussée; les lampions étaient allumés, des lanternes japonaises se balançaient sous les arbres. J'entendis derrière moi une petite voix essoufflée.

— Attendez-moi.

Je me retournai. Tu es venue tout près de moi et tu m'as regardé; tu me regardais avec une insistance si mystérieuse que j'avais l'impression que tes yeux me recréaient : je ne savais plus bien qui tu voyais. Tu as repris ta respiration.

— Je vais vous dire où ils sont : je les ai envoyés au « Port-Salut ».

— Ce n'est pas loin, dis-je. Venez vite; nous ne serons pas trop en retard.

— Je n'ai pas envie de venir.

Tu m'as tendu la main et tu m'as dit, le nez baissé : « Au revoir, je vous demande pardon. » Et j'ai senti dans mes bras un grand élan pour t'attirer à moi, pour te serrer contre mon cœur; dans mes bras, le geste semblait si facile : facile à faire, et facile à défaire, un geste transparent et tout juste égal à lui-même. Mais j'ai gardé les bras collés à mon corps. Un geste, et Jacques est mort. Un geste, et quelque chose de neuf apparaît dans le monde, quelque chose que j'ai créé et qui se développe hors de moi, sans moi, entraînant après soi d'imprévisibles avalanches. « Il m'a serrée dans ses bras. » Déjà je sentais sous tes yeux mon visage qui m'échappait; que fût devenu dans ton cœur l'événement opaque dont j'aurais chargé ton passé? j'ai serré ta main avec indifférence; je t'ai laissée partir seule par les rues en fête; tu pleurais mais je ne le savais pas. Je suis parti de mon côté, me croyant encore seul moi aussi et caressant à ma guise un vague regret. Comme si tous ces baisers que je ne t'ai pas donnés ne nous avaient pas rivés l'un à l'autre aussi sûrement que les plus ardentes étreintes; aussi sûrement que ces baisers que je ne te donnerai plus, que ces mots que je ne te dirai plus et qui me lient à toi à jamais, toi mon seul amour.

IV

Hélène s'étira; elle était roulée en boule devant la cheminée et les flammes lui rôtissaient le visage. Yvonne cousait, les yeux baissés; l'aiguille s'enfonçait avec une régularité mécanique dans le morceau de soie framboise. Une journée molle et grise s'écrasait contre les vitres de la chambre. « Ça y est, pensa Hélène. Ça va venir. Ça vient. » Sa main serra un lambeau d'écorce dorée qui juta entre ses doigts.

— Je n'aime pas les dimanches, dit-elle.

— J'aime bien, dit Yvonne.

Dimanche, lundi... ça ne devait guère faire de différence. Le dimanche, elle restait chez elle, mais elle continuait à coudre; elle n'arrêtait jamais de coudre. Il y eut parmi les cendres une petite détonation sèche.

— Tu te rappelles, dit Yvonne. La première fois que nous avons fait griller des marrons, quelle explosion!

— Oui, dit Hélène. On s'amusait bien, ajouta-t-elle avec regret. Elle plongea les pincettes dans les cendres brûlantes : Je pense qu'ils sont cuits.

Dans la pièce voisine, une voix appela : « Yvonne ».

— Tout de suite, dit Yvonne.

Elle posa son ouvrage, fit une petite grimace à Hélène et quitta la chambre. Hélène éplucha un marron et le mit tout rond dans sa bouche; ses doigts sentaient le bois brûlé, la mandarine, et le tabac; une bonne odeur; le marron craquait sous la dent, il faisait chaud. « Tout ça existe », dit-elle. Mais ce n'était pas vrai; il n'y avait que du vide autour d'elle. « Ça y est, dit-elle, c'est venu. Comme je hais souffrir. » Elle ferma les yeux. Dans l'appartement contigu, la T. S. F. chantait : « Y a des cailloux sur toutes les routes, sur toutes les routes y a du chagrin. » Hélène n'essayait pas de lutter, c'était vain. Juste un an; on peut compter sur ses doigts les jours où je l'ai vu. Et maintenant, lui seul existe.

— Tu ne sais pas ce qu'elle voulait? dit Yvonne. Sa voix riait : Elle voulait que je la mouche. Elle a décidé que ça lui donnait des angoisses de sortir son bras de dessous les draps.

Hélène garda le visage tourné vers les flammes pour qu'Yvonne n'aperçût pas cette buée dans ses yeux.

— Tu ne devrais pas lui céder.

— Bah! ce sont ses seuls plaisirs.

— Le plaisir de te persécuter. Puisqu'elle n'est pas plus malade que toi et moi.

— Elle ne doit quand même pas beaucoup se marrer.

Yvonne avait repris son ouvrage. Hélène posa sur ses genoux une poignée de marrons.

— Ils sont superbes, dit Yvonne, tout croustillants, un peu brûlés; c'est juste comme ça que je les aime. Elle jeta un regard rapide sur Hélène : Tu ne profites pas assez des petites joies de l'existence, dit-elle d'un ton docte.

— Idiote! dit Hélène.

Yvonne avait sûrement deviné; mais jamais elle ne poserait de question; elle savait voir, comprendre, se taire; on se sentait en sécurité auprès d'elle.

— Je suis sûre que tu vas encore veiller toute la nuit, dit Hélène avec une espèce de rancune.

— Il faut ce qu'il faut, s'pas? dit Yvonne. Elle fit bouffer le corsage rutilant : C'est gonflant, une robe de demoiselle d'honneur. Ça va se poser là comme mariage. Dommage que la mariée ait l'estomac au-dessous du nombril.

— Au-dessous du nombril?

— Elle est tellement maigre, tout fout le camp. Elle est bardée de caoutchouc tout autour des cuisses et du ventre.

— Le marié va avoir une surprise, dit Hélène.

Yvonne se mit à rire.

— Si tu savais le nombre de bonnes femmes qui sont des nids à surprise. Quand on livre une robe de bal, souvent on fournit la poitrine avec.

L'aiguille s'enfonçait dans l'ourlet, elle ressortait, elle s'enfonçait, c'était hallucinant. Jamais, jamais. Il ne m'aimera jamais.

— Tu sais, dit Yvonne, ça n'est pas pour te chasser, mais si tu veux être chez Paul à six heures...

— Quelle heure est-il? dit Hélène.

— Justement six heures.

Hélène bâilla.

— Je vais m'en aller peu à peu.

Paul. Ma vie, ma vraie vie. Je n'ai plus de vie. Seulement cette absence. Je ne vais pas le revoir avant des jours, et des jours. Et lui ne pense pas qu'il ne me verra pas; il ne pense pas qu'il ne m'aime pas. Tout est plein autour de lui. Je n'existe pas pour lui. Je n'existe pas du tout.

— Pauvre Paul, dit Yvonne.

Elle enfilait une aiguille avec application.

— Pourquoi, pauvre Paul? dit Hélène en se dressant sur ses pieds. Il se porte à merveille. Elle enfila son manteau, se pencha sur Yvonne et mit un baiser sur ses cheveux noirs : A demain. Je serai au Biard à six heures.

— A demain. Bonne soirée, dit Yvonne.

Bonne soirée. Je devrais avoir honte. Toute la nuit rivée à cette

casaque rose, avec la folle qui geint dans la chambre voisine. Hélène
allongea le pas. C'était étrange; Yvonne ne faisait rien d'autre que
coudre, éplucher des pommes de terre, et soigner une malade imagi-
naire; et cependant sa vie ne semblait pas absurde; c'était même
satisfaisant de penser qu'Yvonne existait, juste comme elle était,
penchée sur son ouvrage dans sa chambre solitaire. « Est-ce que
c'est ma faute si ma vie est absurde? » Ma vie. Peut-être il aurait
suffi de dire avec conviction : c'est ma vie. Mais Hélène ne pouvait
plus le dire, elle ne voulait pas. Et pourtant je n'aurai jamais d'autre
vie. Jamais. Jamais.

— Je suis un peu en retard, dit Hélène.

— Ça ne fait rien, dit Paul. Le café est encore chaud. Il débarrassa
le fauteuil et l'approcha du poêle : Assieds-toi là.

Il remplit une tasse et la tendit à Hélène.

— Il est excellent, ton café, dit Hélène. Tu es un bon homme
d'intérieur.

— Eh! celle qui m'épousera ne fera pas une mauvaise affaire,
dit Paul.

Il s'assit sur le bras du fauteuil et elle appuya la tête contre son
flanc. Des mouchoirs séchaient sur le tuyau de fonte; une bouillotte
d'eau ronronnait.

— Pauvre Paul, pensa Hélène avec attendrissement. Je devrais
être plus gentille avec lui. Pauvre cher Paul.

— Tu verras comme je nous installerai un beau petit logis, dit
Paul. Je te fabriquerai une grande table de travail, en beau bois bien
costaud, et puis une bibliothèque pour tes livres. On pendra tes
aquarelles au mur; ça sera rudement bien.

— Tu es gentil, dit Hélène.

Elle aimait bien sentir cette main qui glissait le long de ses cheveux
dans une caresse lente et monotone.

— J'achèterai une tente, et le dimanche en été, on ira faire du
camping.

— Tu es si gentil, répéta Hélène.

Doucement, elle laissait défiler sous ses yeux ces visions de
bonheur modeste : la chambre proprette, le bœuf qui mijote au
milieu des petits oignons, le cinéma avec les esquimaux à l'entr'-
acte et ces bouquets mauves et jaunes qu'on rapporte le dimanche
soir sur le porte-bagage. C'était dimanche et on faisait des projets
de dimanche.

— Tu es bien? dit Paul.

Il serra Hélène contre lui.

— Je suis bien, dit-elle.

Dans un éclair, elle aperçut la tête noire émergeant du col roulé du pull-over. « Il est quelque part; en ce moment même, il existe, en chair et en os. » Et puis l'image se dissipa. Un rêve sans poids. Il n'y avait plus que cette main de chair qui effleurait doucement la nuque d'Hélène; des lèvres se posaient sur sa joue, sur ses tempes, au coin des lèvres et Hélène fut enveloppée d'une pâle vapeur sucrée; elle ferma les yeux. Elle s'abandonnait sans résistance à ce charme qui la métamorphosait doucement en plante; maintenant elle était un arbre, un grand peuplier argenté dont la brise d'été agitait les feuilles duveteuses. Une bouche chaude se collait à sa bouche, à travers son corsage une main caressait ses épaules, ses seins; les tièdes vapeurs s'épaississaient autour d'elle; elle sentit que ses os et ses muscles fondaient; sa chair devenait une mousse humide et spongieuse, fourmillante de vies obscures; mille insectes bourdonnants la piquaient de leurs aiguillons emmiellés. Paul la souleva dans ses bras, il l'allongea sur le lit et s'étendit à côté d'elle; contre son ventre, ses doigts tissaient une tunique ardente; elle respira avec effort; elle avait peine à respirer, elle s'enfonçait au cœur de la nuit, elle perdait pied; les yeux clos, paralysée par ces rets de soie brûlante, il lui semblait que plus jamais elle ne remonterait à la surface du monde, qu'elle resterait à jamais enfermée dans ces ténèbres gluantes, à jamais une obscure et flasque méduse couchée sur un lit d'orties enchantées. Des deux mains elle repoussa Paul, elle se redressa.

— Laisse-moi, dit-elle.

Sans le regarder, elle sauta au bas du lit; ses joues brûlaient; elle s'approcha de la glace; son visage était congestionné, ses cheveux en désordre, sa blouse froissée; elle eut horreur de son image. Elle tira de son sac un peigne et sa boîte à poudre; son cœur continuait à battre trop vite et dans son corps, ce grouillement de perce-oreilles ne s'était pas arrêté. Elle sursauta ; Paul s'était approché d'elle, il entourait ses épaules de son bras.

— Pourquoi ne veux-tu pas? dit-il.

Il avait posé la question d'une voix claire, il la regardait bien en face avec ses yeux limpides; elle détourna la tête.

— Je ne sais pas.

Paul sourit gentiment.

— Tu n'es pourtant plus une petite fille. De quoi as-tu peur?

— Je n'ai pas peur, dit Hélène.

Elle se dégagea et se mit à passer le peigne dans ses cheveux.

— Si, tu as peur, dit Paul. Il la saisit doucement aux épaules : C'est naturel; très souvent, les femmes ont peur, la première fois. Ce qui m'étonne, c'est que toi qui es si courageuse, tu te laisses intimider comme les autres.

Il regardait Hélène d'un air perplexe; elle continua de peigner ses cheveux en silence; comment pouvait-il discuter là-dessus avec cette tranquillité? elle était aussi gênée par ses questions que s'il lui eût demandé de se mettre nue devant lui.

— Il y a pourtant assez de confiance entre nous et assez d'amitié pour que tu passes outre, dit Paul.

— Oui, dit-elle.

Elle ne savait pas que lui dire; qu'avait à voir la confiance et l'amitié avec cette solitude de larve dont son corps gardait le souvenir angoissé?

— Alors? dit Paul.

Déjà il resserrait son étreinte; naturellement, du moment qu'elle se taisait, il pensait qu'il avait raison. Elle se raidit.

— Alors, je n'ai pas envie, dit-elle avec violence.

Paul ne lâcha pas prise; un peu de sang lui était monté aux joues.

— Ce n'est pas très vrai, dit-il.

Hélène eut un petit rire.

— Écoute, je le sais peut-être.

— Moi aussi, je sais, dit Paul.

Les joues d'Hélène s'embrasèrent; il avait des oreilles pour compter les battements de son cœur, il avait des yeux et des mains...

— Ce qu'il y a, c'est que tu te raidis tout de suite, poursuivit-il. Mais si tu te laissais aller...

— Évidemment, quand un type me tripote, ça me fait de l'effet, dit Hélène. La fureur la faisait bégayer : Je ne suis pas de glace, mais alors disons que j'ai envie de coucher avec tous les voyous qui me pelotent dans les cinémas.

— Pourquoi prends-tu les choses sur ce ton? dit Paul. Je trouve qu'on ferait bien de causer là-dessus une bonne fois.

— Mais il n'y a rien à dire, dit Hélène; elle maîtrisa sa voix :

Mettons que j'ai peur; c'est idiot, je sais bien, mais prends un peu patience, ça finira par passer.

— Petite tête de mule! dit Paul.

Il l'embrassa au coin des yeux; elle serra les lèvres; elle ne voulait ni le battre, ni se jeter sur sa bouche, ni se mettre à pleurer; mais elle avait besoin de tendre tous ses muscles pour conjurer cet orage qui grondait en elle.

— Sortons d'ici, dit-elle.

— Comme tu voudras, dit Paul.

Il la suivit docilement dans l'escalier. Une fois de plus, il se résignait à ne pas la comprendre; il se résignait vite. Elle le regarda avec une rancune qui se changea aussitôt en détresse. Elle ne se comprenait pas elle-même. Dans la rue, il ne faisait ni frais, ni tiède, les gens montaient et descendaient le boulevard à pas languissants; on avait l'impression que sous leur peau c'était juste comme dehors : ni frais, ni tiède. Hélène se sentait toute grise et friable au dedans d'elle-même. Dans les bras de Paul, elle aurait été défendue contre l'humidité fade de ce dimanche. Pourquoi l'avait-elle repoussé? Cette marée de tristesse au creux de sa gorge, cette barre au travers de l'estomac, cette aridité dans sa bouche, ce n'était rien d'autre que le désir.

— Écoute, dit Paul. Je vais te proposer quelque chose : pourquoi est-ce qu'on ne se marierait pas tout de suite?

— Nous marier?

— Eh bien! oui, dit Paul.

Hélène resta un moment abasourdie; ce mariage, c'était comme le grand soir, ça faisait partie des mythes; on en parlait avec sérieux, mais personne n'y croyait pour de bon.

— Mais où habiterions-nous?

— Chez moi; je m'arrangerai. Il n'y a pas de raison pour que tu restes dans ta famille jusqu'au printemps. Il serra le bras d'Hélène : Pauvre petite gueuse, je comprends que tu sois nerveuse; ce n'est pas une existence.

Elle le regarda avec rancune. Elle avait envie de lui crier : ne sois pas si gentil; elle avait envie de lacérer ses joues roses pour qu'il cessât enfin de s'obstiner dans cette absurde gentillesse. C'était tellement stupide : il l'aimait, et elle ne l'aimait pas; et celui qu'elle aimait ne l'aimait pas.

— Ça ne changera pas grand'chose, dit Hélène. Vu que je ne

pourrai pas travailler dans cette cage. Tant qu'on n'aura pas l'appartement, je serai quand même obligée de passer mes journées rue Saint-Jacques.

— Ça changera beaucoup, dit Paul.

— Je ne te verrai guère davantage.

— Mais on aura des rapports tout différents.

Une flamme d'humiliation et de colère monta aux joues d'Hélène. « Il pense qu'il me faut un homme; quelques bonnes nuits d'amour, ça m'équilibrerait. »

— Je t'ai dit que je n'avais pas envie de ces rapports, dit-elle avec défi.

— Enfin! dit Paul. Tu ne comptes pas rester vierge toute ta vie?

— Tu crois qu'il n'y a que toi au monde avec qui je puisse coucher?

Paul la regarda avec reproche.

— Écoute, Hélène, si j'ai été maladroit tout à l'heure, pardonne-moi, mais ne sois pas désagréable; tu sais bien que tout ce que je demande, c'est que tu sois heureuse. Causons en bonne amitié.

Elle était injuste, elle était mauvaise, elle le savait; mais elle voulait troubler ces eaux limpides; il était par trop sûr qu'elle l'aimait. Était-ce là sa faute? peu importait; il était sûrement en faute puisqu'elle souhaitait si farouchement lui faire du mal.

— En bonne amitié, dit-elle, pourquoi as-tu décrété que je dois coucher avec toi?

— Oh! ça va, dit Paul avec impatience.

Elle eut un sourire satisfait; c'était difficile de le mettre en colère mais elle y réussissait quelquefois.

— Je ne plaisante pas, dit-elle. Puisque tu veux qu'on cause, causons sérieusement. Pourquoi?

— Je pensais que tu m'aimais, dit Paul avec ironie.

— Et toi? dit-elle.

— Quoi, moi?

— Est-ce que tu m'aimes?

Il haussa les épaules.

— Qu'est-ce que tu me veux? dit-il. A quoi ça rime toutes ces questions idiotes?

— Oh! je sais, dit-elle. C'est entendu qu'on s'aime, c'est entendu depuis si longtemps! C'est scandaleux de chercher ce que ça signifie.

— Ça me paraît clair, dit Paul.

— Pas à moi, dit Hélène. Elle le regarda d'un air provocant : Est-ce que tu te tuerais si je mourais?

— Ne fais pas l'enfant, dit Paul.

— Tu ne te tuerais pas, dit Hélène. Et si tu devais choisir entre moi et ton travail politique, qu'est-ce que tu choisirais?

— Hélène, je t'ai dit cinquante fois que mon travail, c'est moi-même. Je ne peux pas choisir de ne pas être ce que je suis. Mais tel que je suis, je t'aime. Je n'ai qu'un désir, c'est de tout partager avec toi.

— Je suis utile à ton bonheur, dit Hélène, mais je ne te suis pas nécessaire pour vivre.

— Qui est nécessaire à qui? dit Paul. On vit toujours.

— On vit, dit Hélène.

Pour Paul, c'était un lien assez fort, leurs années de jeunesse commune, leur entente révoltée contre la médiocrité, l'amitié de leurs corps tout prêts à s'unir. Mais l'amour, c'était bien autre chose. C'était une malédiction.

— Tu n'es pourtant pas une romanesque, dit Paul. Quoi? tu voudrais qu'on ait des battements de cœur quand on se rencontre et qu'on échange des mèches de cheveux?

— C'est facile de se moquer, dit Hélène. Toi, du moment qu'on se plaît ensemble et qu'on ne se dégoûte pas physiquement, tu trouves que ça fait un amour.

— Dis-le tout de suite, dit Paul. Tu penses que tu ne m'aimes plus?

Il y avait de la colère dans sa voix. Hélène resta silencieuse, le cœur lui manquait soudain.

— Je ne sais pas, murmura-t-elle.

Elle regarda Paul anxieusement. Si elle allait le perdre : elle n'avait que lui au monde; que deviendrait-elle sans lui?

— Quoi? dit-il. Tu t'ennuies avec moi?

— Mais non, dit Hélène.

— Ça te déplaît quand je t'embrasse?

— Mais non, dit-elle encore.

— Alors?

Ils traversaient les jardins de l'Observatoire; une mince couche de boue recouvrait la terre froide, quelques feuilles pendaient aux arbres.

— Alors? répéta Paul.

— Je tiens à toi, dit-elle mollement.

— Mais ça te semblerait bien plat de passer ta vie avec moi?

Paul ricanait; il était mal à l'aise, mais malgré tout il ne croyait encore qu'à un caprice de petite fille exaltée. Elle l'avait si souvent maltraité sans raison.

— Je crois que le mariage ne me conviendrait guère, dit-elle.

— Il y a une heure, tu faisais des projets avec moi, dit Paul.

— Oh! c'est difficile de te contredire, dit Hélène; sa voix était plus agressive qu'elle ne le voulait : Tu semblais si sûr de ton fait; tu ne m'as pas souvent demandé mon avis.

— D'ordinaire, tu ne te gênes pas pour le donner sans qu'on te le demande, dit Paul. Il dévisagea Hélène avec incertitude : Tu m'en veux, dit-il d'un ton conciliant. Et tu dis n'importe quoi pour m'être désagréable.

— Mais je dis la vérité, dit Hélène. Ça te semble si extraordinaire que je ne crève pas d'envie de t'épouser?

Paul s'arrêta et posa la main sur la balustrade qui fermait le jardin.

— C'est vrai? dit-il, tu ne m'aimes pas?

Elle ne répondit rien.

— Alors tu m'as menti pendant tout ce temps, dit-il.

Il avait pris cette voix assurée et coupante dont il n'usait que dans les discussions politiques; ses traits s'étaient durcis. Hélène se sentit soudain intimidée; il ne lui appartenait plus; il était là devant elle, il la jugeait.

— Je n'ai pas menti, dit-elle, je t'aime bien.

Elle lui jeta un regard suppliant; elle s'était si mal conduite avec lui! il ne fallait pas qu'il s'en rendît compte ou elle allait être accablée de honte.

— Ne joue pas sur les mots! dit Paul. Tu devais m'avertir qu'il y avait un malentendu entre nous.

— Mais j'ai essayé, dit Hélène.

— Tu m'as fait cinquante absurdes querelles de midinette; mais tu ne m'as jamais parlé honnêtement.

Les larmes montèrent aux yeux d'Hélène; il avait l'air de la mépriser pour de vrai; l'avait-il méprisée parfois sans qu'elle s'en doutât? Elle avait soudain l'impression que c'était seulement par complaisance qu'il s'était laissé si volontiers manœuvrer.

— J'avais peur de te fâcher, dit-elle piteusement.

— Hélène! tu te rends compte de ce que tu dis?

Il la méprisait vraiment; ses yeux s'étaient assombris, on ne voyait plus du tout clair en lui; c'était affolant, toutes ces pensées dans sa tête qu'on ne savait plus comment maîtriser. Hélène se mit à pleurer.

— Oh! ne chiale pas, dit Paul.

Elle se mordit la lèvre; elle avait mené toute cette scène en enfant gâtée; n'était-elle pas capable de lui répondre d'égale à égal?

— Ce qu'il y a eu, dit-elle, c'est que je ne m'interrogeais pas sur mes sentiments; j'étais habituée à l'idée que je t'aimais.

— Comment t'es-tu aperçue que ce n'était pas vrai?

Elle n'eut pas la force de soutenir son regard.

— Peu à peu, dit-elle vaguement.

Il saisit son bras.

— Tu aimes un autre type? dit-il.

C'était lui qui lisait en elle à présent; il allait trop vite, elle ne savait pas qu'inventer, elle allait le perdre, elle ne voulait pas le perdre...

— Qui est-ce?

— Mais non, dit Hélène.

Il haussa les épaules.

— Tu ne veux pas le dire?

Qu'est-ce qu'il fallait dire? jamais elle ne s'était doutée qu'elle tenait si fort à Paul! Jamais il ne lui était apparu si opaque, si réel.

— Ça va, dit Paul. Bonsoir.

Il tourna le dos; avant qu'elle eût fait un geste, il était déjà parti. Elle se mit à courir :

— Paul!

Il se retourna :

— Qu'est-ce que tu veux?

Elle resta plantée devant lui, interdite; elle voulait le garder; elle voulait qu'il continuât à l'aimer sans espoir de retour : il n'y avait pas de mots pour dire ça.

— Bon! Eh bien! quand tu te décideras à parler, tu me feras signe.

Elle le regarda s'éloigner. « Il me trouve crasseuse! pensa-t-elle avec désespoir, j'ai été crasseuse avec lui. » Elle se laissa tomber sur un banc humide. « Et maintenant je n'ai plus personne. C'est ma faute. » Les larmes la suffoquaient. Il ne pleurait pas, lui, il

savait se conduire; mais il était malheureux à cause d'elle. « Jamais
je ne me suis souciée de lui; je voulais seulement l'avoir à côté de
moi, tout fidèle et confortable. Lâche, injuste, légère, traître.
Infecte, j'ai été infecte », répéta-t-elle avec désespoir. C'était intolé-
rable, ce remords qui la dévorait; un remords inutile, qui n'effaçait
aucune faute. « Pardon... » Mais il n'y avait plus de ciel vers lequel
l'âme pût s'élancer, libérée de son lourd passé; elle restait tout
engluée en elle-même, aussi solitaire, aussi vaine qu'un mort enfoui
dans la terre.

« Je veux le voir. » Hélène se leva et se mit à courir. « Il me dira
d'aller m'expliquer avec Paul. Mais c'est lui que je veux voir. »
Elle s'élança sur le marchepied de l'autobus. Tant pis pour son visage
de bois; tant pis pour ses paroles glacées. Il fallait qu'il sache.
Tout devenait moins affreux si on pouvait penser seulement qu'il
saurait. Ce lourd après-midi, le remords, l'angoisse : tout cela se
mettrait à exister pour lui; alors il n'y aurait plus rien à regretter,
plus rien à désirer.

Hélène sauta en bas de l'autobus. Rue Sauffroy. Sa rue. Sa maison.
Un frisson la parcourut tout au long de l'échine. Le monde autour de
lui était si plein qu'on pouvait à peine y respirer; quand on arrivait
devant lui, l'air manquait tout à fait, on suffoquait. Troisième étage
à gauche. Quelle était sa fenêtre? il y avait un tas de fenêtres, les
unes sombres, les autres éclairées. « Est-ce que je vais oser? » De
temps en temps il lui jetait en pâture une heure de sa présence;
mais s'il la trouvait indiscrète, s'il se fâchait, peut-être il en profi-
terait pour ne plus la voir du tout. Elle monta l'escalier. Il y avait
de la lumière sous sa porte; elle pensa, le cœur battant : « Il est là
en chair et en os. » Elle retint son souffle : elle avait perçu un murmure de voix.

Elle redescendit l'escalier en courant. Ses joues brûlaient. « Qu'est-
ce que je vais faire? » Elle regarda la maison. Il n'était pas question
de s'en aller; ici était la vie. Elle s'adossa à un mur et compta les
fenêtres. Toute la vie derrière ce petit carreau lumineux.

Le carreau devint noir. Hélène recula et se glissa derrière une
porte cochère. Elle avait dû rester longtemps immobile, elle était
transie. Elle attendit quelques instants et Madeleine franchit la
porte de l'immeuble. Blomart la suivait. Il prit son bras. Pourquoi
elle? pourquoi l'aimait-il? « J'aurais dû mieux la regarder », pensa
Hélène. Elle l'avait trouvée laide, vieille et stupide; mais il devait y

avoir en elle quelque chose de plus précieux que la beauté, que l'intelligence, puisqu'il l'aimait. Hélène s'avança à pas prudents, en rasant le mur. Madeleine portait un maigre manteau bleu, avec une écharpe rouge et un feutre qui lui cachait la moitié du visage.

Ils entrèrent dans un restaurant. C'était un petit restaurant tout jaune, avec devant la porte une espèce d'enclos, entouré par une barrière de bois qui devait servir de terrasse en été. Hélène s'approcha de la vitre. Ils s'asseyaient à une table, l'un en face de l'autre, Blomart prenait la carte entre ses mains, on apercevait son profil; sans doute il venait là souvent. Hélène regarda la serveuse, le comptoir de zinc, la desserte avec les corbeilles de pain, les fruits et le gros saucisson. En un sens, c'était décevant; on ne pouvait pas deviner pourquoi il avait choisi ce restaurant plutôt qu'un autre; les huiliers, les nappes de papier, ne renseignaient sur rien d'autre que sur eux-mêmes; on avait beau s'y reprendre à vingt fois, on n'avançait pas d'un pas à l'intérieur de Blomart. Et pourtant, Hélène se trouvait comblée; jamais elle n'aurait pu tirer d'elle-même ce décor qui lui était donné sans effort, d'un seul coup, avec certitude.

« Qu'est-ce qu'ils mangent? » Hélène se haussa sur la pointe des pieds, mais à peine apercevait-elle leur table. C'était drôle de penser qu'il mangeait, comme n'importe qui. Il regardait la nourriture dans son assiette, il en sentait le goût dans sa bouche, il la mâchait, en s'appliquant. Hélène avait l'impression qu'il mangeait par pure condescendance, pour ne pas se distinguer des autres; il semblait sans désir, sans besoin; il ne dépendait de personne, ni de rien, fût-ce de son propre corps.

Hélène s'écarta de la vitre. « Je devrais m'en aller. » Sans doute, ils rentreraient ensemble, elle ne pourrait pas parler à Blomart. « Je vais m'en aller. » S'engloutir à nouveau; engloutir avec soi l'espoir, la déception, la fatigue; elle n'avait pas le courage. Du moins, il y avait cette attente; si elle renonçait, il n'y aurait plus rien; ni absence ni présence, absolument rien. Huit heures. Alors il faudrait téléphoner. Mais la salle à manger était devenue si lointaine, avec ses assiettes de porcelaine et son odeur de vieux cacao : on n'imaginait pas qu'on pût la faire surgir du bout d'un fil. Un abîme séparait ce monde aux végétations languides des rues où rayonnait la présence de Blomart.

Elle tressaillit. « Où vont-ils? » Ils sortaient du restaurant.
De nouveau, elle se glissa derrière eux. Le voir, le suivre : cela
créait un lien de lui à elle. Je les suivrai toute la nuit. Sa gorge se
noua. Ils s'étaient approchés de la bouche du métro, ils se serraient
les mains. Madeleine descendit l'escalier et Blomart tourna les
talons.

Hélène se cacha derrière un réverbère pour le laisser passer; elle
n'avait pas envie de troubler tout de suite sa solitude. Seul. Il
n'existait plus que pour lui. « Comment est-ce dans sa tête? » Il
marchait plus vite qu'au bras de Madeleine, d'un pas un peu pesant.
En cet instant, il était vraiment lui-même; c'était fascinant de le
sentir exister en face de soi dans son absolue vérité.

— Bonsoir, dit Hélène.

Elle effleura son bras. Il se retourna.

— Qu'est-ce que vous faites ici?

— Je vous suivais.

— Depuis longtemps?

— Je vous ai suivi toute la soirée.

Elle souriait; c'était dur de parler, de sourire alors qu'elle rece-
vait ce visage en plein cœur. Elle ne se rappelait jamais exactement
ce regard à la fois distant et accueillant.

Il la dévisagea en hésitant :

— Vous aviez besoin de me voir?

— Oui, dit-elle, il faut que je vous parle. Allons chez vous.

— Si vous voulez.

Elle se mit à marcher à côté de lui en silence. Pas derrière lui :
à côté. Tout à l'heure, elle rôdait dans son sillage, inconsistante
comme une ombre; maintenant, elle était là, pour de bon; ces rues
venaient d'entrer dans sa propre vie. Il l'invitait lui-même à monter
cet escalier où elle s'était glissée en intruse.

— Voilà donc où vous habitez, dit-elle.

— Oui. Ça a l'air de vous étonner.

Il souriait. Quand elle pensait à lui, il lui apparaissait sans âge,
son visage était sévère et définitif; elle oubliait le feu ironique de
ses yeux, ses narines mobiles, et cette ardeur retenue qui lui donnait
parfois un air de grande jeunesse. Il s'approcha de la cheminée et
tisonna les boulets rougeoyants qui chargeaient la grille.

— Réchauffez-vous. Vous semblez transie.

— Je suis très bien, dit-elle.

Sa chambre. Elle regardait le tapis, le divan recouvert d'une jolie toile imprimée, les rayons chargés de livres, et les étranges tableaux pendus aux murs. Il avait l'air si totalement responsable de lui-même qu'il ne semblait pas que rien pût lui arriver par hasard; cependant, on ne l'imaginait pas non plus choisissant avec soin ses meubles. C'était plutôt comme si ses vêtements, le décor où il vivait, les plats qu'il mangeait avaient été donnés avec lui de toute éternité.

— Alors? dit-il; il la regardait avec curiosité : Qu'y a-t-il ?

— Eh bien, voilà! Elle hésita une seconde : J'ai rompu avec Paul.

— Rompu? dit Blomart, vous voulez dire que vous vous êtes disputés?

— Non. C'est vraiment fini, dit-elle.

— Pourquoi? dit Blomart.

Il était là, assis en face d'elle. Elle n'avait plus du tout envie de lui raconter ses histoires. Il était là, rien d'autre n'avait d'importance.

— Je ne l'aime pas, dit-elle.

— Êtes-vous sûre?

— Tout à fait.

Il penchait la tête vers le feu d'un air un peu soucieux. Il pensait sur elle, sur lui. Elle n'avait plus besoin de rien penser du tout; sans remords, sans souci, elle reposait paisiblement entre ses mains.

— Que dit-il?

— Il n'est pas content, dit Hélène.

— Il vous aime. Blomart regarda Hélène : Même si vous ne l'aimez pas d'amour, est-ce une raison pour rompre?

— Oh! je veux bien le revoir, dit Hélène. Seulement il ne faudrait plus qu'il soit question de mariage, ni... ni de sentiment, acheva-t-elle.

Il y eut un silence :

— Vous voudriez que je lui parle?

— Oh! non, dit Hélène. Il n'y a rien à dire.

— Alors, qu'est-ce que je peux faire? dit Blomart.

— Rien, dit Hélène. Il n'y a rien à faire.

— Pourquoi êtes-vous venue, en ce cas?

— Je voulais que vous sachiez, dit Hélène.

Le visage de Blomart se rembrunit.

— Vous êtes fâché que je sois venue? dit-elle.

— Il me semble que ça n'était pas très utile.

— Naturellement. Ça ne vous paraît jamais utile de me voir. Blomart plongea le tisonnier dans les boulets rouges sans rien répondre. Il se parle. Il se dit des choses dans sa tête. Tant de choses que je ne peux pas connaître sous ces cheveux noirs qui seraient si agréables à toucher.

— Vous savez, j'ai calculé; vous me voyez à peu près trois heures par mois. Ça fait la deux cent quarantième partie de votre existence.

— Je vous ai expliqué vingt fois...

— Vos raisons sont mauvaises, dit Hélène; elle détourna la tête : Si vous craignez que je ne m'attache à vous, c'est déjà fait.

De nouveau il se taisait; il regardait le feu avec un visage fermé.

— Qu'est-ce que vous pensez? dit-elle.

— Je pense qu'il ne faut plus nous voir du tout.

Hélène agrippa les bras du fauteuil :

— Ah! mais je ne me laisserai pas faire, dit-elle. La terreur qui venait de s'emparer d'elle était si violente qu'il lui semblait qu'on lui arrachait les entrailles : Tous les jours j'irai vous guetter à la sortie de l'atelier, je vous suivrai dans les rues, je...

— Non, vous ne ferez rien de tout cela, dit-il. Vous savez bien que vous n'obtiendrez rien de moi par ces méthodes.

Des larmes de rage montèrent aux yeux d'Hélène :

— Mais pourquoi? dit-elle. Pourquoi?

— Je ne vous aime pas, dit-il durement.

— Je le sais que vous ne m'aimez pas, je m'en fous, dit-elle avec violence. Je ne vous demande pas de m'aimer.

— Paul vous aime, dit-il. Et Paul est mon ami. Et puis il y a Madeleine. Elle serait malheureuse. Et elle a besoin de moi.

— Moi aussi, j'ai besoin de vous, dit Hélène dans un sanglot.

— Non. Vous avez besoin de distraction. Vous m'oublierez beaucoup plus vite que vous ne pensez.

Il avait l'air inexorable; deux petites rides verticales durcissaient son front et sa voix était calme. Un rocher.

— Ça n'est pas vrai, dit-elle. Jamais je ne vous oublierai : seulement ça vous est bien égal, du moment que vous n'entendez plus parler de moi, je pourrai être malheureuse comme les pierres, vous aurez la conscience tranquille. Sa voix s'étrangla : Sale hypocrite, dit-elle.

— Il faut vous en aller, maintenant, dit Blomart.

Elle le regarda d'un air provocant, et ses mains serrèrent plus fort les bras du fauteuil.

— Je ne m'en irai pas.

Il se leva.

— C'est donc moi qui partirai, dit-il.

— Si vous faites ça... — elle suffoquait — je casserai tout, je déchirerai tous vos papiers.

— Il n'y a rien de précieux ici, dit-il. Amusez-vous.

Il prit son manteau, il ouvrit la porte d'entrée; elle se précipita :

— Non, cria-t-elle, non. Revenez!

Elle descendit l'escalier derrière lui, mais il avait de longues jambes, il courait vite; elle était hors d'haleine et déjà il disparaissait dans la foule des passants; il tourna le coin d'une rue. « Il verra, dit-elle. Il verra. » Elle mordit son mouchoir. Il ne verrait rien; elle ne pouvait lui faire aucun mal, il était hors d'atteinte. Elle s'appuya contre un réverbère. Il lui semblait qu'elle allait tomber sur le trottoir, évanouie de rage.

Je le hais. Elle sauta dans un autobus. Jamais, jamais, il ne m'aimera jamais. La souffrance était là, douceâtre, écœurante. Elle ne voulait pas s'enfoncer dans cette glu tiède. Paul vous aime. Est-ce qu'ils croient que je suis condamnée à coucher avec Paul? Ils verront. Cela, elle pouvait le faire : se faire du mal. Je voudrais rouler dans le ruisseau et dans un an il me rencontrerait au coin d'une rue et je lui dirais : « Tu viens, chéri », et il s'écrierait : « C'est vous! » Elle regarda d'un air provocant un homme entre deux âges assis en face d'elle. L'homme la dévisagea et elle détourna les yeux. Je suis lâche. Mais j'aurai du courage. Vous avez besoin de distraction. Il va voir comme je vais me distraire! Je vais me saouler à en crever et je passerai sous un autobus, et Paul lui dira : « Hélène a passé hier soir sous un autobus. » Il fera une drôle de figure.

Hélène descendit de l'autobus, entra dans un café-tabac et marcha vers la cabine téléphonique : « Allô, je voudrais parler avec Pétrus. »

Il y eut une rumeur au bout du fil, un bruit de pas. S'il n'est pas là, je téléphonerai à Francis, à Tourniel, n'importe quel idiot. Ça m'est bien égal.

— Allô?

— Allô, c'est Hélène.

— Tiens! Je te croyais morte. C'est pas gentil de lâcher les copains. Qu'est-ce que tu deviens?

— Tu veux sortir avec moi, ce soir?

— Tu veux sortir avec moi?

— Je m'emmerde. Je veux me saouler, dit Hélène.

Il y eut un silence :

— Viens plutôt te saouler chez moi, dit Pétrus. J'ai du bon porto et des disques.

— Ça va, dit Hélène. Je viens.

V

Mon seul amour. Est-ce bien toi? peut-on dire encore : tu es là? Pourtant quelqu'un est là qui n'est autre que toi. Elle a changé depuis une heure, elle a l'air de souffrir. Son souffle s'est fait plus court et le réseau des veines transparaît sous la peau parcheminée. Tu n'avais pas choisi cela : ce râle, cette sueur sur ton front, ces ondes violacées qui te montent au visage, cette odeur de mort qui déjà sourd de ton corps. « C'est à moi de choisir. » Qui a choisi? Assise en face de moi, décoiffée et blanche, tu croyais naïvement que tu étais là tout entière; mais je savais que tu étais aussi ailleurs, au fond de l'avenir. Qui devais-je préférer? Quelle que fût ma décision, c'était toujours toi que je trahissais.

Je croyais pourtant bien en avoir fini avec Hélène. Pendant trois mois je ne l'avais pas vue; elle avait vraiment rompu avec Paul et il ne savait pas non plus ce qu'elle était devenue. Je pensais qu'elle avait pris son parti, qu'elle m'avait oublié et j'étais soulagé : elle me faisait un peu peur. Un samedi matin, comme j'étais en train de me raser, on sonna à ma porte. J'ouvris et je vis une figure brune que je ne connaissais pas.

— Vous êtes bien Jean Blomart? dit-elle.

Elle me dévisageait avec sévérité. C'était une maigre petite juive aux yeux brillants.

— Oui, c'est moi.

— Je suis une amie d'Hélène Bertrand. Son amie Yvonne. J'ai à vous parler.

Je l'examinais avec méfiance. Hélène m'avait souvent parlé d'elle : c'était sa complice, son âme damnée. Qu'avaient-elles encore manigancé?

— Eh bien, qu'y a-t-il? Asseyez-vous.

Elle s'assit près de la cheminée. Le feu n'était pas allumé.

— Hélène va avoir un enfant, dit-elle.

— Hélène? Qu'est-ce que c'est que cette histoire?

— Ce n'est pas une histoire. C'est-à-dire, Hélène n'aura pas cet enfant. J'ai trouvé quelqu'un qui va s'occuper d'elle.

Elle ne me regardait pas; elle regardait la grille chargée de boulets noirs et froids. Je ne savais trop que penser.

— Écoutez, dis-je. Pourquoi venez-vous me raconter ça? ce n'est pas moi que ça regarde.

Les yeux d'Yvonne brillèrent de colère :

— Oh! naturellement! dit-elle.

— Hélène n'a qu'à parler à Paul; elle peut avoir confiance en lui.

— Ah! vous vous imaginez que cet enfant est de Paul! dit Yvonne.

Je sentis une drôle de morsure au cœur :

— Il n'est pas de lui?

— Mais non! Yvonne haussa les épaules : Il n'est pas question qu'Hélène garde cet enfant, comprenez-vous?

— Soit. En quoi puis-je vous être utile? Il faut de l'argent?

— Non. On n'a pas besoin de votre argent.

— Alors?

Yvonne me toisa d'un air hostile :

— Alors, il faudrait que quelqu'un passe la nuit auprès d'elle; moi je ne peux pas, j'ai une mère qui est folle et je ne peux pas la quitter. Et puis, il faudrait lui prêter une chambre.

A mon tour, je la regardais avec soupçon. Si souvent je m'étais laissé manœuvrer par Hélène! N'était-ce pas une ruse pour passer une nuit auprès de moi? C'était impossible de rien lire dans ces yeux noirs qui me fuyaient.

— Je le ferais bien volontiers, dis-je, si je pensais que cette histoire soit vraie.

— Mais elle est vraie! dit Yvonne d'un ton indigné. Vous croyez qu'on invente des choses pareilles par plaisir?

— Avec Hélène, on ne peut pas savoir.

— Oh! c'est honteux! dit Yvonne. Je comprends pourquoi elle ne voulait pas s'adresser à vous.

— Elle ne voulait pas s'adresser à moi?

— Non. Elle avait bien raison. Mais nous ne connaissions personne d'autre.

J'hésitais :

— Pourtant, il n'y avait que Paul dans la vie d'Hélène. Comment est-ce arrivé?

Un éclair passa dans les yeux d'Yvonne :

— Un soir, vous l'avez chassée, dit-elle. Elle est venue vous demander de l'aide, et vous l'avez chassée. Elle a été se saouler avec des camarades. Et... et c'est arrivé.

— Est-ce que le camarade sait?

— C'est un sale type. Elle ne le voit plus depuis longtemps.

Il y eut un silence. Oui. Hélène était capable de cela. Parce que je l'avais chassée. De nouveau je sentis cette morsure dans mon cœur.

— Cette personne qui se charge d'Hélène, est-elle sûre?

— Oui, il paraît. Seulement j'ai eu du mal à la trouver. On a perdu beaucoup de temps. Tout aurait été plus simple un mois plus tôt. Elle ajouta : On n'aurait pas eu besoin de vous.

— Qu'est-ce qu'il faudra que je fasse?

— Seulement rester près d'elle. Si elle souffre trop, faites-lui respirer un peu d'éther. Si ça va mal, si au matin tout n'est pas fini, téléphonez à Littré 32-01 et demandez Mme Lucie de la part d'Yvonne; dites que la malade n'est pas bien et elle viendra tout de suite.

— Vous pouvez compter sur moi. Dites à Hélène que je l'attends.

— Elle arrivera sans doute vers six heures.

Yvonne hésita une seconde :

— Hélène veut que je vous prévienne que ça peut être embêtant pour vous, cette histoire, si ça tourne mal.

— Qu'elle ne s'en fasse pas pour moi, dis-je.

Elle se leva :

— Alors, au revoir, dit-elle.

Elle me serra la main sans sourire. Elle m'en voulait. Elle descendait l'escalier, elle tournait le coin de la rue, et elle emportait avec elle mon image, elle la considérait avec un blâme farouche.

Je repris mon blaireau et je fis mousser le savon sur mes joues. C'était facile de blâmer. Est-ce qu'elle aurait voulu que je trahisse

Paul? que je délaisse Madeleine? Je n'avais aucun devoir envers
Hélène. Le rasoir érafla ma peau. Avec quels yeux elle me regardait!
comme si j'avais été un malfaiteur. Je dis avec colère : « Ce n'est
pourtant pas moi qui ai fait cet enfant à Hélène. » Je répétais ces
mots à voix haute. Mais dans mon cœur le doute insinuant disait :
« N'est-ce pas moi? »

— Je ne vais pas trop vous déranger? dit Hélène.

— Bien sûr que non.

Elle se tenait sur le seuil de ma chambre, avec un air timide que
je ne lui connaissais pas; elle portait un gros paquet sous son bras.
Mon dernier espoir se dissipa : Yvonne n'avait pas menti, il ne s'agissait pas d'un jeu. Sous la robe bleue d'Hélène, sous sa peau enfantine, il y avait cette chose qu'elle nourrissait de son sang.

— Venez vite vous réchauffer, dis-je. J'ai fait un bon feu.

J'avais mis des fleurs sur la table et des draps frais à mon lit.
Elle regarda autour d'elle avec indécision.

— Est-ce que ça vous ennuierait de sortir un moment, juste le
temps que je m'installe?

Je pris mon manteau :

— Voulez-vous que je vous rapporte quelque chose?

— Non, merci. Elle ajouta : Vous pouvez revenir dans une demi-
heure.

Dehors, il faisait déjà noir; des femmes passaient au bras de leurs
amants; des femmes avec des rires rouges de femmes. Hélène a eu
un amant; un sale type; un sale type a glissé sa main sous sa robe,
il lui a fait mal, elle va avoir mal, et c'est une enfant. Dans les boutiques illuminées, les ménagères achetaient pour le repas du soir le
pain et le jambon; ils allaient manger et dormir, cette nuit ne serait
qu'un trait d'union entre la journée qui s'achevait et celle qui allait
naître. Mais dans une chambre il y avait Hélène avec cette chose
dans son ventre, et la nuit était un grand désert dangereux et noir
que nous devions traverser sans secours. Quand je rentrai elle était
couchée dans le lit; elle avait mis une chemise de nuit blanche,
bordée d'un feston rouge, une chemise de pensionnaire. Le gros
paquet qu'elle portait sous le bras avait disparu.

— Comment ça va? dis-je.

— Je me sens drôle.

Ses mains tremblaient; je m'aperçus que tout son corps tremblait; elle claquait des dents.

— Vous avez froid?

Je m'assis à côté du lit et je pris sa main.

— Non, c'est nerveux, murmura-t-elle.

Ses dents s'entrechoquaient, ses mains se crispaient sur le drap.

— Je vous dégoûte? dit-elle.

— Mon pauvre petit, pour qui me prenez-vous?

— Si, c'est dégoûtant, dit-elle d'une voix hachée.

Une larme coula sur sa joue.

— Restez tranquille. Calmez-vous.

Peu à peu, le tremblement s'arrêta; elle se détendit et me regarda d'un air plus gai.

— Vous devez être furieux, dit-elle.

— Moi? Pourquoi donc?

— Vous ne vouliez plus jamais me voir.

Je haussai les épaules :

— C'était dans votre intérêt.

— Vous voyez, dit-elle. Vous aviez mal calculé.

Je la regardai avec impuissance. C'était donc vrai! C'était donc moi! Je l'avais traitée comme une enfant capricieuse; c'était une si petite fille. Et déjà son corps connaissait cette souffrance aiguë de femme. Sa bouche se crispa et elle devint toute blanche.

— Vous avez mal?

Elle resta immobile, les yeux fermés.

— C'est passé, dit-elle.

— Hélène! Pourquoi avez-vous fait ça?

— Je voulais me venger, dit-elle.

— Mais quelle drôle de vengeance!

— Je pensais que si vous saviez, vous auriez des remords. Cette fois tout son visage se convulsa et elle enfonça ses ongles dans ma paume : Oh! j'ai mal!

Elle n'avait pas manqué son coup, elle avait même réussi au delà de ses espérances. A chaque élancement de souffrance, le désespoir, le scandale me labouraient sauvagement le cœur. La douleur s'apaisait un instant et elle renaissait aussitôt : chaque fois, elle se faisait plus violente. Celui qui l'avait couchée sur ce lit, c'était moi. Je n'avais pas voulu entrer dans sa vie, j'avais fui, et ma fuite avait bouleversé sa vie. Je refusais d'agir sur son destin et j'avais disposé d'elle aussi brutalement que par un viol. Tu souffrais à cause de moi, parce que j'existais. Qui m'avait condamné?

On entendait sous les draps un drôle de borborygme.

— Oh! dit-elle. Oh! j'ai trop mal.

Elle s'accrochait à ma main comme à une bouée et elle me regardait; ma main serrait sa main et je ne voyais rien d'autre que ses yeux hagards et le petit nez retroussé au milieu du visage blême. « Courage. Ça finira. Ça va finir. » Je répétais ces mots, sans fin. Sans fin la douleur déchirait son ventre, elle hésitait une seconde et puis la traversait de nouveau avec rage. « Ça finira. » Et le temps coulait, ça ne finissait pas. Les yeux d'Hélène chaviraient. Parfois, je sentais qu'un cri aigu allait s'échapper de ses lèvres et je posais ma paume sur sa bouche.

— Oh! dit-elle, je n'en peux plus. Vite, vite, un petit répit. Avec un rictus maniaque elle épiait le flux et le reflux de la douleur : Vite, le répit. Vite, vite.

Une lame plus violente que les autres la souleva, la submergea. Son regard se noya.

— Oh! dit-elle. Oh! mon amour!

Les larmes me montèrent aux yeux. C'était trop injuste. Je ne méritais pas un tel amour; et je ne méritais pas sa souffrance. J'avais seulement voulu ne pas lui faire de mal. Ma pauvre petite fille, pardon. Pardon, Hélène. Mais c'était trop tard. *Ah! ce serait trop simple. N'y va pas. Et dans le visage tuméfié des coups les yeux chavirent : bourreau. La poitrine défoncée par la crosse des fusils, un enfant meurt parce que ses aînés n'ont pas osé vouloir.* « Pardon. » *Ce sera trop tard.* Bourreau. Comme l'aube était lente à venir, cette aube que je voudrais repousser à jamais; comme cette nuit était longue, aussi longue que cette nuit est courte, cette nuit sans espoir.

— Je ne peux plus, dit-elle. Elle eut un sanglot : Ça ne finira jamais. Je ne peux plus.

Je pris un tampon d'ouate et je versai dessus quelques gouttes d'éther; je l'approchai de ses narines.

— Qui est là? dit-elle.

— C'est moi, c'est Blomart.

Ses yeux ne me reconnaissaient pas.

— Attendez-moi. Je reviens tout de suite, dis-je.

Elle n'entendit pas. Je descendis l'escalier. L'air froid me fit frissonner. Il y avait quelques passants sur l'avenue de Clichy; ils avaient dormi; ils venaient de se réveiller et ils marchaient d'un pas hâtif dans ce matin indécis et triste comme un visage de nouveau-né; un matin neuf; mais pour moi la journée ne commençait pas encore : il y avait toujours cette nuit qui ne voulait pas s'achever : la couleur du ciel n'y changeait rien. J'entrai dans un petit Biard qui venait d'ouvrir ses portes. Un garçon en tablier bleu essuyait le zinc avec un torchon.

— Je voudrais téléphoner.

— Voilà.

Je pris le jeton et j'appelai Littré 32-01.

— Qu'est-ce qui se passe donc? dit une voix.

— Je ne sais pas. Ça ne va pas. Il faut que vous veniez.

— A cette heure-ci! Je ne vais pas trouver de taxi.

— Je vous assure que ça ne va pas bien.

Je sentis que la femme hésitait au bout du fil :

— Au moins, vous ne me dérangez pas pour rien?

— Non. Voilà douze heures qu'elle souffre. Elle est à bout!

— C'est que je suis une vieille femme, dit la voix. Ça ne m'est pas facile de me déplacer. Enfin, c'est bon, je vais venir.

Je remontai chez moi et je repris ma place auprès d'Hélène.

Ses yeux restaient fermés. Était-ce l'éther? ou l'épuisement? Elle ne gémissait plus. On aurait dit qu'il n'y avait plus une goutte de sang dans ses veines. Je guettais anxieusement les bruits de la rue. J'avais peur. Douze heures plus tôt, c'était une étrangère qui était couchée dans ce lit; mais cette lutte nous avait unis plus fortement qu'une étreinte, elle était ma chair et mon sang, j'aurais donné ma vie pour la sauver. Mon enfant; ma pauvre petite enfant. Comme elle était jeune! Elle aimait le chocolat et les bicyclettes, elle s'avançait dans la vie avec une hardiesse puérile. Et voilà qu'elle était couchée là, dans son sang rouge de femme, et sa jeunesse et sa gaieté s'écoulaient de son ventre avec un gargouillement obscène.

— Alors, mon petit chou, qu'est-ce qui ne va pas? dit la vieille.

Je la regardais avec inquiétude. Une avorteuse. Elle ressemblait tellement à ce qu'elle était que ça n'avait pas l'air vrai. Elle était habillée de noir, avec des cheveux blonds, de molles joues roses et blanches et une bouche orange; ses yeux étaient des yeux de vieille femme, très pâles, clignotants et un peu chassieux. Est-ce qu'elle y voyait clair? on devinait sous le fard une chair mal lavée. Je regardai ses mains aux ongles peints. Une personne sûre. Elle souleva les draps et je me détournai. Une odeur fade remplit la chambre.

— Ce n'est pas encore venu, dit-elle. Vous avez bien fait de m'appeler. Je vais vous aider. Ça sera tout de suite fini.

— Ça sera fini? dit Hélène.

— Dans un instant.

— Est-ce que tout va bien? dis-je.

— Mais oui. Elle se mit à rire : Vous aviez l'air si bouleversé, je m'attendais au pire. Mon Dieu! On dirait que vous n'avez jamais rien vu. Je l'entendais qui remuait dans mon dos : Où est mon sac? C'est malheureux de vieillir; je n'y vois plus à trois pas.

— Le voilà, dis-je.

Elle prit le sac noir, l'ouvrit; j'aperçus un mouchoir, un poudrier, un porte-monnaie; elle plongea tout au fond du réticule noir sa main aux ongles peints et en tira de petits ciseaux dorés. Je m'approchai de la fenêtre et je fixai la façade grise de l'autre côté de la rue. J'avais froid. Je n'osai pas lui dire de flamber les ciseaux.

— N'ayez pas peur, mon petit chou.

J'entendais la respiration saccadée d'Hélène.

— Poussez, dit la vieille. Poussez fort. Là, là...

Hélène gémit : un cri rauque sortit de ses lèvres.

— Là, dit la vieille, c'est fini. Elle m'appela : Monsieur!

Je me retournai. Elle tenait une cuvette entre ses mains. Ses doigts, son poignet et tout son avant-bras étaient rouges comme ses ongles.

— Allez vider cette cuvette.

Hélène était couchée de tout son long, les yeux fermés. Sa chemise enfantine découvrait ses genoux; sous ses jambes, il y avait une toile cirée jonchée de cotons sanglants. Je pris la cuvette, je traversai le palier et j'ouvris la porte des waters. La cuvette était pleine de sang et dans cette crème rouge flottaient de gros morceaux de mou de veau. Je vidai la cuvette et je tirai la chasse d'eau. Quand je rentrai dans la chambre, la vieille était en train de laver dans l'évier les cotons rouges.

— Donnez-moi un grand papier, dit-elle. Je vais faire un paquet de tous ces cotons. Vous le jetterez dans un égout.

— Est-ce que tout va bien? dis-je.

— Mais oui. Ce n'est pas bien grave. Elle rit : Sans doute vous n'avez pas l'habitude.

Elle se lava les mains et ajusta son chapeau devant la glace. Je ranimai le feu, et quand la vieille fut partie je revins m'asseoir auprès d'Hélène. Elle me sourit.

— C'est fini, dit-elle. Je ne peux pas croire. Je me sens si bien!

— Vous savez, dis-je, vous resterez ici aussi longtemps que vous voudrez.

— Non. La bonne femme m'a dit que je pouvais rentrer chez moi. J'aime mieux rentrer. Elle se souleva sur les oreillers : Est-ce que vous voudrez bien me revoir de temps en temps?

— Si vous voulez.

— Vous savez bien que je le veux.

— J'espérais que vous m'oublieriez, dis-je.

— Oui. Vous m'avez traitée comme un petit chien incommode qu'on chasse à coups de pierres. Mais ça n'a servi à rien.

— Je le vois bien.

— Je ne suis pas un petit chien. Elle me regarda avec reproche : Vous êtes drôle. Vous m'avez répété si souvent que vous respectiez tant la liberté des gens. Et vous décidez à ma place, vous me traitez comme une chose.

— Je ne voulais pas que vous soyez malheureuse.

— Et si j'aime mieux être malheureuse? C'est à moi de choisir.

— Oui, dis-je. C'est à vous de choisir.

Elle appuya sa joue contre ma main.

— J'ai choisi, dit-elle.

Je la pris dans mes bras, et je posai mes lèvres sur sa joue.

« C'est à moi de choisir. » Est-ce toi qui as dit ces mots? Si c'est toi, je ne t'ai pas tuée, mon cher amour. Mais qui me dira « c'est moi », sauf elle-même? Et tes paupières cachent tes yeux, tes lèvres se retroussent sur tes dents, tes dents dures qui continueront à rire dans ta chair effritée. Tu ne me parleras plus.

Lui n'avait pas choisi. Nous courions gaiement dans la neige et il nous a croisés; il faisait sombre et je n'étais pas sûr qu'il nous eût vus; mais je me sentis rougir. Nous nous donnions le bras, et nous serrions contre nos cœurs des sacs de marrons chauds : il pouvait nous voir. Il y avait moi; il y avait Hélène : c'était déjà assez compliqué. Mais ce n'était pas tout. Il y avait Paul, il y avait Madeleine. Et tout le reste du monde à l'horizon. Et ils n'avaient pas choisi.

Le lendemain matin, quand j'arrivai à l'atelier, j'allai serrer la main de Paul. Les corrigeuses étaient déjà installées, juchées sur les hauts tabourets, leurs petites pinces à la main; les femmes étaient toujours les premières au travail. Paul commençait une mise en page; il disposait les paquets sur le marbre d'un air absorbé.

— Je t'ai croisé hier soir et tu ne m'as pas vu, lui dis-je. J'étais avec Hélène.

— Oui, je vous ai vus, dit-il.

Il avait un visage ouvert, avec un front un peu buté et quelque chose d'enfantin dans la bouche. Je boutonnai mon sarrau gris. En dessous de nous, dans la salle d'impression, les machines commençaient à ronronner.

— Je n'ai jamais compris ce qu'il y avait entre vous, dit-il.

— Depuis que vous avez rompu, je ne l'avais pas revue. Et puis elle est venue me trouver. J'hésitais : Tu sais comme elle est; elle aime la nouveauté, et elle s'ennuie.

— Ah! c'est donc ça! dit Paul.

— J'ai tout fait pour la décourager, dis-je.

— J'aurais dû deviner, dit Paul. Elle ne s'est pas découragée?

— J'ai beaucoup d'amitié pour elle. Mais je ne l'aime pas. Je le lui ai dit. Elle me répond que ça n'a pas d'importance.

Paul haussa les épaules :

— Eh bien! tant pis pour elle. Ça ne me regarde pas.

J'allai m'asseoir devant mon clavier; c'était inutile de m'expliquer. Quoi que je dise, il ne referait pas avec moi le chemin hésitant qui m'avait conduit jusqu'à notre premier baiser; il aurait fallu qu'il fût moi; puisqu'il occupait dans le monde cette place étrangère, il ne pouvait saisir de moi que des dehors. Je courais dans la neige avec Hélène et il pensait : « Il m'a pris Hélène. Il n'aime pas Hélène et il accepte son amour. » J'avais quitté le parti après de longs débats avec moi-même et il pensait : « C'est un fils de bourgeois. » Ce que je comprenais soudain avec atterrement, c'est que ces dehors n'étaient pas une fausse apparence : ils m'appartenaient aussi sûrement que mon corps et dans la gêne qui me nouait la gorge je confirmais leur vérité : « C'est injuste. » Mais l'injustice n'était pas dans la rancune de Paul; elle était au cœur de mon être dans cette malédiction si souvent pressentie, si farouchement refusée : la malédiction d'être un autre.

« Ce n'est pas vrai. Ce n'est pas moi. » J'avais envie de les crier ces mots, quand Hélène me regardait avec des yeux pleins d'admiration et d'amour. Pourtant c'était vrai : c'était moi. Moi qui avais vidé mon portefeuille sur le bureau de mon père, moi qui avais changé mes vêtements bourgeois contre un sarrau gris; cette chambre était la mienne; c'était bien là mon visage. C'était avec ma propre chair qu'elle composait ce héros dont tous les souvenirs, les pensées, les sourires étaient miens mais dans lequel je ne me reconnaissais pas.

— Je me sens coupable d'un abus de confiance, lui dis-je.

— Comment ça? dit-elle. Elle était assise à côté de moi sur le divan, la tête posée sur mon épaule avec un air de petit animal confiant.

— J'ai l'impression de m'être glissé dans la peau d'un autre.

— Vous voulez dire que je ne vous vois pas tel que vous êtes?

— Oui, c'est cela.

Elle me sourit.

— Comment êtes-vous, pour de vrai? dit-elle.

— Pas spécialement sympathique, dis-je. Tenez, quand vous me demandez pourquoi je ne vous aime pas, je vous réponds que vous êtes trop petite, que nous n'avons pas les mêmes préoccupations. Oui. Mais c'est aussi que j'ai le sang pauvre. Jamais je n'ai été capable de passion. Je tourne en rond au milieu de mes remords, de mes scrupules, avec le seul souci de ne pas me salir les mains. J'appelle ça une nature ingrate, du genre constipé. J'envie Paul, je vous envie...

Hélène m'interrompit en posant sur mes lèvres ses douces lèvres blondes.

— C'est ça qui est si fort chez vous, comme vous vous suffisez à vous-même, on a l'impression que vous vous êtes créé tout seul.

— Je n'ai pas de mal à me suffire : j'ai si peu de besoins.

— Et de quoi pourriez-vous avoir besoin? dit-elle. Ses yeux brillaient. C'était inutile de poursuivre; cette vérité qui m'habitait, je ne pouvais l'arracher de moi qu'avec des mots; et ces mots résonnaient aux oreilles d'Hélène avec un sens imprévu; sortis de moi, dès l'instant qu'elle les entendait ils ne m'appartenaient déjà plus; ce qu'elle découvrait en eux, malgré moi, c'était un effort de sincérité, une émouvante modestie dont son cœur s'enchantait.

— Vous êtes une obstinée, dis-je.

— Oh! on aurait du mal à me dégoûter de vous.

Elle me regardait si ardemment que j'avais envie de cacher mon visage. Qui voyait-elle? « Ce n'est pas moi. » C'était bien moi, tel que j'étais hors de moi-même, sous les regards étrangers. Ce camarade infidèle, ce héros réfléchi et sûr, c'était moi en dépit de moi-même.

Hélène frotta sa joue contre la mienne.

— Vous voudriez que je me dégoûte de vous?

— Je ne voudrais pas que vous gâchiez votre vie par ma faute.

— Il n'y a pas de danger, dit-elle; elle roulait une mèche de mes cheveux sur son doigt : Ce n'est pas si amusant d'être aimé; c'est bien plus intéressant de trouver quelqu'un qu'on puisse aimer.

— A la longue, ça devient triste un amour non partagé. J'entourai ses épaules de mon bras. Je voudrais être sûr d'une chose : c'est que vous ne manquerez à cause de moi aucune des chances qui pourraient s'offrir à vous?

Elle me regarda avec un air de soumission.

— Il faut continuer à vouloir connaître des gens, voir le monde. Par exemple, si votre maison vous propose de partir en Amérique comme il en était question, il faudra partir tout gaiement.

— Bien sûr, dit-elle. J'espère qu'il y aura dans ma vie autre chose que vous. Elle se blottit contre moi : Mais plus tard, dit-elle, pas tout de suite.

— Non, dis-je. Pas tout de suite. J'embrassai doucement son visage. Il y avait des moments où je la trouvais si charmante que j'aurais voulu pouvoir lui dire sans mentir. « Je vous aime. » Mais quoi? sa présence me touchait, mais loin d'elle, jamais je ne pensais à elle ; je l'aurais quittée d'un jour à l'autre sans regret. Ma tendresse, mon estime étaient bien loin de l'amour. Elle fermait les yeux sous les baisers, avec une expression recueillie et docile. Puis elle me regarda à nouveau et passa sa langue sur ses lèvres.

— Écoutez, dit-elle.

— Quoi donc?

Elle hésita.

— Plus tard, j'essaierai de me décrocher de vous, je vous promets. Mais ça ne doit pas nous empêcher de chercher à avoir les rapports les plus forts possible.

Je la serrai contre moi; son courage me touchait au cœur.

— Est-ce bien la peine de nous attacher davantage l'un à l'autre si ça ne doit être que provisoire?

— Tant pis, dit-elle, on ne va pas gâcher le présent par peur de l'avenir. Elle se laissa aller en arrière, ses cheveux se déployèrent en roue sur l'oreiller : Je voudrais être toute à vous, murmura-t-elle.

Il y a eu au moins cette minute dans ma vie où je n'ai pas tergiversé, où je n'ai pas marchandé avec ma conscience. Et tu as su me sauver du remords. Avec Madeleine, nous faisions l'amour en silence et presque toujours dans la nuit : elle subissait le trouble et le plaisir avec une espèce d'horreur, comme elle subissait les voix et les regards et même le visage immobile des choses; quand je la caressais, je me sentais toujours criminel. Toi, tu n'étais pas dans mes bras un corps abandonné, mais une femme tout entière. Tu me souriais bien en face, pour que je sache que tu étais là, librement, que tu ne t'étais pas perdue dans le tumulte de ton sang. Tu ne te sentais pas la proie d'une fatalité honteuse; au milieu des élans les plus passionnés, quelque chose dans ta voix, dans ton sourire disait : « C'est parce que j'y consens. » Par cette constance à te déclarer libre, tu me mettais en paix avec moi-même. Devant toi, j'étais sans remords. Devant toi. Mais nous n'étions pas seuls au monde.

— Il y a du nouveau dans mes rapports avec Hélène, dis-je.

— Oui, dit Madeleine avec indifférence.

J'avais essayé de la tenir au courant de cette histoire, mais chaque fois que je lui en parlais, elle détournait la conversation.

— Oui. Nous avons couché ensemble, pour finir.

— Je n'ai jamais pensé que tu me serais fidèle toute ta vie, dit Madeleine.

Elle ne s'était jamais gênée avec moi; je n'avais rompu aucun engagement envers elle; cependant j'étais mal à l'aise. J'étais sûr que la nouvelle lui avait été désagréable. Elle n'a rien à dire, pensais-je avec irritation; sans doute s'en rendait-elle compte elle-même : elle ne disait rien. Elle parut même par la suite avoir tout à fait oublié ce que je lui avais révélé. Pour Madeleine, rien n'était jamais ni tout à fait vrai, ni tout à fait faux, elle profitait de cette ambiguïté et elle voguait avec indifférence dans des eaux incertaines. Elle me demandait seulement de ne pas l'obliger à regarder en face l'existence d'Hélène. Hélène, de son côté, ne me parlait jamais de Madeleine. Elles s'ignoraient si définitivement que ça me semblait souvent étrange de pouvoir penser à la fois à l'une et à l'autre. Hélène marchait à mes côtés, bien campée sur ses jambes, riche de ses propres souvenirs, tendue vers un seul avenir : dans cette plénitude aucune place n'était creusée pour Madeleine. Et Madeleine, dans sa chambre d'hôtel à l'odeur d'insecticide, était aussi une plénitude sans faille d'où Hélène était absolument bannie. Chacune tout absorbée en soi-même, elles étaient plus séparées que deux nébuleuses aux confins de l'éther, que deux coquillages accrochés aux flancs opposés d'un rocher. Cependant j'étais là, présent à l'une et à l'autre, les faisant exister ensemble.

— Comment ne trouves-tu pas ça angoissant? dis-je à Marcel. Penser que c'est toi qui façonnes la vie d'un autre, malgré lui.

Nous étions assis dans un petit restaurant de l'avenue de Clichy; nous mangions du boudin aux nouilles. Marcel portait un complet élimé avec, autour du cou, pour cacher sa chemise, un foulard norvégien aux couleurs éteintes par la poussière. Il secoua sa grosse tête.

— Mais je ne demande rien à Denise. Elle peut faire sa vie à sa guise.

— Tu sais bien que ce n'est pas vrai. Elle ne peut pas faire que vous soyez riches, que tu sois célèbre; elle ne peut pas faire que tu l'aimes.

Ils avaient fini par abandonner le grand atelier dénudé; ils avaient loué à un septième étage un studio de forme biscornue dont le plafond était une large verrière et dont les murs étaient presque entièrement mangés par les fenêtres. L'air entrait de partout; les murs suintaient d'humidité. « Je perds une heure chaque matin à rallumer le poêle, me disait Denise avec colère. Et ça n'empêche qu'on grelotte toute la journée. »

— On peut toujours s'arranger, dit Marcel.

— C'est trop commode de dire aux autres : arrangez-vous.

— Pourquoi? moi, je m'arrange bien, dit Marcel.

— C'est ton affaire. Tu es toi; tu n'es pas Denise; comment elle se débrouille dans le monde, ça ne regarde qu'elle. Toi ce dont tu es responsable c'est de ce monde dans lequel elle est plongée.

Marcel regardait avec intérêt une grosse putain blonde qui mangeait hâtivement une andouillette avant de monter vers le Montmartre des riches. Il n'avait pas l'air d'écouter. Mais je savais qu'il écoutait.

— Les gens sont libres, dis-je, mais seulement chacun pour soi :
nous ne pouvons pas toucher leur liberté, ni la prévoir, ni l'exiger.
C'est bien ça qui m'est si pénible; ce qui fait la valeur d'un homme
ça n'existe que pour lui, pas pour moi : moi, je n'atteins que ses
dehors; et je ne suis rien d'autre pour lui qu'un dehors, un donné
absurde; un donné que je ne choisis même pas d'être...

— Alors, calme-toi, dit Marcel; si tu ne choisis même pas, tu
n'as pas besoin de te frapper.

— Je ne choisis pas d'être, mais je suis. Une absurdité responsable
d'elle-même, voilà ce que je suis.

— Il faut bien qu'il y ait quelque chose.

— Mais il pourrait y avoir autre chose. Sans toi Denise aurait
eu une autre vie.

— Quelle vie? dit Marcel. Toutes les vies sont gâchées.

— Si tu avais continué à peindre...

Il m'interrompit.

— Mais si j'avais eu juste l'étoffe d'un petit peintre de salon
bien sage, m'aurait-elle aimé? Si... on dit comme ça : si j'avais
fait ceci, si je n'avais pas fait cela. Mais les choses sont ce qu'elles
sont. Il me regarda en ricanant : Je te trouve bien présomptueux
d'avoir toujours tant de remords.

Je pensais quelquefois que je prenais les choses trop à cœur,
les autres gens semblaient vivre avec tant de naturel. Moi, rien
ne me paraissait naturel. Je souhaitais que toute vie humaine fût
une pure liberté transparente : et je me rencontrais dans la vie
des autres comme une barrière opaque; je ne pouvais pas m'y
résigner. J'évitais Paul; je regardais Madeleine avec gêne. Devant
Hélène même je me sentais inquiet. Nos baisers, nos caresses avaient
vite perdu la limpidité heureuse des premiers jours. Souvent des
ombres passaient sur son visage et tandis que je l'embrassais elle
fermait les yeux avec un air de souffrance; parfois au milieu d'une
étreinte, elle se dégageait brusquement. Je passai mon bras autour
de son épaule.

— Qu'y a-t-il, petite farouche?

Assise au bord du lit, elle balançait son pied en fixant le vide
d'un air dur; elle n'avait pas fini de se rhabiller; ses cheveux
tombaient en désordre sur ses épaules. Elle sursauta.

— Il n'y a rien.

— Mais encore? Pourquoi as-tu cette mauvaise figure?

— Oh! je pensais seulement que c'est dommage d'avoir perdu tout ce temps; maintenant, il va falloir que je m'en aille et on n'aura pas pu causer.

Elle était de mauvaise foi; ça se reconnaissait tout de suite à sa voix veule; certes, j'aimais son corps. Mais si la plupart de nos entrevues se passaient en étreintes, c'était sa faute et non la mienne, elle le savait fort bien.

— Je t'avais proposé de faire une promenade.

— Naturellement! toi ça t'est bien égal.

— Qu'est-ce qui m'est égal? de ne pas t'embrasser? Mais c'est toi qui déclares que c'est du temps perdu.

— C'est du temps perdu puisque tu n'en avais pas envie.

— Tu es stupide, dis-je. Est-ce que je n'ai pas l'air de tenir à ton corps?

— Oui, dit-elle, comme à un corps parmi d'autres.

Je gardais un moment le silence. C'était évident. Nous devions un jour en venir là.

— Pourquoi dis-tu ça? dis-je.

— Je le dis parce que c'est vrai.

— Ça t'est désagréable de penser que j'ai ces rapports avec Madeleine?

— Tu voudrais que ça me fasse plaisir?

— Je croyais que ça t'était indifférent.

Elle haussa les épaules et deux larmes jaillirent de ses yeux.

— Tu as toujours su qu'il y avait Madeleine dans ma vie, dis-je. Pourquoi est-ce que brusquement aujourd'hui...?

— Ça n'est pas d'aujourd'hui, dit-elle.

— Alors tu aurais dû m'en parler avant.

— Qu'est-ce que ça aurait changé?

Je baissai la tête. J'avais horreur de la voir pleurer. Mais je savais que Madeleine serait blessée à vif si je lui proposais de modifier nos rapports.

— Écoute, tu sais bien que je ne suis pas le moins du monde amoureux de Madeleine; personnellement, je cesserais tout rapport physique avec elle sans aucun regret.

— Quand je pense! dit Hélène. Tu la regardes juste comme tu me regardes. Tu l'embrasses... mais ça m'est insupportable, achevat-elle dans une explosion de désespoir.

Je la serrai contre moi en silence; je sentais son corps qui tremblait.

— Autrefois, tu ne t'occupais pas de Madeleine.

— Ça ne peut plus être comme autrefois.

— Pourquoi?

— Parce que j'ai commencé d'y penser. Elle eut une espèce de rire : Aussi, tu aurais dû faire attention : un jour, tu t'es ramené à un rendez-vous, il y avait du rouge à lèvres sur ton cou. Le jour où on a été au cimetière des chiens.

— Ah! dis-je, le jour où tu avais si mal à la tête.

— Je n'avais pas mal à la tête.

Je me sentis rougir. C'était toujours la même histoire. Sur ma chair cette trace rouge qui n'existait pas pour moi et que tes yeux voyaient; une tache insensible qui était cette morsure dans ton cœur.

— Hélène, je suis désolé...

— Oh! c'était aussi bien que je voie. Elle eut un bref sanglot : Mais je ne peux plus t'embrasser sans penser qu'elle aussi t'embrasse.

Je la regardais avec accablement. Elle était toute à moi. Pour que ce don exclusif ne fût pas absurde, il aurait fallu qu'il y eût en moi une place béante qu'elle seule pût combler. Je sentais bien quelle solennité avaient pour elle mes caresses : il dépendait de moi que cette valeur qu'elle leur accordait fût une illusion ou une vérité. En serrant une autre femme dans mes bras, ce n'était pas seulement un déplaisir passager que je lui infligeais : je tenais en échec les affirmations les plus passionnées de sa chair, de son cœur.

— Écoute, dis-je, j'essaierai de parler à Madeleine.

Elle essuya ses yeux avec un air de bonne volonté; mais elle gardait un visage souffreteux.

— Ça sera peut-être plus facile à arranger que je ne pense, dis-je.

Depuis quelque temps, Madeleine espaçait nos rendez-vous; elle était lointaine avec moi, plus distraite que de coutume.

— Tu es bien gentil! dit Hélène.

Je touchai ses cheveux.

— Tu n'as pas l'air du tout contente.

— Ah! tout ça c'est si bête! dit-elle. A quoi ça sert que tu ne couches pas avec Madeleine si tu as envie de le faire?

— Je t'ai dit que je n'en avais pas envie.

— Oui, mais enfin, ça t'arrangerait mieux. Elle renifla une larme : C'est si bête; tu peux aussi bien continuer.

— Je verrai ce que je peux faire.

— Non, je t'en prie, ne change rien, dit-elle avec une brusque violence. Ça m'est égal, ça ne peut pas être autrement. Elle cacha son visage dans ses mains : Oh! j'ai honte!

Je la pris dans mes bras, mais je ne pouvais rien lui dire. Ce qu'il aurait fallu, c'est qu'il ne me fût même pas possible de désirer personne d'autre qu'elle; ce qu'elle avait à me donner, il aurait fallu que je ne puisse le recevoir que d'elle seule. Toute ma tendresse échouait à combler ce vœu; je ne disposais que de mes actes; j'étais ce que j'étais malgré elle, malgré moi, il n'y avait rien à y faire.

Du moins, j'aurais voulu risquer pour elle un geste, une parole. « J'essaierai de parler à Madeleine. » Mais devant Madeleine, ma gorge se nouait. Elle était là, elle tourmentait d'un air absent un café-crème avec sa cuiller, tout occupée à ne rien penser, à ne rien croire. Tout au fond d'elle-même, le malheur, l'humiliation, le regret, s'étaient déposés jour après jour; il eût suffi d'un mot pour remuer cette vase; je n'avais pas le courage de le prononcer. Quand je revenais près d'Hélène, ses yeux m'interrogeaient. « Tu n'as encore rien dit? » Sa tristesse était légitime, la rancune de Madeleine eût été légitime aussi. Comment choisir? Les larmes de Madeleine ou les larmes d'Hélène? ce n'était pas mes larmes; comment donc comparer leurs amertumes étrangères? je n'étais pas non plus Dieu.

— Alors, à mercredi veux-tu? dis-je en tendant la main à Madeleine.

— Non. Pas mercredi. Elle enfilait ses gants d'un air absorbé : Mercredi je sors avec Charles Arnaud.

— Arnaud, dis-je avec surprise. Tu le revois?

— Mais oui, ça fait plus d'un mois, dit Madeleine; elle sourit dans le vague : Il sort de clinique; ils l'ont désintoxiqué; seulement pour supporter la cure, il se gorgeait de pernods en cachette. Ça fait qu'il est complètement imbibé.

C'était la seule influence que j'eusse jamais prise sur Madeleine; je l'avais empêchée de fréquenter ce drogué et de se droguer avec lui. Pour la boisson, depuis qu'elle me connaissait, elle ne s'y adonnait qu'au ralenti.

— Tu ne vas pas recommencer, dis-je.

— Recommencer quoi?

— A boire, et toutes ces idioties.

Elle me coula un regard endormi.

— Qu'est-ce que ça peut bien te faire?

J'hésitai. Je pouvais la prendre par le bras, l'entraîner loin de cette bouche de métro, lui parler. « Ne boude pas. L'histoire d'Hélène ne change rien entre nous. Recommençons à nous voir comme autrefois. Laisse tomber ce type. » Je pouvais l'exhorter, la supplier. Elle m'aurait écouté d'un air indolent, mais elle aurait été émue par la chaleur de ma voix. J'étais sûr qu'elle m'eût obéi. Mais je revoyais le visage bouleversé d'Hélène. « Quand je pense qu'elle t'embrasse! » M'engager à nouveau avec Madeleine, c'eût été une trahison.

— Oh! rien, dis-je. Il y eut un court silence. Alors, veux-tu jeudi?

— Disons jeudi.

Je m'éloignai. Je n'étais pas content de moi. « Je ne pouvais pas faire autrement. » Mais la vieille excuse était usée. Je ne pouvais pas faire autrement; et ma mère était restée seule dans les salons glacés du grand appartement; et Madeleine recommençait à se droguer. Il ne s'agissait pas de « faire »; la faute n'était en aucun acte. Je commençais à comprendre : elle était la pâte même de mon être; c'était moi-même. Pour la première fois je pensais : il n'y a peut-être pas de solution.

Coupable de parler. Coupable de me taire. De toutes façons j'avais tort. Je tournais le pneumatique entre mes doigts. Ça recommençait, j'en étais sûr. La même histoire. Mon histoire. « Qu'est-ce qu'elle me veut? » Pendant tout ce dernier mois, je ne l'avais presque pas vue; deux fois elle avait passé au restaurant où je dînais avec Hélène et elle m'avait demandé avec un sourire provocant de lui prêter un peu d'argent « pour aller boire ». Elle buvait; elle couchait avec Arnaud; elle se droguait. J'entrai dans le café de la Fourche, le cœur serré. Est-ce que les autres hommes pesaient moins lourd que moi sur la terre? ou se souciaient-ils moins des traces qu'ils laissaient après eux? Partout j'apercevais les marques inquiétantes de ma présence. Ou peut-être c'était un sort qui m'avait été jeté : chacun de mes gestes comme chacun de mes refus entraînait derrière lui un danger mortel. Je croyais simplement embrasser Hélène; et je trahissais Paul, je blessais Madeleine.

— Quelle sottise a-t-elle faite? pensai-je en poussant la porte du café.

Madeleine buvait nonchalamment un chocolat, elle lisait un journal du soir; sans même me tendre la main, comme si je venais reprendre une place auprès d'elle après dix minutes d'absence, elle désigna un article sur la guerre d'Espagne :

— Les salauds! me dit-elle. Ils les laisseront crever sans leur envoyer aucun secours.

— Tu sais, l'intervention, ça pourrait être lourd de conséquences.

— Pourquoi n'essayez-vous pas une grève? peut-être que Blum céderait.

— Je ne veux pas de grève politique, dis-je.

— Moi aussi, je souhaitais de toutes mes forces la déroute des Maures de Franco; mais ce vœu solitaire, cet intime tressaillement de ma chair, je ne me reconnaissais pas le droit d'en tirer une volonté qui s'imposerait à mes camarades. *Vouloir entraîner autrui dans la lutte, dans ma lutte. Un coup de feu, puis un autre : Jacques était mort. J'avais mis un revolver entre ses mains, et il était mort. Il est arrivé malheur à Jacques. Et le visage hébété de Marcel, l'odeur des fleurs et des cierges autour du mannequin cireux.* Parce que j'avais agi sur lui. Je savais à jamais qu'on ne peut pas cerner les limites d'un acte, ce qu'on est en train de faire, on ne peut pas le prévoir. Plus jamais je ne courrais ce risque insensé. Jamais je ne lèverais un doigt pour déclencher un événement aveugle.

— En tout cas, dit-elle, ça ne serait pas difficile de faire passer clandestinement des armes et d'autoriser les engagements volontaires.

De temps en temps, elle prenait feu pour une cause : deux ans plus tôt, cette Bretonne avait été sioniste avec passion, elle avait consenti à travailler huit heures par jour comme employée dans une librairie juive pour aider financièrement le mouvement. Je ne

m'étonnais pas outre mesure de ses nouvelles préoccupations;
seulement j'étais un peu impatient de savoir pourquoi elle m'avait
convoqué de façon si pressante. Je l'écoutai pendant près d'une
demi-heure exhaler son indignation contre Blum, puis je profitai
d'un silence.

— Dis-moi donc, de quoi voulais-tu me parler?

Elle me regarda de son air placide :

— Mais de tout ça, dit-elle.

Je me mis à rire :

— Ça te tient vraiment tant à cœur?

— Ah! tu ne comprends pas. J'ai besoin de ton aide; tu connais
des tas de types au P.C.; ils me feront passer la frontière comme
ils voudront. Mais toute seule, je ne saurai jamais me débrouiller.

— Tu veux aller en Espagne?

— Je veux m'engager comme milicienne. Pourquoi pas? Pour
ce que je fais de ma peau ici.

Elle était capable de le faire pour de bon; mon cœur se serra
d'angoisse.

— Mais c'est absurde, tu n'as aucune raison.

— Il n'y a pas besoin de tant de raisons : la vie ne vaut pas si
cher.

— C'est un simple coup de tête.

Elle me regarda avec lassitude.

— Je ne suis pas venue te demander un conseil, mais un service.
Veux-tu me le rendre, oui ou non?

J'hésitais.

— C'est un drôle de service. Si une fois là-bas il t'arrive du mal,
je ne me sentirai pas frais.

— Je te dispense de tout remords. Elle sourit : D'ailleurs il peut
aussi bien m'arriver du mal ici.

— Tu as des ennuis?

— Je n'ai pas d'ennuis. J'ai envie de partir.

Il ne fallait pas espérer rien en tirer de plus.

— Je verrai ce que je peux faire, dis-je.

C'était facile. Il n'y avait qu'à parler à Paul ou à Bourgade. *Il
n'y avait qu'à ne pas leur parler. Ils l'avaient déposé dans sa chambre
à coucher, étendu sur le lit avec des cierges et des fleurs tout autour de
lui; on aurait dit un mannequin de cire, un mannequin inquiétant
fabriqué pour quelque exposition surréaliste. Et Marcel le regardait.*

La même histoire. Parce que j'existe. Est-ce que je ne peux pas
feindre que je n'existe pas? je m'efface du monde, j'efface mon
visage et ma voix, j'efface mes traces, rien n'est changé; il y a
seulement à ma place une petite rature inoffensive. Hélène n'est
plus emprisonnée dans un amour malheureux, Madeleine ne se
fait pas tuer en Espagne, la terre est allégée de ce poids qui tend
ses fibres secrètes, qui les fait vibrer, craquer en des lointains
imprévus. M'effacer, ne plus être. « Je ne parlerai pas à Paul. » *Et
dans la chambre à l'odeur d'insecticide, on trouvera au matin un
cadavre opulent farci de cocaïne.*

La lumière a fondu sur moi. Tu ne t'effaceras pas. Personne ne
décidera pour toi, pas même le destin. Le destin des autres, c'est
toi. Décide. Tu as ce pouvoir : une chose qui n'était pas éclate
soudain, seule dans le vide, ne reposant que sur toi-même, et
cependant séparée de toi par un gouffre, jetée par-dessus
le gouffre sans autre raison qu'elle-même dont la seule raison est
en toi.

Je ne veux pas. Je ne veux plus. *Ils les font travailler dans la neige
en combinaison de toile avec des espadrilles aux pieds. Et nous disons :*
« *Bien. Nous n'y pouvons rien.* » Mais si l'immeuble explose, quelle
fraîche jonchée de cadavres! *Il y a une femme quelque part qui dort;
elle est enfin parvenue à dormir en pensant : il n'a rien fait, ce ne sera
pas lui. Et demain soir, ce sera lui. A cause de moi.* M'effacer. Ne
plus être. Mais même si je me tue je continuerai à être. Je serai mort.
Ils resteront enchaînés à ma mort et ce creux brusquement apparu
sur la terre fera vibrer et craquer mille fibres imprévues. Berthier
prendra ma place; ou Lenfant. Je serai encore responsable de tous
ces actes que mon absence aura rendus possibles. Quelqu'un dira
à Laurent : « Vas-y. N'y va pas. » *Ce sera ma voix.* Je ne peux pas
m'effacer. Je ne peux pas me retirer en moi. J'existe, hors de moi
et partout dans le monde; il n'est pas un pouce de ma route qui
n'empiète sur la route d'un autre; il n'y a aucune manière d'être
qui puisse m'empêcher de me déborder moi-même à chaque instant.
Cette vie que je tisse avec ma propre substance, elle offre aux autres
hommes mille faces inconnues, elle traverse impétueusement leur
destin. *Il s'est réveillé, il espère.* « *Ils m'oublieront.* » *Sa vie est devant
lui, si vaste. Et je suis là, près de toi que j'ai tuée, je charge les fusils
qui vont l'assassiner demain.* Non. Je ne veux pas. Renonçons.
Nous renonçons, nous courbons la tête; et là-bas au fond de l'avenir,

pour chaque goutte de sang que nous avons épargnée, tout ce sang.
Poursuivons...

Renonçons, poursuivons. Décide. Décide puisque tu es là. Tu es là et il n'y a aucun moyen de fuir. Même ma mort n'appartient pas qu'à moi.

— J'ai parlé à Bourgade.

Cette nuit-là avait été encore clémente; cette nuit-là j'avais pu décider : je n'étais pas seul; en face de moi, c'était une liberté qui se dressait. Si je ne me reconnaissais sur elle aucun droit, aucune prépondérance, il fallait consentir à n'être que son instrument.

— Passe le voir demain. Il te donnera des recommandations pour des copains de Perpignan qui te feront passer la frontière; et aussi pour les camarades de Barcelone. Il paraît qu'ils ne mettent pas volontiers un fusil dans les mains d'une femme.

— Merci, dit Madeleine, tu ne sais pas quel service tu me rends.

Nous étions dans sa chambre; c'était une espèce de couloir étroit, encombré de valises vides et de ballots de linge; ça sentait le désinfectant et le shampoing. Une casserole d'eau ronronnait sur un minuscule réchaud où se consumaient deux pastilles blanches. Si je l'avais aimée... si je m'étais soucié d'elle davantage... L'écharde s'enfonce dans mon cœur. A présent, j'avais tout à fait compris; j'étais en faute à jamais, depuis ma naissance et par delà ma mort.

Pourtant, ce n'était pas encore pour cette fois. Ce n'était pas pour elle ce sang, ce râle d'agonie. Comme si la machine infernale s'était divertie à tourner à vide, comme si le destin s'était complu à cette parodie. Dix jours après son départ, une lettre m'est parvenue d'un hôpital de Barcelone. On ne l'avait pas envoyée sur le front, on l'avait mise modestement dans les cuisines; pendant deux jours, elle avait fait la vaisselle avec conscience, et elle avait renversé sur ses pieds une grande bassine d'huile bouillante. Elle est restée six mois au lit et elle a regagné Paris.

— Tu sais, ils disent que les Français sont de beaux salauds, me dit-elle à son retour.

C'était le printemps. Le soir, à la sortie de l'atelier, je flânais avec Hélène sur les quais d'Asnières; elle achetait des bouquets de violettes au coin des rues; assis devant des bocks de bière couleur de caramel, nous écoutions les sonneries des cinémas qui s'égrenaient sous le ciel mauve; des couples tout semblables au nôtre montaient et descendaient avec nonchalance l'avenue de Clichy; je les suivais

anxieusement des yeux, ces hommes qui goûtaient d'un cœur tranquille la douceur du soir. Ils n'avaient pas l'air de criminels : le
goût de la bière et du tabac, l'éclat des affiches lumineuses, l'odeur
des jeunes feuilles, rien de tout cela ne semblait coupable. Nous
étions là, baignés dans le tendre crépuscule de Paris, nous ne faisions
de mal à personne. Et pourtant nous étions aussi là-bas, à Barcelone,
à Madrid; non plus des promeneurs inoffensifs : de beaux salauds.
Aussi sûrement que dans ces rues en fête, nous existions sous les
ciels noirs que traversait le ronronnement des Stukas; nous existions
à Berlin, à Vienne, dans les camps de concentration où les Juifs
dormaient en chemises sur le sol détrempé, dans les prisons où pour-
rissaient les militants du socialisme; une existence butée, écra-
sante, qui se confondait avec celle des barbelés, des pierres impé-
nétrables, des mitrailleuses et des tombes. Ces visages insouciants
où nous laissions s'épanouir nos sourires, ils étaient pour d'autres
hommes la face même du malheur.

— Tu te rends compte! des ouvriers, de petits employés, voilà
comment ils se nourrissent en France! dit Lina Blumenfeld. Elle
regardait avec tant de scandale les andouillettes graisseuses mollement allongées sur un canapé de pommes de terre que la bouchée
que j'avalais me resta au travers de la gorge. La première fois,
c'était aussi à table; je m'étais levé. « Je gagnerai mon pain par
mes propres moyens. » Il marchait sur le boulevard tiède en poussant
du pied un marron, en respirant à pleins poumons un air qu'il
croyait ne voler à personne. « Mes propres moyens. » Mais de quel
droit, en échange de mon travail quotidien, recevais-je du bœuf
saignant et non des pommes de terre à l'eau avec un peu de mar-
garine? Je ne voulais pas profiter, j'avais renoncé noblement à
l'héritage paternel, et cependant je bénéficiais sans scrupule d'une
prospérité qui devenait aux yeux des nations affamées avarice et
oppression. « Crois-tu qu'il y ait des situations justes? » Marcel
avait vu clair. J'avais fui la maison : à présent, où pouvais-je fuir?
Partout, à tous les carrefours, le remords rôdait; et je l'emportais
collé à ma peau, intime et tenace. Je me sentais pareil à ma mère,
rasant les murs, fuyant les regards qui m'eussent renvoyé ma
véridique image : un salaud de Français, égoïste et repu.

— Vous le regretterez, dit Blumenfeld. Croyez-vous qu'Hitler
s'arrêtera à l'Autriche? vous verrez. Le tour de la France viendra.

Il nous regardait avec désespoir et haine. Il était venu de Vienne tout exprès pour éveiller notre indignation, notre pitié. C'était un des membres les plus importants du Front illégal qui menait en Autriche une lutte clandestine contre le nazisme. Denise nous avait présentés l'un à l'autre : depuis quelque temps elle avait pris le parti d'essayer de vivre pour son compte et elle se livrait avec ardeur à des activités antifascistes. J'avais amené Blumenfeld au siège du Syndicat pour qu'il prît contact avec quelques-uns de mes camarades. Denise et Marcel étaient venus aussi. Pendant un long moment, Blumenfeld avait parlé; il nous avait décrit les défilés arrogants des miliciens en bas blancs, les banquets où les nazis amnistiés fêtaient leurs victoires futures, les provocations, les attentats se déroulant sous l'œil placide de la police. Maintenant il nous regardait. Et il se taisait.

— Mais comment n'arrivez-vous pas à enrayer leur mouvement? dit Gauthier. Il y a pourtant plus de 42 % de socialistes chez vous.

— Nous sommes traqués, dit Blumenfeld. Aucune action efficace ne nous est possible. Les meetings clandestins, les tracts, les discours-éclairs, cela nous permet seulement d'entretenir l'agitation.

— Schuschnigg devrait pourtant comprendre qu'il est vital pour lui de s'allier avec vous, dit Lenfant.

— Il n'y a rien à faire, dit Blumenfeld. Il s'est toujours refusé à toute tentative de conciliation. Ses yeux se durcirent : Et d'ailleurs, croyez-vous que les masses soient disposées à se faire tuer pour Schuschnigg? Elles ont trop de souvenirs. Il me regarda à nouveau : Seule une attitude énergique de la France et de l'Angleterre peut nous sauver.

Il y eut un silence. Partout il s'était heurté à ce silence. Sauf chez les communistes.

— En somme, qu'est-ce que vous espérez de nous? dit Lenfant.

— Si vous organisez des meetings, une campagne de presse, pour informer vos camarades de ce qui se passe chez nous, vous devriez pouvoir soulever l'opinion.

— Mais ce n'est pas une petite chose, dis-je, que de pousser un pays à la guerre.

— Non, dit Gauthier. D'ailleurs tout espoir de solution pacifique n'est pas encore perdu.

— Oh! l'annexion de l'Autriche sera pacifique; les nazis n'auront pas de peine à s'emparer du pouvoir; ils sont partout. La voix de Blumenfeld tremblait : Schuschnigg leur livre le pays morceau par morceau; je sais de source sûre qu'il est en train de signer un nouveau pacte avec eux. Hitler n'a qu'un mot à dire. De nouveau il nous regarda avec détresse et colère : Il n'y a que la France qui puisse le retenir.

— La France ne peut pas s'offrir le luxe d'une guerre, dit Gauthier.

— Vous le regretterez, dit Blumenfeld. Croyez-vous qu'Hitler s'arrête à l'Autriche? vous verrez. Le tour de la France viendra.

Gauthier regarda froidement Blumenfeld.

— Peut-on empêcher un pays de se suicider? dit-il. Tout ce que vous nous avez raconté, c'est l'histoire d'un suicide.

Il était si sûr de son pacifisme, si sûr de lui. « Je suis pacifiste. » Il s'était défini une fois pour toutes, il n'avait plus qu'à agir en accord avec lui-même, sans regarder à droite ni à gauche. Sans regarder devant lui. Comme si la route avait été toute tracée. Comme si l'avenir n'avait pas été à chaque instant ce vide béant.

— Un suicide, c'est toujours plus ou moins un assassinat, dis-je.

— Ah! dit Blumenfeld, vous le pensez?

Pour la première fois de toute la séance, Marcel ouvrit la bouche. Il sourit.

— Il a toujours été persuadé que chacun de ses gestes était un assassinat, dit-il.

C'était un assassinat. A ce moment-là et toute l'année qui suivit j'ai passé bien des nuits sans sommeil. Une campagne de presse, des meetings, des grèves. Paul, de son côté, me taraudait. « La guerre, ce serait l'écroulement du fascisme. » Pouvions-nous rester les bras croisés à côté de l'Espagne ensanglantée, à côté des pogromes qui souillaient l'Allemagne, et de cette marée brune qui déferlait sur l'Autriche? Sous le regard froid et désespéré de Blumenfeld, j'avais honte, mais la honte n'était pas un argument; sur les champs de bataille crevassés et sanglants, les gémissements des blessés m'empliraient d'une horreur sans merci. Derrière les Pyrénées, les travailleurs d'Espagne tombaient sous les balles fascistes, mais pouvais-je racheter leur sang au prix de vies françaises, au prix d'une seule vie qui ne fût pas la mienne? Les Juifs crevaient comme des mouches dans des camps de concentration, mais avais-je le droit d'échanger leurs cadavres contre les corps innocents des paysans de France? Je pouvais payer avec mon corps, avec mon sang; mais les autres hommes n'étaient pas une monnaie à mon usage;

quelle pensée souveraine se permettrait de les comparer, de les compter, de prétendre connaître leur juste mesure? Un dieu même eût échoué dans ce dessein présomptueux; les hommes n'étaient ni des pions à manœuvrer, ni des enjeux, des forces à capter; chacun portait sa vérité au plus secret de lui-même hors de toute atteinte; ce qui lui arrivait n'appartenait qu'à lui seul; aucune compensation ne serait jamais possible. Les sourires joyeux d'Hélène n'avaient pas neutralisé les rancœurs de Madeleine, ils n'avaient pas diminué la brûlure de l'huile bouillante. Rien n'avait effacé la mort de Jacques, aucune naissance neuve ne remplacerait jamais cette vie qui lui avait été prise, sa vie unique. Il n'y avait aucun point du monde où vînt se résorber l'absolue séparation de ces destins.

« Je ne ferai rien; je me suis toujours interdit toute action politique. » Je me refusais à jeter dans le monde, pareil à un dieu capricieux, le poids de mon obscure volonté. Faire de la politique, c'était réduire les hommes à leur apparence saisissable, c'était les traiter comme des masses aveugles pour ne réserver qu'à moi seul le privilège d'exister comme une pensée vivante; mais cette pensée même, pour mordre sur des corps inertes, pour les mouvoir, il fallait qu'elle devînt une force mécanique, opaque où je ne me reconnaissais plus. Dans une salle pleine de bruits et de fumées, je prononcerais des mots qui entraîneraient vers des rivages ignorés des hommes que je n'avais jamais vus; j'emploierais ma liberté à devenir complice de l'absurdité scandaleuse : l'absurdité de qui est sans avoir été voulu. « Non. Je ne peux pas pousser mon pays à la guerre. »

— Je vous souhaite de ne jamais le regretter, dit Blumenfeld.

Et la honte était là. Il fallait bien m'habituer à vivre avec elle, c'était la nouvelle figure du remords. On pouvait la chasser d'un coin de sa vie, la polir, la rendre bien lisse et bien nette : aussitôt, on la retrouvait tapie dans un autre coin. Elle était toujours quelque part. Sans honte, je serrais Hélène dans mes bras, mais je baissais le front devant les sourires amers de Madeleine; je regardais sans honte les camarades du syndicat, mais ma bouche se desséchait quand je pensais à nos frères d'Espagne ou d'Autriche.

— Tu te tortures à plaisir, me dit Hélène.

Les journaux du matin nous avaient appris l'annexion de l'Autriche; quand Hélène était venue me chercher à la sortie de l'atelier, je n'avais pas été capable de parler d'autre chose. Pourtant je n'aimais pas aborder ces questions avec elle; dans ces moments-là elle me faisait l'effet d'une étrangère. Elle ajouta avec un peu d'agacement.

— Après tout, ce n'est pas ton affaire.

— Pas mon affaire, dis-je, je voudrais bien qu'on me dise quelle est mon affaire.

— Il y a ta vie à toi, dit Hélène. Tu ne trouves pas que c'est suffisant?

— Mais ma vie est justement faite de mes rapports avec les autres hommes; l'Autriche est dans ma vie, le monde entier est dans ma vie.

— Évidemment; et ces gens que nous croisons sont dans ta vie puisque tu les vois. Hélène avait rougi et pris une voix un peu aigre comme chaque fois qu'un argument l'embarrassait : Ça ne veut pas dire que tu sois responsable de ce qui leur arrive.

— C'est à savoir, dis-je du bout des lèvres. Il était sept heures du soir; l'avenue de Saint-Ouen était grouillante de monde; on s'arrachait au coin des rues la dernière édition de *Paris-Soir;* les boulangeries illuminées regorgeaient de croissants croustillants, de brioches, de longs pains dorés; dans les boucheries aux carreaux saupoudrés de sciure, les bœufs et les moutons, vidés, lavés et piqués de cocardes s'alignaient, pendus au plafond comme dans une parade et sur l'étal reposaient, enrobés de papier gaufré, d'énormes bouquets de viande saignante. L'abondance, le loisir, la paix. Accoudés au zinc des bistros, des hommes discutaient à voix haute, sans peur. *Les volets de fer étaient baissés, les cafés vides; on n'entendait dans les rues désolées que le martèlement des bottes nazies; silencieux, les yeux pleins de terreur, les gens guettaient derrière leurs persiennes.* « Le tour de la France viendra. »

— On dirait que tu t'imagines avoir créé le monde, dit Hélène.

— J'ai lu un jour : chaque homme est responsable de tout, devant tous. Ça me semble tellement vrai.

Hélène me regarda d'un air boudeur.

— Je ne comprends pas, dit-elle.

— Évidemment, si on se regarde comme une fourmi dans une fourmilière, on ne peut rien à rien. Je ne dis pas que j'aurais pu arrêter l'entrée des nazis en étendant les bras. Je revoyais ma mère dans les rues de Séville, ses petits bras tendus : Pourtant, si nous avions tous étendu les bras...

— Peut-être. Mais personne ne l'a fait. Les autres sont aussi responsables que toi.

— C'est leur affaire. Bien sûr. Nous sommes tous responsables. Mais tous, ça veut dire chacun. J'ai toujours senti ça, même quand j'étais gosse : il suffit de mes yeux pour que ce boulevard existe. Il suffit de ma voix pour que le monde ait une voix. Quand il se tait, c'est ma faute.

Hélène détourna la tête.

— Tu ne comprends toujours pas? dis-je.

— Si, je comprends, dit-elle avec mauvaise grâce.

— Je n'ai pas créé le monde. Mais je le recrée à chaque instant par ma présence. Et tout se passe pour moi comme si tout ce qui lui arrive lui arrivait par moi.

— Oui, dit Hélène. Elle tournait vers le sol un visage souffreteux.

— Qu'est-ce qui ne va pas? dis-je.

— Mais rien, dit-elle.

— Pourquoi as tu l'air si triste?

Elle haussa les épaules.

— Il y a des moments où je me fais l'impression d'être un atome dans ta vie.

— Que tu es sotte! Tu as eu pourtant de l'augmentation depuis le temps où tu te plaignais de n'avoir que la deux cent quarantième partie de mon temps.

— Tu n'as aucun besoin de moi, dit-elle. Rien de ce qui est vraiment ta vie n'a de rapport avec moi.

— On peut tenir très fort à quelqu'un sans besoin.

Je serrai son bras contre le mien, mais elle se contracta.

— Je me sens tellement inutile, dit-elle.

Il aurait fallu pouvoir lui dire : « Je t'aime. » Mais je n'osais pas lui mentir. J'avais juré de la laisser libre, et pour être libre, il fallait qu'elle y vît clair. Clairement elle apercevait ma tendresse et mon indifférence; et elle traînait comme un fardeau sans douceur cet amour qui ne m'était pas nécessaire.

— Êtes-vous sûr que vous ne l'aimez pas? me disait Denise.

— Ce n'est pas de l'amour.

— Mais peut-être vous ne pouvez pas aimer autrement.

— Peut-être. Mais ça ne change rien. Ce n'est pas ce qu'elle appelle de l'amour.

Ce dont Hélène avait besoin, c'est que j'eusse d'elle un besoin essentiel; alors, elle eût existé tout entière; elle eût été miraculeusement justifiée d'être telle qu'elle était, telle que je l'eusse aimée.

— Vous ne *voulez* pas l'aimer, dit Denise. Elle haussa les épaules : Vous aussi, vous faites exprès de vous gâcher la vie. Ce n'est pourtant pas si méprisable, un bel amour.

Elle croyait que spontanément tous les hommes s'aimaient les uns les autres; elle avait de la sympathie pour tout le monde; elle ne soupçonnait pas qu'on pût ne pas en éprouver pour elle. Dans la dureté de Marcel, elle ne voulait voir qu'une perversité appliquée. Il n'avait pas besoin de s'appliquer. Marcel haïssait cette bergerie fraternelle où Denise prétendait vivre, un paradis humain bien ratissé, où coulaient les vertus abondantes, où le mérite, la vérité, la beauté pendaient aux arbres comme des fruits dorés. Moi-même, elle m'agaçait souvent. Je détestais l'entendre vaticiner sur le destin du monde; elle essayait de se libérer ainsi du souci de sa propre vie; seule comptait la marche universelle de l'histoire.

— Ce n'est pas méprisable. Mais il faut en être capable.

— Oui, dit Denise; elle eut un rire dur : Je me demande de quoi Marcel est capable. Au moins, vous agissez, vous avez des camarades. Mais lui... Vous ne croyez pas qu'il est un peu fou?

Elle me regarda avec une anxiété soupçonneuse. Marcel ne faisait plus rien du tout; il avait même renoncé à tailler des morceaux de sucre, à tresser des ficelles. Il passait des journées entières, bardé de gros pull-overs, et couché dans son lit humide; puis il s'ébrouait, il réclamait des amis. Il nous accueillait avec tant de gaieté que sans les confidences de Denise je n'aurais jamais soupçonné ses morosités quotidiennes. Je remarquai seulement qu'il avait des manies; il fallait que ses mains fussent toujours occupées : ou bien il agrippait le bras du fauteuil, ou il enfermait entre ses paumes sa blague à tabac, un vase, une orange; il s'asseyait le dos au mur. « J'ai horreur de sentir le vide derrière moi », disait-il; il riait. « J'ai horreur du vide. » Le plancher était couvert de carpettes, de coussins, de peaux de bêtes et il n'y avait pas un morceau de la muraille qui fût nu; Marcel y avait suspendu des papillons, des coquillages, des images galantes et des cartes postales en couleur représentant sainte Thérèse de Lisieux, les bras chargés de roses.

— Il cherche sans doute quelque chose d'impossible, dis-je, mais ce n'est pas de la folie.

— Mais que cherche-t-il? dit Denise. Vous le savez? Si j'essaie de lui demander, il ricane.

Déjà ses yeux brillaient de convoitise; si Marcel dédaignait l'amour, la fortune, la gloire, le seul espoir était qu'il se réservât pour un bien plus précieux que tous les autres; elle en voulait sa part.

— Je pense que c'est quelque chose qui n'a de sens que pour lui.

Elle haussa les épaules, déçue.

— Ça a un sens ou ça n'en a pas, dit-elle d'un ton définitif. C'était cette voix impartiale d'institutrice qui mettait Marcel hors de lui. Avec Denise, il était toujours sur la défensive. Avec moi, il parlait sans mystère. Ce qui me déconcertait seulement, c'était cet air de jubilation secrète avec lequel il guettait tous mes gestes.

— N'est-ce pas? c'est satisfaisant un verre qui se remplit? dit-il en suivant des yeux la montée du liquide rouge.

— Et aussi un verre qui se vide, dis-je. Je vidai le verre.

— Non. Ce qui te plaît, c'est que tu te remplis, dit-il. Il pressait sa blague à tabac entre ses doigts : Tout le monde cherche la plénitude. Regarde un peu : le nombre de gens dans la rue qui évitent le milieu du trottoir, qui rasent le mur, pour sentir quelque chose de plein à leur côté; il y en a qui laissent traîner leur main contre le mur, comme on racle une guitare. Il regarda ses doigts : Il n'y a rien de plus définitif que de toucher les objets.

— Tu as tout à fait renoncé à créer?

— On ne peut pas créer. Il y avait toujours quelque chose qui existait avant.

— C'est vrai, dis-je, c'est vrai sur tous les plans.

Pages blanches dont l'avenir reposait tout entier entre mes mains. Ce n'était qu'un rêve puéril d'écolier. Maintenant je savais. Rien n'est blanc que l'absence, l'impossible absence. Choisir. La paix honteuse ou la guerre sanglante? Le meurtre ou l'esclavage? Il aurait fallu avoir choisi d'abord les circonstances mêmes où le choix s'imposait.

— Ou alors, ce qu'on crée, ce sont les idées qui n'arrivent pas jusqu'à l'existence, reprit Marcel; il désigna un des objets pendus au mur. Il faudrait que ce soit la forme même qui soit en paille. Ou la paille qui sorte de ma tête fibre par fibre.

— Alors qu'est-ce que tu vas faire? dis-je.

— Rien de plus. Créer, c'est un effort pour exprimer son être; mais d'abord il faut être. C'est déjà toute une affaire. Il faut trouver un moyen de se mettre en contact avec l'être. Il tourna la tête à droite et à gauche : Regarder, palper, c'est déjà un contact.

— Tu ne crains pas de t'ennuyer à la longue?

Il rit largement :

— J'ai l'habitude. Ce n'est pas si ennuyeux de s'ennuyer.

Pauvre Denise! avec quel sourire il l'écoutait quand elle parlait avec feu des Sudètes et de la Tchécoslovaquie. Ce jour-là, elle revenait tout animée d'un meeting antifasciste où elle avait pris la parole; il y avait dans ses yeux un éclat que je n'y avais pas vu depuis des années.

— Elle est contente, dit Marcel. Regarde-la : elle croit qu'elle a *fait* quelque chose. Il posa sa grosse patte sur l'épaule de Denise avec un air bonhomme; Denise se contracta; son regard s'éteignit.

— Vous voyez, me dit-elle quelques instants plus tard, voilà comme il est avec moi, toujours. J'étouffe près de lui; il m'étouffe. Sa voix tremblait : Du matin au soir, ce grand rire silencieux et ces yeux qui me transpercent. Il me rendra folle, moi aussi.

— Pour ça, dis-je, j'imagine que ce n'est pas commode de vivre avec lui.

Denise fixa au loin quelque chose d'horrible.

— C'est infernal.

Il y avait les jours. Il y avait les nuits. Marcel m'avait souvent dit qu'il ne supportait le contact d'un corps que s'il arrivait à le voir absolument comme une chose. Il passait de longues périodes sans toucher Denise; et quand il l'empoignait avec ses mains trapues, ce devait être pire encore.

— Pourquoi n'essayez-vous pas de ne plus habiter avec lui? ça marcherait peut-être beaucoup mieux.

— Que je n'habite plus avec lui? Denise me regarda avec un air de désarroi; elle fit un effort pour appeler sur son visage une expression posée et raisonnable : Mais qu'est-ce qu'il deviendrait sans moi? Non, dit-elle vivement. C'est de l'intérieur que je dois me libérer de lui.

— C'est beaucoup plus difficile.

— Je vais vous confier un secret, dit-elle avec un rire gêné. J'ai commencé à écrire un roman.

— Oui? dis-je.

— Un roman sur lui et sur moi. Très transposé, bien entendu. Elle serra les lèvres : Ah! si je pouvais le faire! En un sens, Marcel a raison : dans l'action politique on ne fait pas vraiment quelque chose. Vous ne trouvez pas?

— C'est selon, dis-je. Il y avait tant de malentendus au départ de nos conversations que j'étais souvent incapable de lui répondre.

— Seulement, comment voulez-vous que je travaille! reprit-elle avec désespoir. Il faut manger, s'habiller sans un sou. Ça me ronge tout mon temps.

— Oui. Marcel ne se rend pas compte, dis-je.

— Ça ne fait rien, dit-elle d'un ton farouche. Je trouverai du temps.

On pouvait se fier à elle. Elle ne gaspillait jamais une minute. C'était un cerveau bien organisé.

— Une race terrible, dit Marcel; il me regardait avec des yeux exorbités, on aurait dit qu'il avait vraiment peur : Ils ne veulent pas perdre de temps; ils ne veulent pas perdre les dons, perdre l'argent. Et jamais, jamais ils ne se demandent ce qu'on gagne à ne rien perdre.

— Tu es quand même trop vache avec Denise, dis-je.

— Qu'est-ce que tu veux? Nous ne parlons pas la même langue Denise, c'est une sociale. Ce que pensent les gens, ce que disent les gens, ce qu'approuvent les gens, voilà ce qui compte pour elle. Il frappa sa large poitrine : Et que moi, pauvre petit individu unique, je m'inquiète de mon propre sort, ça lui semble tout simplement fou. Il hocha la tête : Je te dis que c'est une espèce dangereuse.

— Mettons qu'elle se trompe, dis-je. Ça n'est pas une raison pour la condamner à cette vie misérable.

— Je ne condamne personne.

— Tu sais bien qu'elle est malheureuse. Et tu te tranquillises en te disant qu'elle ne mérite pas d'être heureuse. Mais toi qui lui reproches de prétendre détenir les balances du bien et du mal, tu n'as pas toi non plus à mesurer ses mérites. D'ailleurs il n'y a pas de mesure. Je ne vois aucun rapport entre les erreurs de Denise et les emmerdements que tu lui imposes.

— Mais pourquoi est-elle malheureuse? dit Marcel. On peut se passer de tant de choses. Je me passe bien de whisky...

— C'est ton affaire. Tu n'as pas le droit de lui asséner ta morale; tu cherches à atteindre ton être; le tien, pas le sien; c'est une expérience qui n'est valable que pour toi. Enfin, dis-je avec un peu de colère, tu ne peux pas exiger de Denise qu'elle passe ses journées à palper des objets.

Il se mit à rire sans répondre.

— Je t'assure que tu joues les justiciers. Tu peux blâmer Denise. Mais personne ne t'a chargé de la punir.

Il faisait sauter une pomme dans le creux de ses mains.

— L'infortunée! dit-il, si je n'existais pas, la terre serait un si joli château de sucre rose. Il me sourit : Je ne peux quand même pas me supprimer.

— Si tu lui donnais seulement un peu de confort matériel?

— Gagner de l'argent? dit Marcel. Si ça te fait plaisir, je veux bien gagner de l'argent. Pourquoi pas? Il rattrapa la pomme au vol. Des robes pour Denise, une bonne, de beaux tapis. Pourquoi donc pas?

J'avais bien plaidé. J'étais un bon donneur de conseils. Mais qu'aurais-je répondu si Marcel m'avait dit : « Et toi? crois-tu que tu rends Hélène heureuse? » Le temps avait passé; peu à peu, elle devenait une femme; elle ne se contentait plus d'aimer sans espoir de retour. Elle ne me faisait pas de reproches, mais elle était souvent triste. Il y avait des jours où ça me semblait absurde de penser à toute cette joie que j'aurais pu lui donner d'un mot et que je ne lui donnais pas.

— Je vais te dire quelque chose, me dit-elle, mais promets que tu ne te fâcheras pas?

Nous étions assis au bord de la Seine, les jambes ballantes, à la pointe de cette petite île qu'occupe le cimetière des chiens; c'est un endroit qu'Hélène affectionnait.

— Dis toujours.

C'était le mois d'août et c'était dimanche; elle avait mis sa plus jolie robe, une robe en crêpe imprimé dont elle avait créé elle-même le dessin; c'était rose, avec un chatoiement compliqué de pagodes, de chapeaux chinois. Son visage, son cou, ses bras étaient dorés de soleil. Elle me regarda avec un sourire hésitant.

— Eh bien! hier matin la mère Grandjouan m'a proposé de partir avec elle en Amérique. Elle détourna les yeux : et j'ai refusé.

— Hélène! Je la saisis par l'épaule. C'est trop absurde. Il y a trois ans que tu guettes cette chance : tu vas lui téléphoner ce soir même.

— Non, dit-elle. Elle me regarda. Je t'en prie. Je ne peux pas accepter. Il faudrait rester là-bas au moins un an; à vrai dire, il faudrait même y faire sa vie. Il s'agit de fonder une succursale et de la diriger. Elle secoua la tête : Je ne veux pas.

— Rappelle-toi notre pacte, dis-je. Notre histoire ne doit jamais te faire manquer aucune chance. Pars au moins pour un an. Pense, tu as tellement envie de voyager!

— Un an sans toi! dit-elle.

— Tu me retrouveras.

— J'aurais trop peur. Surtout en ce moment. Si ça finissait vraiment par une guerre?

Je la serrai contre moi. Je savais bien. Elle n'avait plus envie de voyage, ni de bicyclette, ni de rien d'autre que moi. Pendant deux ans, avec ma complicité, elle avait tissé ces liens qui la rivaient à moi; comment eût-elle pu en un instant décider de les rompre?

— Tu es déçu? dit-elle. Ç'aurait été une bonne manière de te débarrasser de moi? Elle souriait tristement.

— Je n'ai aucune envie de te voir partir, dis-je. Mais ça me désole de te faire manquer une pareille chance.

Mon cœur était serré. Elle n'aimait plus que moi au monde; tout le reste de la terre s'était décoloré à ses yeux. Et moi, je ne lui donnais rien qu'une pâle tendresse, je la cloîtrais dans un pauvre amour solitaire.

— Quand je pense! dis-je. Tu vas rester à Paris, continuer à voir les mêmes rues, les mêmes visages, continuer à peindre dans ta chambre, à te promener au Luxembourg; toute cette existence monotone qui t'excède si souvent. A cause de moi!...

— Si seulement je pensais que ça ne t'ennuie pas positivement que je reste, dit-elle à mi-voix.

— Hélène! pourquoi dis-tu ça? Si tu me quittais je serais comme une âme en peine.

Je l'enfermai dans mes bras; j'embrassai ses cheveux ensoleillés, ses joues, ses lèvres; je l'embrassai avec une espèce de passion; je cherchai les mots les plus tendres; je ne comprenais plus pourquoi il en était que je m'interdisais de dire. Je regardais les tombes garnies de coquillages, les caniches de pierre : « A Médor pour la vie »; le gravier crissait sous nos pas; nous marchions côte à côte, lentement; elle était belle.

— Tu sais, dis-je, je me suis mis à tenir à toi bien plus fort que je ne croyais jamais pouvoir le faire. Je suis drôlement content que tu ne t'en ailles pas.

Elle se mordit la lèvre. Son étonnement me fit mal.

— C'est vrai? dit-elle.

— C'est bien vrai.

Elle me regarda avec des yeux brillants et je contemplais tout ému cette joie qui était mon œuvre. Qu'est-ce qui était vrai au juste? et qu'importait la vérité?

— Mais pourquoi ne l'épouses-tu pas? dit ma mère. Je lui avais présenté Hélène et, de temps en temps, elles prenaient le thé ensemble dans ma chambre. Hélène trouvait ma mère intimidante; ma mère jugeait Hélène « jeune » mais elle l'estimait.

— Je ne l'aime pas d'amour, dis-je.

— Alors tu n'aurais pas dû entrer comme ça dans sa vie.

— C'est elle qui l'a voulu. Elle dit que c'est à elle de choisir, qu'elle est libre.

— Oui, c'est très beau de laisser les gens libres, dit ma mère. Elle soupira; elle avait laissé Élisabeth et Suzon libres de se marier à leur guise; le ménage d'Élisabeth marchait mal, celui de Suzon marchait bien; et ma mère ne savait pas lequel des deux foyers l'attristait davantage.

— C'est toujours ce que tu as fait, dis-je, et tu avais raison.

— Ah! je me demande, dit-elle. On a beau faire : on est toujours responsable.

Je revoyais le visage rose, les yeux décidés. « C'est à vous de choisir. » Mais quel choix lui avait été réservé? Pouvait-elle choisir que je l'aime? que je n'existe pas? qu'elle ne m'ait pas rencontré? La laisser libre, c'était encore décider pour elle; rester inerte, docile devant sa volonté, c'était encore créer de ma seule autorité une situation qu'elle ne pouvait que subir. Elle était là, ligotée par mes mains dociles, enfermée dans un amour sans joie. Malgré elle et malgré moi.

— Alors quoi? dis-je. Elle n'accepterait pas que je l'épouse sans amour. Faut-il lui mentir?

— Ah! je ne peux pas te donner de conseils, dit ma mère tristement.

Quand nous étions petits, elle nous avait appris farouchement à ne pas mentir; mais elle non plus, elle n'était plus sûre de rien : ni de la prudence, ni de la charité, ni de la vérité. Pourquoi ne pas mentir? Peu à peu, l'idée faisait son chemin en moi. Si je ne pouvais pas te laisser libre, si ma seule existence était une contrainte, pourquoi du moins ne pas me rendre maître de la situation que je t'imposais? On m'obligeait à décider pour toi : eh bien! je n'avais qu'à décider selon mon cœur. Je souhaitais t'aimer : je t'aimais; je voulais que tu sois heureuse : tu serais heureuse par moi. Le mensonge, c'était après tout la seule arme qui me permît de défier la puissance abusive de la réalité. Pourquoi demeurer devant toi buté, stupide, le cœur sec, tel que j'étais en dépit de moi-même? je pouvais façonner mes paroles, mes gestes, et tromper ton destin.

Ce soir-là, un grand souffle de fête passait sur Paris; les gens chantaient et se riaient au visage, les amoureux s'étreignaient : nous avions livré la Tchécoslovaquie à l'Allemagne, et nous disions que nous avions déclaré la paix au monde.

— Tu es content? me dit Paul. Ce sont les gens comme toi qui ont rendu possibles ces accords honteux.

J'étais dans le vestiaire, avec Laurent et Jardinet; je me lavais les mains; Paul et Masson nous toisaient avec colère.

— Ces accords, dit Laurent, c'est la paix. Une paix qu'on a faite nous-mêmes. C'est parce qu'on ne voulait pas se battre que la guerre a été impossible. Il était jeune. Son enthousiasme me gênait,

— Vous faites le jeu de la bourgeoisie avec votre pacifisme. dit Paul. Sous prétexte d'éviter la guerre, ils vous font avaler n'importe quelle paix.

— Sous prétexte de révolution, vous nous jetteriez dans n'importe quelle guerre, dit Jardinet.

— Parce que nous, nous sommes des révolutionnaires, dit Masson. Vous avez peur de la révolution.

— Non, dis-je, mais nous ne voulons pas l'acheter par une guerre mondiale. Ce serait payer trop cher.

— On ne paiera jamais trop cher. Paul me regarda avec dédain. Vous n'arriverez jamais à rien, parce que vous ne voulez pas payer.

— C'est facile de payer avec le sang des autres.

— Le sang des autres et le nôtre, c'est le même, dit Paul.

— Les moyens ne comptent pas si on veut une fin, dit Masson. Nous, nous savons vouloir.

— Vous savez peut-être vouloir, mais vous ne savez pas ce que vous voulez, dis-je. Si vous faites si bon marché de la vie des hommes, quel sens ça a-t-il de lutter pour leur bonheur et leur dignité?

— T'es pas un ouvrier, dit Paul. C'est pour ça que tu n'es pas resté au parti. C'est pour ça que tu marches avec les bourgeois.

Je n'étais pas un ouvrier, je le savais; mais ça n'empêchait pas que Paul eût tort. Si les hommes n'étaient qu'une matière à brasser sans économie, pourquoi s'inquiétait-on de leur destin futur? Si les massacres, si la tyrannie étaient de si peu de poids, que pesaient la justice et la prospérité? Du fond du cœur je refusais leur guerre aveugle. Mais cette paix dans laquelle nous nous enlisions n'avait pas à mes yeux des couleurs de victoire.

Hélène m'attendait à la porte de l'atelier. La joie éclatait sur son visage.

— C'est pour de vrai? dit-elle. C'est bien sûr? c'est la paix?

— C'est la paix, dis-je, du moins pour un temps.

Suspendue à mon bras, elle riait, comme riaient toutes les femmes.

— Quand même, ç'aurait été trop bête d'aller se faire tuer pour les Tchèques.

A Vienne, les Juifs lavaient les trottoirs avec des acides qui leur rongeaient les doigts, sous les yeux amusés des passants; nous n'allions pas nous faire tuer pour ça; ni pour empêcher dans les nuits de Prague le sourd éclatement des suicides; ni pour prévenir ces incendies qui s'allumeraient bientôt dans les villages de Pologne. Tout occupés à déclarer pourquoi nous ne voulions pas mourir, nous inquiétions-nous de savoir pourquoi nous vivions encore?

— Quoi? tu n'es pas content? me dit Hélène. Tu n'étais pourtant pas pour la guerre?

Pas pour la guerre; pas pour la paix. Je n'étais pour rien. J'étais seul. Je ne pouvais ni me réjouir, ni m'indigner. Englué dans le monde par des racines tenaces qui composaient ma propre sève avec mille sucs empruntés, incapable de m'évader pour le survoler, le détruire, le refaire, séparé de lui seulement par cette angoisse désolée qui témoignait de ma propre présence.

— On ne sait plus que vouloir, dis-je vaguement.

— Ah! je suis si heureuse, dit Hélène. J'ai eu tellement peur, il me semble que je ressuscite. Elle caressa mes doigts : Ils auraient pu t'enlever, te mettre là-bas, au fond d'un trou, avec des canons et des fusils en face de toi. Ça doit être la mort à petit feu, minute après minute, de penser que celui qu'on aime est en danger. Elle me sourit : Toi, tu as des remords, à cause des Tchèques?

— Ça m'écœure un peu de voir tous ces gens si contents parce qu'ils ont sauvé leur peau.

— Moi, je les comprends bien, dit Hélène. Une fois qu'on est mort, à quoi ça sert d'avoir été généreux, héroïque et tout? Hou! j'aurais horreur de mourir.

« J'aurais horreur de mourir. » Tu marchais à longues enjambées souples et l'ourlet de ta robe caressait tes genoux hâlés; personne ne pensait que tu pouvais mourir. Tu t'es serrée contre moi :

— J'aurais encore plus horreur que tu ne meures.

Elle m'aimait; elle était heureuse parce que je lui étais laissé. Je n'ai pas voulu gâcher sa joie. J'ai souri, j'ai parlé gaiement. Nous avons traversé tout Paris et mangé des glaces place Médicis. La nuit était douce. Nous nous sommes assis sur le petit escalier au coin de la rue Saint-Jacques. Elle a mis la tête sur mon épaule.

— Tu trouves que je suis trop petite, n'est-ce pas? Je ne te comprends pas bien?

J'ai caressé ses cheveux. Je pensais : On ne sait plus que vouloir. Tout ce qu'on faisait tournait mal; ça finissait par ne plus avoir d'importance d'agir ainsi ou autrement. Puisque j'avais envie qu'elle se crût aimée, je n'avais qu'à dire les mots qu'elle souhaitait entendre.

— Tu as grandi depuis deux ans, dis-je. J'ajoutai : mes sentiments pour toi ont grandi aussi.

— Oui? dit-elle; elle serra ma main : tu as l'air de tenir à moi plus qu'avant.

— Tu sais, tu te plaignais que je n'aie pas besoin de toi : c'était vrai. Mais tu as créé ce besoin. A présent, tu m'es nécessaire.

— Moi? nécessaire à toi? dit-elle.

— Tu m'es nécessaire parce que je t'aime, dis-je.

Tu étais dans mes bras, et mon cœur était lourd, à cause de ces lâches rumeurs de fête, et parce que je te mentais. Écrasé par ces choses qui existaient malgré moi et dont me séparait seulement mon angoisse. Il n'y a plus rien. Sur ce lit, plus personne; devant moi, un gouffre de néant. Et l'angoisse éclate, seule dans le vide, par delà les choses évanouies. Je suis seul. Je suis cette angoisse qui existe seule, malgré moi; je me confonds avec cette existence aveugle. Malgré moi, et pourtant ne jaillissant que de moi-même. Refuse d'exister : j'existe. Décide d'exister : j'existe. Refuse. Décide. J'existe. Il y aura une aube.

VI

Là-bas, au fond d'une de ces avenues plantées de marronniers que gardait un lion de bronze, il était assis entre son père et sa mère. Sa présence refluait jusqu'à ce carrefour, refluait sur la terre entière; le monde en était à jamais transfiguré; c'était son monde. Riche, harmonieux, traversé de part en part d'un grand souffle de joie. Hélène prit sous son bras son pliant et son attirail de peinture. Il ne fallait pas marcher trop vite, ce serait affreux si elle arrivait en avance et si elle se trouvait nez à nez avec M. Blomart. Deux heures. Dans quelques instants, j'entendrai sa voix. « Tu as bien travaillé? » Jusqu'à demain soir. Maintenant j'aime les dimanches. Cette nuit dans ses bras. Il m'aime. Elle jeta un coup d'œil dans la glace d'une devanture et lissa sa frange avec coquetterie; la couleur de ses cheveux, la forme de son nez, tout était devenu important puisque c'était là le visage qu'il aimait.

Elle s'approcha de la maison. Blomart et Fils, imprimeurs. Elle appuya sur le bouton; il y eut un bourdonnement et la porte s'ouvrit. Une odeur poussiéreuse flottait dans l'escalier. Il montait l'escalier, et il respirait cette odeur. L'odeur était encore là, et le tapis bleu; mais le petit garçon rose et sage n'était plus nulle part. Pourtant, on avait l'impression que ce passé continuait d'exister, pas bien loin, moins loin que Shanghaï ou que Constantinople. Il poussait la porte de l'atelier; il montait vers l'appartement avec dégoût. Comme il se passait bien de moi! Il aurait pu ne jamais me connaître. Un nuage passa sur le cœur d'Hélène; le sol semblait soudain moins ferme sous ses pieds. Elle posa le doigt sur la sonnette.

— Si Mademoiselle veut entrer.

La femme de chambre s'effaça devant elle. Hélène descendit les marches qui conduisaient au grand salon. La joie fondit sur elle. Il était là, à côté de sa mère devant un guéridon chargé de tasses. Des tulipes jaillissaient, cireuses et compassées, d'un vase de cristal.

— Bonjour, Madame.

— Bonjour, Hélène.

Hélène retira sa main.

— J'ai de la peinture sous les ongles. C'est que j'ai travaillé toute la matinée. Elle sourit à Jean : Bonjour.

— Voilà du bon café, dit Jean; il sourit : Tu veux peut-être un petit verre de fine?

— Pourquoi non? dit Hélène. Elle s'assit à côté de Mme Blomart. Sa mère. C'était si drôle de penser qu'il devait la vie à quelqu'un. Est-ce qu'il aurait pu ne pas exister? Mme Blomart était assise sur une bergère, ses jambes repliées sous elle, elle serrait une de ses chevilles dans sa main. Elle avait l'air encore très jeune.

— Qu'est-ce qui t'intrigue tant? dit Jean.

Elle rit avec un peu de gêne. Elle ne s'habituait pas bien à ce qu'il lût dans sa pensée.

— Je n'arrive jamais à croire que vous soyez sa mère, dit-elle à Mme Blomart.

— C'est qu'il est si grand, dit Mme Blomart. Elle le parcourait du regard, avec une espèce de surprise heureuse. Ça aussi, c'était étrange : qu'on pût donner de lui un signalement particulier. Il est grand. Il est brun. Il a un peu plus de trente ans. C'est ainsi qu'il était apparu à Hélène la première fois, au Port-Salut.

— Qu'allez-vous faire cet après-midi? dit Mme Blomart.

— Nous allons nous promener avec Marcel et Denise, dit Jean. Hélène veut nous faire visiter le Zoo.

— C'est si amusant, dit Hélène.

— Ce qui sera moins amusant, c'est que je dois dire à Denise ce que je pense de son roman, dit Jean.

— Qu'est-ce que tu lui diras au juste?

— Tu l'as lu; que puis-je faire? c'est sans espoir.

— C'est quelconque, dit Mme Blomart.

— Quelconque, dit Jean d'une voix tendre. Cette carpe pourrie qu'on nous a servie l'autre jour, tu as dit aussi qu'elle était quelconque.

— Pauvre Denise! Elle qui tenait absolument à ce qu'il y eût un génie dans le ménage, dit Hélène.

— Peut-être elle pourrait faire des progrès, en travaillant, dit Mme Blomart.

— Elle a travaillé, dit Jean. Terriblement. Elle se levait à six heures chaque matin, elle ne voyait plus personne. Il regarda sa mère avec un peu d'anxiété : Trouves-tu honnête de la laisser poursuivre, alors qu'elle me demande un avis sincère.

Hélène sentit une morsure au cœur. « Jamais il ne me consulterait avec ce sérieux », pensa-t-elle.

— Est-ce qu'on ne pourrait pas la diriger vers autre chose? dit Mme Blomart.

— La politique, dit Jean, mais ça ne lui suffit plus. C'est dommage qu'elle n'ait pas de talent. Ça aurait tout arrangé.

— C'est dommage, dit Mme Blomart. Elle est si courageuse.

— Elle a un tas de vertus, dit Hélène, mais ce qui est triste c'est qu'on ne lui en sait aucun gré.

— Moi, je la trouve sympathique, dit Mme Blomart avec un peu de feu.

— Mais c'est si déplaisant ce roman, dit Hélène. Cette femme écrasée par la personnalité de son mari. Il est ridicule son grand génie négateur. Je me demande si c'est vraiment comme ça qu'elle voit Marcel.

— Marcel est impossible, dit Mme Blomart. La manière dont il se conduit. C'est insensé.

— Il y a du progrès, dit Jean. Il a accepté de faire les décors pour Schlosberg; il va gagner de l'argent.

— Après tout, tout ce qu'il demande, c'est qu'on le laisse tranquille, dit Hélène. Denise ne peut quand même pas exiger qu'il agisse contre sa conscience.

— Sa conscience devrait lui dire que Denise existe, dit Mme Blomart. Un peu de sang lui monta aux joues : C'est très joli d'avoir de l'angoisse morale, mais si on peut la limiter tout juste à ce qui nous plaît, c'est trop commode.

— Mais pourquoi les autres auraient-ils des droits sur nous? dit Hélène. Je n'ai jamais pu comprendre ça.

— Il ne s'agit pas de droits, dit Jean, ils sont là.

— Oui, dit Mme Blomart. Il faut être infirme pour ne pas les voir.

Hélène la regarda, elle regarda Jean. « Je suis infirme », pensa-t-elle avec déplaisir.

Jean se leva.

— Eh bien! il faut que j'aille m'exécuter à présent. Il se pencha sur sa mère. Comme tu as de jolis petits souliers, dit-il en s'emparant d'un de ses escarpins.

— Jean! cria Mme Blomart avec détresse.

Il toucha la haute talonnette cachée dans le soulier de lézard.

— Jamais tu ne te consoleras de ne pas être une grosse, grande femme, dit-il.

— Tu es indécent, dit Mme Blomart.

— Tiens, dit Jean, reprends ton bien. Il embrassa sa mère : A mercredi. Je vais entretenir Hélène de nos projets.

— Quels projets? dit Hélène quand ils se retrouvèrent sur le boulevard.

— Je vais te dire. Jean lui toucha l'épaule : Tu es bien belle aujourd'hui.

— Quels projets? répéta Hélène.

— Que tu es curieuse! dit Jean. Eh bien! voilà. Maman m'a posé une question que je me pose moi-même depuis un bon bout de temps : pourquoi est-ce que nous ne nous marions pas, toi et moi?

— Nous marier! dit Hélène. Elle passa la langue sur ses lèvres. Chaque nuit dans ses bras; chaque matin au réveil, son visage. Mais elle ne voulait pas laisser éclater une joie plus indiscrète qu'une prière : Tu n'aimerais pas du tout être marié.

— Pourquoi pas? Jean sourit : Je ne te rendrais pas malheureuse.

— Comme tu es gentil, dit Hélène.

— Je ne suis pas gentil, je t'aime.

— Tu es gentil de m'aimer. Elle le regarda en hésitant; il était si tendre, si généreux. N'était-ce pas à elle seulement qu'il songeait?

— J'ai peur d'être un peu encombrante, dit-elle.

— Petite sotte! dit Jean. Te voilà devenue bien modeste. Il enferma la main d'Hélène dans la sienne : Veux-tu bien qu'on décide qu'on va se marier?

— Décidons, dit Hélène dans un élan de joie. Malgré elle, sa bouche riait, ses yeux brillaient et elle sentait dans son cœur un bouillonnement d'or brûlant. Il souriait. Pendant un moment ils marchèrent sans rien dire; ils s'aimaient, il n'y avait rien à dire.

— Nous allons bien étonner Marcel, dit Jean.

Ils montèrent l'escalier. Sur la porte, il y avait une pancarte « Frappez fort »; la sonnette était toujours détraquée. Jean frappa et Denise ouvrit. Elle avait sur la tête un petit chapeau à voilette qui lui donnait l'air d'une dame; elle tenait ses gants et son sac à la main.

— N'entrez pas, dit-elle. C'est un désordre ignoble. Elle eut une moue écœurée : C'est impossible de mettre de l'ordre dans ce bordel.

Dans sa bouche distinguée, les mots grossiers rendaient un son vulgaire et faux.

— Marcel ne vient pas avec nous? dit Jean.

— Il nous retrouvera pour dîner. Il n'a pas voulu renoncer à sa partie d'échecs.

— Il est toujours aussi obstiné?

— Il s'est mis dans la tête de devenir champion, dit Denise sèchement.

Ils descendirent lentement l'escalier tordu. « Ça ne commence pas bien », pensa Hélène. Sous le tulle de la voilette, le visage de Denise était marqué de deux taches rouges aux pommettes; les coins de la bouche tombaient.

— Je nous offre un taxi, dit Denise. Elle fit un signe; un taxi se rangea contre le trottoir : S'il vous plaît, est-ce que vous pourriez nous conduire au parc zoologique de Vincennes? dit-elle avec ce ton chantant qu'elle prenait avec les chauffeurs de taxi et les garçons de café. Sa voix redevint sèche : Profitons-en vite, puisque Marcel s'est décidé à gagner de l'argent.

— Ça marche? dit Jean.

— Admirablement. Il barbouille des maquettes, exactement comme il ferait de la peinture en bâtiment; et après ça, il s'en va d'un cœur serein pousser ses morceaux de bois.

— Mais ça rapporte bien, dit Jean.

— Comme si je m'étais jamais plainte de la pauvreté, dit Denise. Un lourd silence tomba. Les yeux de Denise fixaient le vide d'un air farouche et distrait. Hélène se rappelait : c'était horrible d'être malheureuse, on était si seul au monde.

— Je vais tout vous montrer, dit Hélène en franchissant le portillon d'entrée. L'aquarium, les perroquets, les fauves, les kangourous. Tu veux bien?

— Bien sûr, dit Jean, j'aime bien voir les bêtes.

Hélène sourit. Elle était souvent venue ici, dessiner les flamants, les girafes, les tatous, les fourmiliers. A midi, elle montait en haut du rocher des singes pour contempler Paris en mangeant une tartine de rillettes. C'étaient de bonnes journées. Des journées rouges. Mais en ce temps-là, même les moments de bonheur avaient un goût inachevé.

— Attends, je vais acheter du poisson pour les otaries, dit Jean. Il s'approcha de la marchande qui se tenait debout derrière un étal où reposait un panier grouillant; il lui dit quelques mots, et la marchande se mit à rire. Les gens avaient toujours de la sympathie pour lui. Peut-être à cause de cette manière fraternelle de les regarder, de leur parler.

— Vous en voulez? dit-il à Denise.

— Non merci, dit Denise.

Jean saisit par la queue un petit poisson, et se pencha par-dessus le rebord de béton; une grande otarie moustachue se dressa, les mâchoires ouvertes, et sauta toute droite en aboyant avidement. Jean retira le poisson.

— Tu vas te faire arracher les doigts, dit Hélène.

— Pas de danger, dit Jean.

Il recommença son manège. Il avait l'air si insouciant, si gai. Autrefois, il était toujours préoccupé. « Il m'aime », pensa Hélène. Il lâcha le poisson que l'otarie reçut dans sa gueule.

— Drôle de bête, dit-il d'un air pénétré.

— Toutes les bêtes sont drôles, dit Hélène.

Elle lui sourit. Il l'aimait. Il n'y avait plus aucun vide en elle, aucune incertitude. Elle ne se demandait plus où aller ni à quoi bon demeurer là. Comme s'il y avait eu pour elle une place exacte sur terre et qu'elle y fût incrustée, bien exactement. Juste cette place à ses côtés, avec la tête à la hauteur de son épaule, au milieu de ce grand parc plein de rocailles où se mêlaient l'odeur des fauves et le parfum nouveau des bourgeons. « Nous allons nous marier. »

— Eh bien! tu ne nous a pas ménagés! dit Jean.

— Mais vous connaissez le Zoo aussi bien que moi à présent, dit Hélène. Ils étaient assis sous une tente aux rayures orange, près d'une baraque où des enfants buvaient des sodas roses et verts. Hélène aimait cet étalage poussiéreux : les bâtons de guimauve tordus, les réglisses, les madeleines, et ces grands bocaux pleins de liquides aux couleurs éclatantes; juste les couleurs de ces ballons qui se balançaient au bout d'un bâton, pareils à une grappe géante de bonbons acidulés.

— Ça ferait une plaisante aquarelle, dit-elle.

— Oui, dit Denise. Son regard passa au travers des bocaux et des ballons comme s'ils eussent été invisibles. Hélène jeta un coup d'œil à Jean; il buvait son demi d'un air détaché, mais il savait lui aussi que le moment était arrivé.

— Est-ce que vous vous rappelez votre promesse? dit Denise.
Jean la regarda d'un air interrogateur.

— Vous deviez me donner votre avis sur mon roman. L'avez-
vous fini?

— Oui, dit Jean.

— Alors?

Il y eut un silence, très court. Le sourire de Denise se crispa sur
ses lèvres.

— C'est attachant, dit Jean. C'est plein de choses. Il avait un
air ouvert et franc qui eût pu duper Hélène elle-même : Seulement,
forcément, c'est une œuvre de débutant. Je pense qu'on apprend
à faire un roman comme on apprend à faire des souliers. Vous
n'avez pas encore le métier.

— Qu'est-ce que vous voulez dire au juste? dit Denise. Ses
pommettes brillaient; elle avait peine à donner à sa voix un ton
posé.

— Vous expliquez trop, dit Jean. Vous ne montrez rien. Vous
avez quelque chose à dire et vous ne vous souciez pas beaucoup
de la manière de le dire. On dirait des extraits de journal intime
plutôt qu'un roman.

— Pourtant, je montre Sabine, je montre Éloi...

— Vous dites ce qu'il faut penser d'eux : vous ne les montrez
pas. Ils sont terriblement abstraits. Et vous n'avez pas essayé de
construire une histoire.

Denise alluma une cigarette d'un air minutieux.

— En somme, il faudrait tout recommencer, dit-elle.

— Franchement, oui; à peu près tout, dit Jean.

— Je ne pensais pas que c'était exécrable à ce point, dit Denise.

— Exécrable... non. C'est une première œuvre, dit Jean.

— Oui.

Elle fuma un moment en silence. Avec Denise, on ne pouvait pas
atténuer la vérité; elle avait toujours regardé les choses en face.

— Pensez-vous que ça vaille la peine de tout recommencer?
Pensez-vous que j'arriverai à quelque chose?

— Ça je ne peux pas vous dire, dit Jean.

— Je ne vous demande pas de prophétie, dit Denise. Simplement
votre impression...

Jean hésita. Hélène regardait ses lèvres avec inquiétude. Il disait
toujours la vérité.

— Je crois que vous êtes plutôt faite pour écrire des essais, dit Jean. Ce qu'il faudrait, c'est trouver une formule qui vous convienne.

Denise rabaissa brusquement sa voilette sur son visage.

— Oh! je crois que j'ai compris ce qui me convient, dit-elle. Merci bien. Elle se leva : Marcel doit nous attendre, nous ferions aussi bien de partir.

— Ne prenez pas les choses ainsi, dit Jean. C'est bien rare qu'on réussisse du premier coup. La question, c'est de savoir si vous voulez vraiment écrire...

Denise ne répondit rien; elle marchait d'un pas rapide; elle s'approcha d'un taxi.

— Place Saint-Germain-des-Prés.

Elle se rencoigna au fond de la voiture et fixa la nuque du chauffeur; son visage tout entier s'était affaissé, elle n'essayait même pas de garder une physionomie décente. Elle qui était toujours si polie, si apprêtée; il fallait qu'elle fût vraiment à bout de forces.

— Nous sommes arrivés, dit Jean.

Elle détourna la tête et le regarda avec une espèce d'étonnement.

— Passez, dit Jean en ouvrant la portière.

Elle descendit, régla le chauffeur et fit tourner la porte-tambour.

— Tu l'as sonnée! dit Hélène.

— Mais pourquoi m'a-t-elle demandé mon avis? dit Jean avec une espèce de colère. C'est toujours la même histoire. Toujours...

Ils entrèrent. Marcel était assis au fond de la salle; un sourire plissa son visage.

— Je vous attendais impatiemment, dit-il. J'ai une faim d'ogre.

— Nous aussi, dit Jean. Hélène nous a fait courir sans pitié des singes aux caïmans, des caïmans aux vautours.

— C'est dommage que vous ne soyez pas venu, dit Hélène.

— Au moins, as-tu bien joué? as-tu gagné? dit Jean.

Marcel eut un petit rire mystérieux.

— Je progresse, dit-il. Il tendit la carte à Hélène : Qu'est-ce que vous voulez manger?

Hélène examina le menu avec perplexité; elle aurait voulu tout manger.

— Je descends me laver les mains, dit Denise.

— Commande d'abord, dit Marcel.

Elle haussa les épaules.

— Commande-moi n'importe quoi.

— Je prendrai du pâté, dit Hélène. Et puis j'hésite entre l'aloyau et le pigeon.

— Prenez l'aloyau et le pigeon, dit Marcel.

— Oh! non, dit-elle avec confusion.

— Et pourquoi pas? Vous en mourez d'envie.

— Après tout, pourquoi pas? dit-elle.

Elle prit son sac et descendit l'escalier qui conduisait aux toilettes. Elle poussa la porte; Denise était debout devant la glace, elle avait relevé sa voilette, elle se regardait; elle semblait figée pour l'éternité dans une interrogation sans espoir.

— J'ai l'air d'une sauvage, dit Hélène.

Les paupières de Denise battirent; elle tendit la main vers son bâton de rouge et le passa machinalement sur ses lèvres; Hélène se mit à peigner ses cheveux avec malaise; aucun mot ne semblait possible à dire, le simple fait de parler aurait été une insulte ; mais à chaque seconde, le silence devenait plus étouffant. Brusquement, Hélène fut saisie de panique. « Bah! ça ira comme ça! » Elle remonta l'escalier en courant. Derrière elle, Denise s'avançait d'un pas mesuré.

— Le dîner est servi, dit Marcel.

La table était couverte d'une nappe damassée; une bouteille au long col baignait dans un seau de glace. Sur l'assiette d'Hélène s'étalait une énorme tranche de foie gras rose et marbrée de truffes.

— Ah! du foie gras! dit Hélène avec extase.

— C'est que c'est fête ce soir, dit Marcel. Jean m'a annoncé la nouvelle. Il remplit les verres : Qu'en dis-tu? dit-il à Denise. Penses-tu que Jean fera un bon mari?

Denise fit une espèce de grimace.

— Peut-être, dit-elle. Il paraît qu'il y a des ménages heureux.

Elle n'avait pas refait son maquillage; les lèvres seules étaient teintées de rouge; dans son visage jaune les yeux brillaient avec une dureté minérale.

— Je bois à votre foyer, dit Marcel.

— A ton championnat d'échecs, dit Jean.

Ils trinquèrent. Hélène baissa le nez sur son assiette; l'immobilité de Denise la paralysait.

— Tu ne manges pas? dit Marcel.

— C'est écœurant, dit Denise. Elle regarda tour à tour Marcel,

Jean, Hélène avec un air égaré : Nous sommes là, nous mangeons du foie gras, dit-elle.

— Il n'y a rien à dire contre ce foie gras, dit Jean d'un ton bonhomme.

— Passe ton assiette à Hélène, elle s'en tirera très bien, dit Marcel.

— Elle va se rendre malade, dit Jean.

— Elle est plus solide que ça, dit Marcel; il fit glisser le morceau de foie gras dans l'assiette d'Hélène : J'adore la voir manger.

— Merci, dit Hélène avec un peu de contrainte.

Le rire de Marcel faisait un contraste pénible avec le visage de Denise. Il avait l'air tout à fait à son aise.

Elle regarda Jean. Lui aussi, il observait Denise avec inquiétude.

— C'est plaisant cet endroit, dit-elle pour rompre le silence.

— N'est-ce pas? le type qui a décoré ça, il connaissait son métier, dit Marcel. Il n'a pas laissé un pouce de vide.

Les murs étaient couverts de mosaïques bleues et jaunes : des poissons, des oiseaux, des palmiers.

— Dis donc, tes décors à toi, je voudrais bien les voir, dit Jean. Il paraît que ça marche bien.

Marcel se mit à rire.

— Bien sûr. C'est tellement facile de leur plaire.

— Ah! tu trouves que c'est facile? dit Denise; elle semblait sortir d'un rêve.

— C'est trop facile pour être intéressant, dit Marcel.

Denise ricana :

— Tandis que les échecs, ça c'est intéressant?

— Passionnément intéressant, dit Marcel. Il se tourna vers Jean : La voilà la création pure. Il pointa son doigt vers son crâne : On tire tout de là. L'échiquier, ça n'existe pas, ce n'est qu'un point de repère. Il sourit d'un air malin : D'ailleurs, je saurai bientôt jouer les yeux fermés.

Denise tapotait la table du bout des doigts.

— Qu'est-ce que Schlosberg a dit au juste?

— Il a dit qu'on reconnaissait tout de suite la patte d'un peintre, dit Marcel en étalant avec satisfaction sa grosse main.

Denise eut un ricanement mauvais.

— Mais tu n'es pas un peintre, dit-elle, pas plus que je ne suis un écrivain.

— C'est bien que Schlosberg soit content, dit Jean d'un ton conciliant.

Denise le regarda fixement :

— Oui, vous vous en foutez, dit-elle d'une voix forte. Vous avez votre syndicalisme. Marcel a ses échecs. Et Hélène vous a. Mais moi..., dit-elle dans une espèce de sanglot, moi, je n'ai rien.

Il y eut un silence. Denise détourna les yeux et rompit un morceau de pain entre ses doigts.

— Garçon! dit Marcel, la suite.

« Marcel a ses échecs. Et moi j'ai Jean », se répéta Hélène. Elle regarda Jean. Lui seul. Ça suffisait-il? Elle crut sentir à nouveau autour d'elle un vieux crépuscule à l'odeur de miel et de cacao; l'angoisse ancienne était là, toute prête à la ressaisir.

— Voilà d'abord le pigeon, dit Marcel.

Le garçon posait sur la table un plat couvert d'une cloche de métal. Il souleva la cloche et Hélène respira avec délices le fumet des petits pois. D'un seul coup, le passé s'évanouit.

— Mange, dit Marcel à Denise. Ton tort, c'est de ne pas manger.

Elle lui jeta un regard fulgurant. Hélène échangea avec Jean un coup d'œil inquiet.

— Mais c'est sérieux, dit Marcel. Il n'y a pas de meilleure manière d'atteindre l'être que de manger.

Du revers de la main, Denise balaya son assiette; le pigeon et les petits pois s'écrasèrent sur le carrelage parmi les débris de faïence.

— J'en ai assez, dit Denise. Assez, assez! répéta-t-elle en se levant. Elle marcha vers la porte.

— Je vais avec elle, dit Hélène.

— Va, dit Jean, et reste le temps qu'il faudra. Je t'attendrai chez moi cette nuit et demain matin.

Elle le regarda le cœur serré; un seul samedi par semaine, une seule nuit. Elle s'élança derrière Denise; elle saisit son bras.

— Je vous accompagne, dit-elle. Vous voulez bien?

Denise fit quelques pas sans répondre.

— Cet homme! dit-elle. Elle s'arrêta, s'appuya à un mur : Je ne veux plus le revoir, jamais, jamais.

Hélène la sentit qui chancelait à son bras.

— Ne restons pas ici, dit Hélène. Montons chez vous.

Denise balbutia quelque chose d'inintelligible.

— Quoi? dit Hélène. Vous ne voulez pas rentrer chez vous?

— Jamais, dit Denise.

Elle était adossée au mur, le regard fixe. Hélène la regarda avec indécision.

— Alors, venez, dit-elle brusquement. On va vous prendre une chambre à l'hôtel. Vous ne tenez pas debout.

Elle entraîna Denise et traversa la rue. Juste en face, il y avait un hôtel; le hall était tapissé de rouge et meublé de profonds fauteuils de cuir; un aspidistra jaillissait d'un cache-pot de cuivre.

— Avez-vous une chambre pour la nuit? pour une personne?

— Emma, vous montrerez le 7 à ces dames, dit la patronne.

La femme de chambre décrocha la clef et gravit les marches d'un large escalier couvert d'une moquette épaisse. Elle ouvrit une porte.

— Ça sera parfait, dit vivement Hélène. Elle referma la porte : Étendez-vous, dit-elle à Denise, reposez-vous.

Denise dénoua sa voilette; elle posa son chapeau sur la table d'un geste soigneux.

— Je ne suis pas malade, dit-elle. Elle s'assit au bord du lit. Si j'étais malade on pourrait me soigner. Non. Mais j'ai quelque chose de mal foutu dans la gueule, et ça c'est incurable. Elle regarda Hélène avec une espèce de haine : Mais dites-moi donc ce que j'ai.

— Mais vous n'avez rien, dit Hélène.

Denise ricana.

— Vous ne voulez pas me le dire?

Le cœur d'Hélène se mit à battre; elle avait peur.

— Je m'arrangerai bien pour le savoir, dit Denise avec défi.

— Denise, c'est absurde, dit Hélène; elle posa sa main sur celle de Denise. Denise retira sa main dans un sursaut.

— Vous savez. Vous savez pourquoi Marcel me hait, dit-elle. Elle se mit à trembler : La nuit il dort par terre parce que les contacts le gênent; et il est toujours si poli; j'aimerais mieux qu'il me batte. Dites : pourquoi me hait-il?

— Il ne vous hait pas, dit Hélène.

— Ne mentez pas, dit Denise avec violence. Elle regarda autour d'elle : Pourquoi m'avez-vous amenée ici?

— Pour que vous vous reposiez, dit Hélène.

Les yeux de Denise lancèrent un éclair.

— Me reposer! Son front se plissa : Êtes-vous venue en amie ou en ennemie? dit-elle d'un ton soucieux.

— Vous savez bien que je suis votre amie, dit Hélène.

— Mon amie! dit Denise. Je n'ai pas d'ami. Je me déteste. Brusquement elle s'effondra sur le lit et elle se mit à sangloter : Je suis une incapable, dit-elle.

Hélène effleura de la main les opulents cheveux roux.

— Il ne faut pas vous désoler ainsi, dit-elle. On ne réussit pas du premier coup.

— Je sais, dit Denise. Je n'ai rien à dire. Je l'ai su tout le temps. Mais alors quoi? cria-t-elle avec désespoir. Dites-moi : quoi? Elle sanglotait, ses sanglots enflaient; un long gémissement s'échappa de ses lèvres; de la tête aux pieds elle tremblait. Hélène se jeta à côté d'elle et colla sa paume contre la bouche de Denise.

— Ne criez pas, dit-elle. Calmez-vous.

Denise se tut brusquement.

— Je suis si fatiguée, dit-elle.

— Tâchez de dormir, dit Hélène. Je vais rester là.

— Merci, dit Denise. Pardonnez-moi.

Elle ferma les yeux. Hélène éteignit la lumière et s'assit à côté du lit. Une lueur jaune filtrait par la fente des rideaux de velours. « Alors, quoi? » se répéta-t-elle. « Quoi? » Elle regarda Denise. Sous les cheveux en désordre, son visage était rouge de fièvre. A quoi bon tant de larmes et de luttes, tant de désirs et de regrets? Son cœur se glaça. La vie de Denise. Ma vie. De minuscules îlots au milieu d'une mer noire, perdus sous un ciel vide et bientôt recouverts par les eaux uniformes. « Moi j'ai Jean. » Mais il mourrait un jour; leur amour mourrait. Il ne resterait que cette nuit déserte qui ne se laisse même pas penser. « Je m'aveugle », pensa Hélène. « Moi aussi, je fais exprès de m'aveugler. » Elle avait envie de se jeter sur le lit comme Denise, et de crier.

Denise ouvrit les yeux et se redressa brusquement.

— Qu'est-ce que vous faites ici? dit-elle.

— Je pensais que vous pourriez avoir besoin de moi, dit Hélène.

— Je n'ai besoin de personne, dit Denise d'un air farouche; elle passa la main sur son front : J'ai rêvé, dit-elle.

— Vous voulez que je m'en aille? dit Hélène.

— Oui, dit Denise; elle regarda Hélène avec méfiance : Vous m'avez regardée pendant que je dormais.

— Mais non, dit Hélène.

— Vous m'avez regardée, dit Denise d'une voix forte. Je n'ai pas besoin de vous ici.

— C'est bon, je m'en vais, dit Hélène. Elle se leva : Je reviendrai demain matin, dit-elle.

Denise ne répondit rien.

— A demain, répéta Hélène.

Elle sortit de la chambre et regarda la porte avec indécision. Puis elle se détourna et descendit l'escalier quatre à quatre.

— Taxi. Rue Sauffroy. Elle se pelotonna sur la banquette Encore quelques instants. Le visage brillait de fièvre sous les cheveux rouges; la voix disait : « Alors quoi? alors quoi? » Dans quelques instants la voix se tairait. Tant pis si je m'aveugle; tant pis. Ça ne peut pas se supporter. Elle se pencha vers la portière. La place Clichy. La Fourche. Elle frappa à la vitre.

— C'est ici.

Elle grimpa l'escalier et pressa par trois fois le bouton de la sonnette. La porte s'ouvrit.

— Eh! je ne t'espérais pas si tôt! dit Jean.

Elle se jeta dans ses bras et resta serrée contre lui en silence.

— Qu'est-ce que tu as fait d'elle? dit Jean.

— Je l'ai laissée couchée sur un lit, dans un hôtel. Elle ne voulait pas rentrer chez elle. Hélène se serra plus fort contre Jean : ç'a été horrible.

— Mon pauvre petit! Il caressa ses cheveux : Marcel est quand même terrible, dit-il. J'ai essayé de discuter avec lui. Mais il dit que Denise, c'est la folie humaine; on ne peut pas le sortir de là.

— Je me demande si elle ne devient pas folle pour de bon, dit Hélène. Elle était drôlement égarée. Elle m'a à peu près chassée.

— Ça lui irait bien mal d'être folle, dit Jean.

— Pourquoi ça? dit Hélène. Elle s'écarta de lui et commença à se déshabiller. Elle avait hâte d'être étendue dans le lit, dans les bras de Jean, à l'abri.

— Parce que, comme dit Marcel, elle est tellement sociale. Ce roman : elle n'avait pas envie de l'écrire; elle avait envie d'être un écrivain. C'est bien différent.

— Sociale... dit Hélène. Mais après tout, elle est pareille aux autres : elle cherche à être, comme dit Marcel.

— Peut-être, dit Jean. En tout cas, elle cherche mal.

— Qui cherche bien? dit Hélène. Tu trouves que je cherche bien?

— Toi, au moins tu es heureuse, dit Jean.

— Mais c'est peut-être un tort, dit-elle. Elle se glissa entre les draps frais et sourit. Il était là. Elle était heureuse. Elle ne pouvait pas en avoir de remords : Elle sait que Marcel ne l'aime pas, reprit-elle. Elle dit qu'elle ne veut plus le revoir.

— Elle le reverra, dit Jean.

— Elle ne devrait pas, dit Hélène.

— Elle l'aime.

— Raison de plus.

Jean sourit.

— C'est toi qui dis ça?

— Oui, dit Hélène en rougissant. Moi quand tu ne m'aimais pas, j'espérais bien faire ta conquête. Elle le regarda : Mais si tu cessais de m'aimer maintenant, ça serait différent.

— Qu'est-ce que tu ferais? dit Jean.

— Ah! tu verras : je m'en irai.

Il la prit dans ses bras.

— Je ne verrai rien, dit-il.

Elle l'embrassa, et puis elle se dégagea.

— Viens vite, dit-elle.

— Je viens, dit Jean. Cache-toi.

Elle se tourna vers le mur. Elle entendit le bruit de son pas à travers la chambre, le froissement des vêtements, l'eau qui coulait. Il va venir. Elle ferma les yeux. Une brume ardente courait dans ses veines; ardente, aveuglante, une nuée la séparait de son passé, de l'avenir et de la mort.

— Te voilà! dit-elle.

Elle l'étreignit; tiède, lisse, élastique et dur : un corps. Il était là; tout entier contenu dans ce corps d'homme qu'elle serrait entre ses bras. Tout le jour il s'était échappé : dans son passé, avec ses pensées, près de sa mère et de Denise, répandu dans le monde entier. Et maintenant, il était là, contre sa chair, sous ses mains, sous sa bouche; pour le rejoindre, elle se laissait couler sans souvenir, sans espoir, sans pensée, au fond de l'instant immobile : plus rien qu'un corps aveugle éclairé sourdement par le crépitement de millions d'étincelles. Ne me trahis pas. Ne t'en va pas loin de ce corps que mon corps appelle. Ne me laisse pas seule en proie à la nuit brûlante. Elle gémit. Tu es là. Aussi sûrement que moi-même. Pour moi, non pour toi, cette chair qui frémit; ta chair. Tu es là. Tu me désires, tu m'exiges. Et moi aussi je suis là, une flamboyante plénitude contre laquelle le temps se brise. Cette minute est réelle à jamais, aussi réelle que la mort et que l'éternité.

VII

Il y aura une aube. Quatre coups. Aux carrefours déserts, l'aiguille des horloges tourne; elle tourne dans la chambre où Laurent dort. Et la blessure du poumon s'élargit, le cœur s'épuise. Elle respire doucement avec un air appliqué. Est-ce qu'elle va mourir sans s'en apercevoir? Si je la réveillais? Mais même si ses yeux restaient ouverts jusqu'à la dernière minute, sa mort lui échapperait. Sa mort; elle est sienne et pourtant à jamais séparée d'elle; elle ne vivra pas sa mort. Il n'y aura pas d'aube. *Il n'y aurait pas d'aube. Silence. Nuit. Décide de parler; décide de se taire. L'inlassable chuchotement s'est arrêté. L'angoisse a éclaté. Le silence est. Plus rien n'existe.* Mais ce rêve de mort existe. J'existe, moi qui songe à la mort. C'est elle qui meurt. Moi je vis. Dans deux heures il dira : « Tout est prêt. » Je l'entendrai. Je serai là, devant lui; tout entier devant lui, ramassé dans le déchirement de l'angoisse, et tout entier ailleurs; ne pouvant ni me retirer du monde, ni m'y perdre. *Être mort. Ne plus rien savoir. Ne pas connaître le poids de mon cadavre.* Mais je vis. Je sais. Je ne cesserai plus jamais de savoir.

Dans la nonchalance, dans la routine désolée de cette année, je savais. J'avais senti sur ma tête le poids de la malédiction originelle; ce n'était plus même la peine de me débattre : il n'y avait aucun moyen de la déjouer. Je me laissais ballotter avec indifférence par tous les caprices du hasard : le hasard d'un désir, d'un regret, d'une révolte. Je marchais devant moi, sans rien voir; je n'allais nulle part, je piétinais dans la nuit; un destin imprévisible s'amusait à nous égarer et nous attendions le lever du jour pour découvrir dans quelles boues nous étions enlisés sans recours.

— Tu devrais apprendre à jouer aux échecs, me dit Marcel.

Nous étions accoudés au balcon de son atelier; nous apercevions au-dessous de nous les toits brillants de soleil et au loin le Sacré-Cœur tout blanc parmi des vapeurs bleues. Il sourit :

— Il me semble que c'est tout ce qui te reste à faire.

— Je me marie, dis-je.

— Ça n'a jamais sauvé personne.

Il y eut un silence.

— Comment va Denise? dis-je.

Denise était partie se reposer dans le Midi. Elle soignait son malheur comme on soigne une maladie.

— Elle fait de grandes promenades à pied, elle redevient elle-même, dit Marcel avec regret.

— Eh bien! C'est heureux! dis-je.

— Oui, dit Marcel. Pauvre Denise! On ne pouvait pas lui demander de rester folle toute sa vie. Il hocha la tête : Je n'aurais jamais cru ça d'elle, dit-il avec admiration.

— Quand elle sera revenue, tâche de lui rendre l'existence supportable, dis-je. Ce n'est pas si difficile.

Il me regarda d'un air intéressé :

— Figure-toi, c'est ce qui m'a tellement étonné : ça a l'air facile. Moi je pensais qu'elle voulait me changer jusqu'à la moelle des os. Il haussa les épaules : Mais non. Elle croit les paroles.

— Oui, dis-je. C'est encore une chance.

— Ça ne te gêne pas de mentir? dit Marcel.

— C'est la seule façon de se défendre puisqu'on ne peut pas être tranquillement ce qu'on est sans torturer quelqu'un.

— Et c'est ainsi que tu te maries, dit Marcel.

— J'y trouve mon avantage, dis-je. Tant que je pense à Hélène, je ne pense pas à moi.

— Et tu penses beaucoup à elle?

— Je voudrais qu'elle soit heureuse.

— Ça peut t'entraîner loin, dit Marcel.

— Oui. Qu'importe? Je ne sais plus que faire de moi.

— Oh! pour ça. Tu es en bonnes mains, dit Marcel avec un rire de sympathie. Elle saura toujours que faire de toi.

Cela du moins, c'était une certitude tangible, le bonheur que je lui donnais. Elle me souriait et je disais « je t'aime ». La joie qui illuminait son visage appelait de nouveaux mensonges mais qu'importait, si j'étais résolu à ne jamais me démentir? Je l'aimais;

nous allions nous marier; elle s'enchantait de voir que je ne mesurais plus le temps que je passais avec elle. Elle m'embrassait avec transport.

— Que tu es gentil, disait-elle.

— Je ne suis pas gentil; je t'aime.

— Tu es gentil de m'aimer.

Elle ne soupçonnait pas que chaque minute perdue était dorénavant pour moi une minute sauvée; je ne souhaitais plus que de dissiper ma vie aux quatre vents sans qu'elle laissât nulle part aucune trace.

— Tu as changé depuis l'année dernière, me dit-elle.

— Tu trouves?

— Oui. Tu es plus insouciant, plus libre. Autrefois, tu donnais l'impression d'être tiraillé dans tous les sens; jamais tu n'étais tout entier près de moi.

— Peut-être, dis-je.

Nous avions arrêté la barque contre la berge; d'autres barques glissaient au fil de l'eau, chargées de jeunes gens aux torses bronzés; des robes fleuries flottaient au vent. Sur le chemin de halage, des bicyclettes passaient silencieusement.

— Comme on est bien ici, dit Hélène. C'est une si belle journée.

L'air sentait la verdure et l'eau, avec des relents de friture. Déjà les ombres s'allongeaient. Une belle journée. Un petit tas de poussière dorée, presque impalpable, que le vent chasserait dans l'éther vide. Hélène avait posé sur ses genoux un énorme bouquet de fleurs mauves.

— Tu as cueilli de jolies fleurs.

Elle se mit à rire :

— Quand j'étais fiancée à Paul, j'imaginais toujours les dimanches d'été comme un grand bouquet de fleurs mauves sur un guidon de bicyclette, et mon cœur se serrait.

— A cause de la bicyclette?

— Mauvais sot. A cause de Paul.

Le bonheur l'embellissait. Ses traits avaient mûri. La lumière qui éclairait son visage était plus douce que naguère, plus contenue.

— C'était si triste cet amour qu'il m'offrait, reprit-elle. Elle effleura du bout de ses doigts l'eau tranquille.

— Il t'aimait vraiment, dis-je.

— Oui, mais pour lui, l'amour c'était une fatalité naturelle, comme la faim et la soif. Notre amour, c'était juste un cas parmi des millions d'autres. Elle me regarda en hésitant : Je sais bien qu'il y a d'autres gens qui s'aiment...

— D'autres vivent, et d'autres meurent, dis-je. Ça n'empêche pas que pour chacun sa vie est unique et qu'il meurt pour son propre compte. Tu as raison. C'est absurde de vouloir regarder le monde du point de vue de Sirius; nous ne sommes pas dans Sirius, mais sur terre, chacun dans sa peau.

— Ce n'est pas si naturel de s'aimer, reprit-elle. C'est même drôle de penser que tu es unique pour moi. Ce n'est pas une illusion, n'est-ce pas? Tu es unique.

— Qui décidera sinon toi? dis-je. C'est bien ça qui est émouvant dans l'amour : c'est nous qui faisons sa vérité.

Elle me regarda sérieusement :

— Mais il faut que tu m'aimes pour que je sois unique moi aussi. C'est bien vrai que tu m'aimes.

— Si je ne t'aime pas, je me demande ce que je fais ici.

— C'est vrai que dans trois mois nous serons mariés?

— Absolument vrai.

Elle se rejeta en arrière, le visage tourné vers le ciel. Elle m'aimait. Je l'aimais. Elle ne demandait rien de plus. Pourtant, comment pouvais-je justifier son existence, moi qui étais là, sans raison, injustifiable, inutile? Je repris les rames. Une belle journée avec des musiques, des fleurs, des baisers, des frites, du vin blanc et le ruissellement de l'eau fraîche sur les corps recuits de soleil. Bientôt elle allait mourir à l'horizon et ses cendres seraient légères. Mon cœur se serra. Pas si légère. Le ciel était lisse, la lumière transparente, et pourtant, tenace, insistante, je sentais rôder autour de moi une odeur fade, comme si sous leur pellicule lustrée tous ces instants avaient été pourris en leur cœur : c'était l'odeur fade de la résignation.

Hélène se redressa.

— Tu trouverais absurde qu'on ait des enfants, n'est-ce pas? Je la regardai avec surprise.

— Tu en as envie?

— Oui et non. Je me demande si ça n'enrichit pas la vie. Je souris.

— Et tu ne voudrais pas perdre une occasion de t'enrichir?

— Ne te moque pas. Qu'est-ce que tu penses?

— Autrefois, je trouvais insensé de jeter quelqu'un sur la terre. Ça ne t'effraierait pas?

Elle hésita.

— Non. Même si un homme est malheureux, peut-on vraiment dire qu'il vaudrait mieux qu'il n'ait pas existé?

— En effet, dis-je. Mais s'il fait du mal autour de lui?

— Et s'il fait du bien?

— Oh! tu as raison. Faire naître un enfant, l'empêcher de naître... C'est aussi absurde. C'est indifférent.

— Mais si on désire une chose, ce n'est plus indifférent. Alors ce n'est pas absurde de la faire?

— Peut-être mon tort c'est de ne savoir rien désirer d'abord.

Elle rit :

— Ton tort? Je ne crois pas que tu aies tant de torts!

Je ramais, et la barque glissait sans laisser de trace, si calme. N'être rien que cette écume blanche qui se soulève et qui se perd dans la nappe égale de l'eau. *Il faudrait tuer cette voix. La voix disait : je voudrais être cette écume. Elle dit : il faudrait tuer cette voix. L'écume naissait et mourait sans voix.*

Du haut d'un plongeoir un corps brun sauta dans la rivière; des amoureux marchaient sur la berge à petits pas. Un dimanche de paix. Les heures fuyaient entre nos doigts. Là-bas elles se déposaient sur le sol, coulées dans la fonte et dans l'acier. Chaque jour sortaient des usines allemandes de nouveaux canons, de nouveaux tanks.

— Je me demande si nous ne faisons pas fausse route, dis-je à Gauthier. Peut-être ne peut-on vaincre le fascisme qu'en adoptant ses méthodes.

Je repliai le numéro de la *Vie Syndicale* où s'étalait en première page le nouvel article de Gauthier sur la paix.

— Alors, je me demande à quoi rime d'être antifasciste, dit-il.

— Je me le demande aussi.

Il me regarda avec ses yeux froids.

— C'est toi qui dis ça?

Je haussai les épaules. Que faire si le respect des valeurs auxquelles nous croyions devait entraîner leur défaite? Fallait-il devenir esclaves pour rester libres, tuer pour garder nos mains pures? Fallait-il perdre notre liberté pour avoir refusé l'esclavage, et nous souiller de mille crimes pour n'avoir pas voulu tuer? Je ne savais plus.

— Tu nous prêches la paix, dis-je. C'est très joli. Mais quoi? Si nous sommes seuls à la vouloir?

— Ça suffirait, dit Gauthier. On ne peut pas se battre tout seul.

— Tu laisscrais fasciser toute l'Europe sans bouger?

— Tout vaut mieux que la guerre, dit Gauthier.

— Il y a bien d'autres choses aussi horribles que la guerre.

Pour moi, la guerre n'était pas un scandale sans pareil. Ce n'était qu'une des formes du conflit où j'avais été jeté malgré moi en étant jeté sur la terre. Parce que nous existions les uns pour les autres et cependant chacun pour soi; parce que j'étais moi et cependant pour eux, un autre. Le fils Blomart. Le rival de Paul. Un social-traître. Un salaud de Français. Un ennemi. Le pain que je mangeais avait toujours été le pain des autres.

— Ainsi toi aussi, tu deviens belliciste? dit Gauthier.

— Mais non, dis-je. Sois tranquille, je n'écrirai pas une ligne, je ne dirai pas un mot qui puisse pousser à la guerre.

Il faisait doux; nous étions accoudés en bras de chemise à la fenêtre de ma chambre; un réverbère était allumé au coin de la petite rue tranquille où des enfants jouaient à la marelle.

— Je ne suis ni belliciste, ni pacifiste. Je ne suis rien.

Gauthier était pacifiste. Paul était communiste. Hélène était amoureuse. Laurent était un ouvrier. Et moi je n'étais rien. Je regardais ma chambre; ses murs étaient crépis à la chaux, mais peu à peu, sa mère y avait apporté des coussins, des tapis, elle avait suspendu les tableaux de Marcel; je travaillais huit heures par jour à l'atelier, mais j'avais des amis bourgeois; j'habitais à Clichy, mais avec Hélène je traînais souvent boulevard Saint-Michel et dans les beaux quartiers. Paul disait que si je n'étais rien, c'est parce que je n'étais ni bourgeois ni ouvrier; mais je pensais plutôt que je n'étais ni bourgeois ni ouvrier parce que jamais je ne pouvais rien être : ni bourgeois, ni ouvrier; ni belliciste, ni pacifiste; ni amoureux, ni indifférent.

— A quoi penses-tu? dit Hélène.

Nous étions assis dans la confiserie, sur les marches du petit escalier; elle avait posé la tête sur mon épaule, et nous nous taisions. Là-bas, de l'autre côté de la porte vitrée, il y avait des rues bruyantes ouvertes sous le ciel; ici c'était le silence et l'ombre. Ma main caressait les cheveux d'Hélène. Ma fiancée, ma femme. Une odeur de bouillon se mêlait au parfum du miel et du chocolat; les dragées luisaient doucement dans les bocaux, pareilles à des cailloux au fond d'un gave. Douce coque sucrée, pleine de souvenirs et de parfums, calme et sombre comme un ventre. Demain elle volera en éclats. Les hommes seront nus au milieu des pralines souillées, des fleurs piétinées, nus et sans défense sous le ciel d'acier.

— A quoi penses-tu? répéta-t-elle.

— Je pense à la guerre, dis-je.

Elle redressa la tête, et sa main se détacha de la mienne.

— Encore? dit-elle. Elle sourit avec contrainte : Tu ne penses donc jamais à moi?

— Quand je pense à la guerre, je pense à toi. Je repris sa main : Tu me fais un peu peur.

— Moi? dit Hélène.

— Tu ne veux pas regarder la situation en face. Je crois que tu seras terriblement prise au dépourvu le jour où la guerre éclatera.

— Mais ce n'est pas possible, dit-elle. Une pareille sottise! Tu y crois, toi, pour de bon?

— Tu le sais bien; je te l'ai dit cent fois.

— Oui, tu me l'as dit, dit-elle. Elle me regarda avec une brusque anxiété : Mais enfin, vous n'allez pas laisser faire ça!

— Qu'y pouvons-nous?

— Est-ce que vous n'allez pas refuser de marcher? Autrefois, tu expliquais qu'il suffirait de vous croiser les bras; on ne pourrait rien faire sans vous.

— Mais je ne suis pas du tout sûr que nous devions refuser!

— Comment? dit-elle.

— Est-ce que tu voudrais que le fascisme gagne toute l'Europe? Tu voudrais que nous ayons en France un gauleiter aux ordres d'Hitler

— Tu parles comme Denise, dit-elle. Je ne veux pas que tu meures à la guerre.

— Ça te fait tellement horreur de penser que tu pourrais n'être qu'une fourmi dans une fourmilière; si le fascisme gagnait, c'est ce qui arriverait, il n'y aurait plus d'hommes : juste des fourmis.

— Je m'en fous, dit-elle. Une fourmi vivante, ça vaut encore mieux qu'un homme mort.

— Il y a une chose pour laquelle on peut accepter la mort, dis-je. C'est pour que ça garde un sens de vivre.

Elle ne répondit pas; elle fixait le vide d'un air préoccupé. Son visage se détendit.

— Ton père a tant de relations, dit-elle. Sûrement il pourra te faire réformer.

— Tu veux rire.

— Oui, ça t'est bien égal, dit-elle avec violence. Tu me quitterais sans un regret. Elle me regarda : Quelquefois, je me demande si tu m'aimes, si tout ça n'est pas une comédie.

— Tu crois que j'accepterais de dîner avec M. et Mme Bertrand si je ne t'aimais pas?

Elle haussa les épaules :

— Si tu m'aimais, tu ne serais pas si pressé d'aller te faire casser la figure.

— Je t'aime, Hélène; mais tâche de comprendre...

Je savais qu'elle ne voulait pas comprendre; et j'avais peine à m'arracher des mots tendres. « Vous ne voulez pas l'aimer », disait Denise; maintenant, j'étais tout prêt à le vouloir; mais dans la chaleur menaçante de ce mois d'août, c'est Hélène qui dressait une barrière entre nous. Souvent je me tournais vers elle avec l'espoir de lui faire partager mes hésitations, mes angoisses; mais j'étais seul; elle me regardait avec soupçon : c'était presque une ennemie qui marchait à mes côtés. Seul dans la paix douceâtre qui était en train de mourir, seul dans le supplice de l'attente, ayant bu jusqu'à la lie la honte, et souhaitant l'explosion qui m'arracherait enfin à moi-même.

Et soudain c'était arrivé. Vouloir la guerre; ne pas la vouloir. Désormais la réponse n'avait plus d'importance : la guerre était. L'heure de mon départ était fixée; je n'avais qu'à monter dans le train qui m'était assigné, à endosser le vêtement kaki, à obéir. Mes pensées, mes désirs n'étaient plus que des bulles creuses qui s'évanouissaient sans marquer sur le monde, sans peser sur mon âme. Déchargé de moi-même. Délivré de la tâche angoissante d'être un homme. Rien qu'un soldat, soumis avec indifférence à la routine des journées. Vas-y. N'y va pas. Ce n'était pas à moi de parler : quelqu'un parlait pour moi. Ce silence inhumain. Par delà le consentement et la révolte, ce repos mortel. C'était facile d'être un mort. Ce serait facile. Mais comment devenir un mort! Comment se tuer vivant. La voix dit : je voudrais être mort; et cette voix est vie. Je ferme les yeux, mais en vain. Le silence n'est plus; je ne peux pas faire silence. Vas-y. N'y va pas. C'est à moi de parler.

— Jean.

Quelqu'un d'autre a parlé. De l'autre côté de la porte une voix appelle doucement : « Jean. » C'est moi. J'ai donc encore un nom? Il tourna la poignée.

— Paul est là, dit Denise.

Il cligna des yeux. Il y avait un présent. La lumière crue qui tombait de l'ampoule l'éblouissait.

— Paul, dit-il.

Il s'avança. Paul était debout près du fauteuil de Madeleine, sa casquette à la main. Ses cheveux étaient coupés ras; sa peau avait une couleur parcheminée et elle collait à ses os. Il serra sa main.

— Le pauvre vieux! dit Madeleine. Il a besoin de se refaire.

Paul sourit à Blomart; ses yeux étaient restés bleus et jeunes.

— Merci de m'avoir tiré de là, dit-il.

— Ce n'est pas moi, dit Blomart.

Paul regarda la porte.

— Comment va-t-elle?

— Le poumon a été atteint, dit Blomart.

Devant le foyer plein de cendres, Madeleine fumait. Denise avait passé dans la cuisine; on entendait un bruit de vaisselle, un bruit quotidien et vivant. L'aiguille du réveil avait l'air immobile.

— Qu'a dit le médecin?

— Il a dit qu'elle ne passerait pas la nuit.

Paul baissa la tête.

— Est-ce que je peux la voir?

— Entre, dit Blomart. Elle dort.

Il s'assit. Denise entra dans la pièce et posa devant lui un bol de café.

— Buvez, dit-elle.

— Merci. Je n'ai pas envie.

— Il faut boire. Voilà vingt-quatre heures que vous n'avez rien pris.

Il but. « Il faut boire. » Est-ce qu'on attendait encore quelque chose de lui? Est-ce qu'il leur devait encore quelque chose? Vingt-quatre heures. Comme les heures sont courtes. L'aube est venue. Puis de nouveau la nuit. L'aube va naître. Soudain, il sentit son corps; ses membres étaient courbatus, sa tête lourde. Il avait froid.

— Elle dormait, dit Paul. Il regarda Blomart : C'est à cause de moi.

— Si c'est la faute de quelqu'un, c'est la mienne, dit Blomart. J'aurais dû y aller moi-même.

— Non, vous ne deviez pas, dit Denise vivement. Vous n'aviez pas le droit.

— Et j'avais le droit de la tuer? dit Blomart.

— Les deux premières fois, j'étais coincé, dit Paul. Je n'ai pas pu partir. Pourtant, depuis que j'avais reçu votre message, je me tenais prêt chaque soir.

— Ce n'est pas ta faute, dit Blomart. Il plongea la main dans sa poche et prit une cigarette. Sa main tremblait. Le tabac avait un drôle de goût âcre et sucré.

— Tu t'es planqué chez Lheureux?

— Oui. Je suis entré dans Paris sans difficulté, personne ne m'a rien demandé. D'ailleurs les papiers sont au poil. Le type m'a reçu comme un frère. Il m'a donné un billet pour Sauveterre et toutes les indications.

— Tu ne risques plus rien, dit Blomart. Le passage de la ligne, c'est un jeu d'enfant.

Paul sourit.

— J'ai bien cru que je ne reverrais jamais un copain, dit-il.

— Deux ans qu'on ne s'était vus! dit Blomart.

— Tu n'as pas eu d'ennuis?

— Au contraire. On m'a pressenti pour une collaboration éventuelle. Mon passé n'est pas compromettant.

— Et maintenant? dit Paul. Il regarda autour de lui avec curiosité.

— Maintenant, dit Blomart, je me compromets.

— Des évasions? dit Paul.

— Autre chose aussi.

Les yeux de Paul brillèrent :

— Ce que ça me fait plaisir!

— Ça t'étonne? dit Blomart. Tu me prenais pour un traître autrefois?

— Autrefois, les mots n'avaient pas le même sens qu'aujourd'hui, dit Paul. Il frappa sur l'épaule de Blomart. Non, j'étais sûr

que tu ne leur tendrais pas la main. Seulement, je n'aurais pas
cru... Il hésita : Tu avais tellement horreur de la violence.

— J'en ai toujours horreur, dit Blomart.

Il y eut un silence.

— Ça ne peut pas s'éviter, dit Paul. Si tu avais vu quel effet
ça nous faisait au camp, chaque fois qu'on apprenait un nouvel
attentat! Il n'y a que ça qui puisse donner confiance : pas des
paroles, des actes. Il n'y a pas d'autre forme de résistance possible.

— Je sais, dit Blomart.

— Tu travailles en accord avec le parti?

— Nous sommes une organisation indépendante, mais nous
marchons ensemble. Qu'est-ce que tu comptes faire, là-bas?

— Retrouver les chefs, me mettre à leurs ordres.

— Tâche de les convaincre de prendre contact avec nous et de
former comme ici un front unique. Plus tard, nous aurons peut-
être encore à lutter les uns contre les autres. Mais pas maintenant.

— Non, dit Paul. Pas maintenant.

— Tiens, dit Blomart; il tendait un papier à Paul : Voilà des
adresses; apprends-les par cœur. Ce sont des copains de l'autre
zone. Ils sont tout disposés à faire alliance avec vous.

Paul prit le papier.

— Vous n'avez pas eu trop de coups durs?

— Non. Nous sommes prudents. Tu vois ici, c'est une espèce
de pension de famille. Les membres les plus actifs du mouvement
y sont inscrits sous de faux noms. En même temps, ils gardent
leur véritable état civil, bien entendu. Ça brouille les pistes.

— C'est moi qui tiens la pension, dit Madeleine.

— Pendant ces six derniers mois, dit Denise, quatre trains de
soldats allemands ont déraillé; trois soldatenheim ont sauté, et
dix hôtels réquisitionnés. Elle regarda Blomart : Tout à l'heure,
un copain doit poser une bombe à retardement dans une salle de
l'exposition antibolchevique.

— C'est du bel ouvrage, dit Paul. Ses yeux se fixèrent sur la
porte : Et alors, Hélène travaillait avec vous?

— Oui, dit Blomart.

— Elle avait dû beaucoup changer.

— Elle avait compris.

— C'est bien, dit Paul.

Blomart se leva. Nous parlons. Denise. Madeleine. Paul. Et nos paroles, et nos présences se suffisent. Comme si elle n'existait pas. *Demain. Toujours. Comme si elle n'avait jamais existé.* Rien que des mots sur nos lèvres, une image dans nos cœurs. Une légende.

— Tu restes ici, n'est-ce pas?

— Il va rester jusqu'à l'heure de son train, dit Denise.

— C'est à 9 heures, dit Paul.

— Alors, on se reverra plus tard, dit Blomart. Il marcha vers la porte : A tout à l'heure.

Comme si elle n'existait pas. Pourtant, sur ce lit, il y a encore quelqu'un. Quelqu'un qui n'existe plus pour soi-même, mais qui est là. Il s'approcha. *C'est bien. Une belle histoire. Une belle mort.* Déjà nous racontons ta mort. Et toi, tu meurs. Hélène. Toi, unique. Et c'est moi qui suis là. Dans la pièce éclairée, un homme a dit des mots; un homme avec un visage et un nom disait les mots de tout le monde. Mais c'est de moi qu'il s'agit. Il m'a mené ici. Toutes les issues sont barrées. Je ne peux plus rien pour toi, plus rien pour moi. Il n'a pas pensé à nous, il disait des mots, il faisait des gestes; il t'a tuée mon amour. Est-ce que je lui permettrai de tuer encore?

VIII

Hélène sauta sur le quai et courut vers un employé.

— L'express pour Pecquigny?

— Ah! voilà une heure qu'il est parti! dit l'homme.

— A quelle heure y en a-t-il un autre?

— Demain, dit l'employé. Il s'éloignait. Les larmes jaillirent des yeux d'Hélène; Jean était là-bas avec les deux bicyclettes, il regardait en souriant l'express qui entrait en gare; et puis son sourire se figeait. Elle s'élança derrière l'employé.

— Il n'y a pas d'autocar?

— Je ne sais pas. Il regarda Hélène : Ce que vous pouvez faire, c'est prendre l'express de 19 heures pour Revigny. De là, vous ne serez plus qu'à 15 kilomètres. Des fois que vous trouveriez une voiture.

— Merci, dit Hélène.

Quinze kilomètres, avec cette lourde valise à son bras. Elle serra
les dents. « Je veux le voir ce soir. Pas demain, ce soir. » Demain,
ce serait peut-être trop tard; peut-être quand elle arriverait, la
vieille femme lui dirait : « Ils viennent juste de partir! » Je le suivrai.
Je suivrai son régiment. Je me glisserai de nuit dans le canton-
nement. Elle tendit sa valise à l'employé de la consigne. Et s'il est
là-haut? tapi au fond d'un trou avec les obus qui éclatent autour
de lui? Pas demain. Ce soir.

Le ciel était gris au-dessus des rues grises; Hélène s'engagea
dans une longue avenue droite. Tous les magasins étaient fermés;
personne sur les trottoirs; pas une voiture sur la chaussée. On
aurait dit une ville évacuée. Toutes les rues se croisaient à angles
droits, et les maisons ressemblaient à des casernes. Une ville de
l'Est, aride comme les plaines pouilleuses que le train venait de traverser. On devinait à l'horizon, invisibles, mais déjà présents, les
barbelés, les fortins, les canons. Hélène sursauta. Le hurlement
des sirènes déchirait l'air. Brusquement, des voitures, des piétons,
des soldats surgirent du sol. Hélène regarda avec stupéfaction
cette éclosion inattendue.

— Pardon, madame. Savez-vous où je pourrais trouver un
restaurant?

— Les restaurants sont fermés à cette heure, dit la femme; elle
désigna vaguement un point dans l'espace : Essayez voir à la Brasserie Moderne.

— Il y a une alerte? dit Hélène.

— Il y en a tous les jours, dit la femme avec un haussement
d'épaules.

Hélène traversa la place. Un garçon disposait des tables à la
terrasse que protégeaient des arbustes plantés dans des caisses
de bois vert. A l'intérieur, la brasserie était vide. Hélène s'assit
devant une table de faux marbre.

— Est-ce que je pourrais avoir quelque chose à manger?

Le garçon la regarda d'un air de blâme.

— A cette heure-ci?

— Des œufs? ou de la viande froide?

— Pas à cette heure-ci, dit le garçon.

Elle se leva.

— C'est bon; je vais voir ailleurs.

Elle traversa la place; il pluvinait; elle entra dans le café du

Commerce. La salle était immense et vide comme dans le café
d'en face; les banquettes de crin étaient crevées par places et
laissaient voir leurs intestins de crin.

— Est-ce que vous pourriez me servir quelque chose? dit Hélène.
Des œufs? du chocolat avec du pain?

— Des œufs? dit le garçon. Vous n'en trouverez pas un dans toute
la ville.

— Vous n'avez rien?

— Nous avons de la bière et du café.

— Servez-moi du café, dit Hélène.

Elle s'assit et sortit des cigarettes de son sac. Maintenant il
errait dans les rues du village, le cœur plein d'inquiétude. Et elle
était là, dans cette ville aux couleurs plombées où aucune place
n'était prévue pour elle. Il n'y avait aucun moyen de l'avertir.
« Il n'y aura aucun signe, rien d'autre que cette absence sans fin. »
Elle avala d'un trait sa tasse de café et jeta trois francs sur la table.
Dehors, il pleuvait à gouttes serrées; mais tant pis; il fallait marcher,
marcher très vite, vite se jeter d'une minute dans une autre pour
que l'angoisse ne puisse pas vous saisir. « Dès demain il signera
cette demande. Il faut qu'il signe. » Un moment, l'étau se desserra :
il sera à Chartres, il graissera des moteurs d'avion, il ne courra
plus de danger. Je pourrai le voir. Elle se répéta : « Il signera. »
Elle ralentit le pas. Des soldats déambulaient par petits groupes
en attendant le moment de se ruer dans les cafés; il y en avait qui
faisaient queue à la porte du cinéma. Ils seront étendus dans la
boue, avec un trou dans la tête, tout seuls. A cette minute peut-être,
juste à cette minute. Elle mordit ses lèvres; elle sentait ses yeux
dans ses orbites, durs comme la pierre, si durs qu'ils lui faisaient
mal : quand on gardait comme ça les yeux fixes, les images avaient
plus de peine à se former.

« Je devrais chercher quelque chose à manger », pensa-t-elle.
Elle remonta la grande rue. Pas une fruiterie. Pas une épicerie.
Elle poussa la porte d'une pâtisserie; les assiettes étaient vides,
les soldats avaient tout dévoré; il restait seulement trois tartelettes
tristes sur une plaque de fer-blanc. Hélène les mangea et but un
verre d'eau. Elle prit le chemin de la gare. Il n'y avait qu'à s'asseoir
dans un coin et à attendre; elle n'avait pas dormi de toute la nuit,
et elle était si fatiguée qu'elle ne pouvait plus se tenir sur ses
jambes.

Elle entra dans la salle d'attente. Les gens étaient assis sur les sièges, sur les tables, sur le sol, parmi d'énormes ballots. Des réfugiés qui arrivaient de l'Est. Les mains posées à plat sur les genoux, les yeux vides, ils attendaient. Depuis le début de la guerre, tout le monde attendait, sans fin, sans savoir quoi. Hélène s'assit sur le sol, contre la porte, toute recroquevillée sur elle-même. L'odeur et la chaleur humaines la suffoquaient.

— Ils ne veulent pas le dire, dit une femme. Mais chez nous, il y en a déjà beaucoup qui sont morts.

— Et chez nous, il paraît qu'il y a tant de dépêches que le maire n'ose pas les porter aux familles, dit une autre.

Un train passa en sifflant. Dans les premiers wagons, il y avait des hommes; des soldats assis sur les marchepieds avec le casque sur la tête, et à côté d'eux leurs sacs et leurs fusils; dans les derniers wagons, il y avait des canons camouflés aux couleurs de l'automne, la gueule béant vers le ciel. Le train filait vers l'Est. Là-bas, au bout des rails luisants, la guerre attendait les canons et les hommes. Là-bas, tout près. Elle était déjà ici, au fond des yeux sans espoir, parmi les ballots hâtifs, dans le sifflement des trains. Hélène ferma les yeux, appuya son front contre ses genoux et sa tête se remplit de nuit.

Quand elle se retrouva dans le train de campagne aux compartiments de bois, elle était transie et courbatue. La pluie tombait à grosses gouttes sur le toit du wagon. Mais l'espoir renaissait : « Je vais le voir. » Chaque tour de roue la rapprochait de lui. « Je trouverai une voiture. Dans quelques heures je serai dans ses bras. Il acceptera. Il ne peut pas ne pas accepter », pensa-t-elle avec passion.

La gare de Revigny était toute noire.

— Où est la consigne? demanda Hélène.

— Laissez votre valise là, dit l'employé en désignant la sentinelle qui montait la garde devant la porte. On vous la surveillera.

— Bien, dit Hélène; elle posa sa valise et marcha vers la sortie.

— Vos papiers? dit la sentinelle.

Hélène sortit son laissez-passer et sa carte d'identité. Le sauf-conduit était bien en règle; aucun motif n'était marqué.

— Pecquigny. Vous n'êtes pas à Pecquigny ici.

— Mais je vais chercher une voiture pour y aller.

— Ça va. Passez, dit le soldat.

Hélène rangea avec soin le précieux papier. « Pourvu que rien n'arrive; pourvu qu'on ne m'arrête pas », pensa-t-elle avec angoisse. La nuit était épaisse comme du bitume; il pleuvait toujours. Elle tituba dans une flaque noire puis dans une autre, elle avait de l'eau jusqu'aux chevilles. Où aller? Le gendarme posté au carrefour lui faisait peur, elle n'osait pas lui demander sa route. Elle traversa un pont et suivit une rue au hasard. Garage.

— Est-ce qu'on loue des automobiles ici?

— Non, dit l'homme.

— Vous ne savez pas où je pourrais en trouver?

— Faudrait voir chez Mallard, place de la Gare.

Elle revint sur ses pas. Une bande de soldats passa d'un pas traînant; les cafés étaient pleins de soldats, on entendait leurs rires à travers les portes hermétiques. Elle frappa à une petite porte à côté du garage.

— S'il vous plaît, on m'a dit que je pourrais louer une voiture?

La femme la regarda d'un air maussade.

— Mon mari n'est pas là.

— Vous ne savez pas s'il va revenir?

— Il ne sortira pas la voiture à cette heure-ci.

De nouveau les rues noires, l'eau qui gicle sous les pieds, l'eau qui perce le manteau. Une porte. Non. Une autre porte. Non. Encore une autre porte.

— Allez voir au Café des Sports, au bout de la rue de Nancy.

Hélène entr'ouvrit la porte du café; le cœur lui manquait; la salle était pleine à craquer de soldats attablés devant des verres de vin rouge; ces rires... ces regards... Elle rassembla son courage et marcha vers le comptoir. Les patrons mangeaient d'un air réjoui un grand plat de haricots.

— S'il vous plaît, monsieur, dit-elle; sa voix tremblait; d'une seconde à l'autre elle allait éclater en sanglots : On m'a dit que vous aviez une auto.

L'homme mangeait; il avait chaud dans son gros pull-over bien sec; un bon lit l'attendait.

— Je ne roule pas la nuit, dit-il; il haussa les épaules : On n'a pas le droit d'allumer les phares; alors, vous vous rendez compte! Personne ne roule plus de nuit.

Hélène se mordit les lèvres; elle était vaincue. Il n'y avait plus qu'à se coucher et tout oublier.

— Est-ce que vous avez des chambres ici?

— Des chambres? Ma pauvre dame! Mais vous ne trouverez pas une paillasse dans toute la ville. Nous avons la troupe ici.

— Merci, dit Hélène.

Ses jambes flageolaient. Pas ce soir. Ses larmes jaillirent. Elle passa devant l'Hôtel du Lion d'Or. Ce n'était même pas la peine d'entrer et de demander. Non. Toujours non. Le moindre geste était devenu si difficile. On avait l'impression de se débattre parmi des broussailles étouffantes. Jean. Jamais elle ne pourrait le rejoindre. Cette nuit n'aurait pas de fin. Cette nuit, cette guerre, cette silencieuse et mortelle absence.

* *
*

— A la fin, je suis revenue à la gare, dit Hélène. Un employé a eu pitié de moi et m'a indiqué un wagon où je pourrais dormir. Elle bâilla : Mais je n'ai pas dormi. Je tombe de sommeil.

— Pauvre petite créature, dit Jean. J'étais inquiet! J'avais peur que tu n'aies essayé de venir sans papiers et qu'on ne t'ait fait des ennuis.

— Penses-tu qu'on puisse me faire des ennuis?

— Il y a un tas d'officiers et de sous-officiers qui ont fait venir leurs femmes, dit Jean. On ferme les yeux. Au pire, on te renverrait à Paris.

— Mais je ne veux pas qu'on me renvoie, dit Hélène. Elle regarda le sol dallé de rouge, le grand lit campagnard avec son édredon rebondi, le fourneau de fonte : Ça va être si plaisant de vivre ici tous les deux. Elle ouvrit sa valise : Regarde : tout ça, c'est pour toi. Elle posa sur la table une bouteille de vieux marc, des boîtes de pâtés, du tabac, des chaussettes de laine : Ce sont des cadeaux de ta mère. Moi j'ai acheté les livres. Elle désigna cinq petits carnets couverts de moleskine noire : Ça c'est mon journal de guerre. Il y a un tas de coupures de journaux, des résumés de conversations, d'articles; j'ai marqué aussi mes pensées intimes. Ça t'intéressera?

— Bien sûr, dit Jean. Comme tu es gentille!

Elle le dévisagea; ça ne lui allait pas si mal ce pull-over kaki qui moulait son buste; il n'avait pas changé. Pourtant, pendant ces deux mois il y avait eu dans sa tête un tas de pensées dont elle n'avait rien su. Il l'intimidait.

— J'ai un tas de choses à te dire, dit-elle.

— Je l'espère bien. Il endossa sa veste et sa capote. A 11 heures et demie je serai de retour. Je déjeunerai avec toi. Et puis à partir de 5 heures et demie jusqu'au lendemain matin, je ne te quitterai plus.

— C'est bien fait, dit Hélène. Elle se jeta dans ses bras. Reviens vite.

— N'aie pas peur. J'apporterai de la bectance. Ne te montre pas trop dans le village; la ruelle, devant la maison, te mène tout de suite dans la campagne. Il l'embrassa et marcha vers la porte : A tout à l'heure.

Elle courut vers la fenêtre. Deux poules picoraient dans la ruelle; un soldat traversa la place. Elle frappa doucement au carreau. Jean se retourna et sourit. Elle laissa retomber le rideau. Pendant huit, dix jours, elle allait vivre auprès de lui comme s'ils avaient été mariés. « On se serait mariés justement ces jours-ci », pensa-t-elle. Elle s'étira. Elle avait sommeil, elle avait faim, mais comme elle était heureuse. Elle prit un livre, enfila son imperméable. Le ciel était bleu; la cour sentait le bois mouillé.

— Bonjour, madame.

La vieille puisait de l'eau à la pompe; elle leva la tête.

— Alors, vous l'avez trouvé votre mari? Il a été content?

— Oui. Je l'ai trouvé. Il dormait, dit Hélène.

Elle s'engagea dans le sentier boueux et sourit de plaisir. Le pays était plutôt vilain, d'une couleur gris jaune et tout plat, avec çà et là une butte dénudée; mais elle aimait l'herbe, le ciel, le soleil, l'horizon libre. Elle grimpa sur un tertre et posa le livre à côté d'elle. Un beau jour d'automne. Une petite angoisse la mordit au cœur. « Il va falloir que je lui parle. » De loin, ça avait l'air tout à fait facile; mais elle ne disposait plus de lui à son gré; dans ce dialogue, c'est lui qui ferait les réponses. « Il ne peut pas refuser; s'il m'aime, il ne peut pas refuser. » Elle tourna la tête. Quelqu'un s'approchait. Deux officiers qui tenaient des badines à la main. Ils passèrent devant elle, puis revinrent sur leurs pas avec négligence.

— Vous êtes en promenade?

— Oui, dit Hélène.

— Vous habitez Pecquigny?

— Non, je suis de Paris. Je suis arrivée ce matin.

— Vous avez vos papiers?

— Voilà! dit Hélène en exhibant son laissez-passer.

L'officier caressa légèrement de sa badine ses belles bottes de cuir.

— Il faut le faire viser par le capitaine, dit-il.

— Ah! Je ne savais pas, j'irai tout à l'heure, dit Hélène.

— Vous auriez dû vous présenter tout de suite en arrivant. Venez avec nous; nous sommes en voiture; nous allons vous conduire.

— Soit, dit Hélène. Elle emboîta le pas derrière eux. Il y en avait un long et blanc, et un petit avec une moustache noire. Elle monta dans l'auto.

— Une belle journée, dit-elle.

Ils ne répondirent rien. L'auto entra dans le village, dépassa la maison de Mme Moulin et s'arrêta dans la rue principale.

— Par ici.

Les deux lieutenants s'effacèrent et Hélène entra seule dans une petite pièce où ronflait un poêle. Son cœur battait à petits coups; c'était la dernière formalité, après elle serait tout à fait tranquille; mais elle avait hâte que tout fût réglé.

Le capitaine leva la tête; il était assis derrière une table couverte de papiers.

— C'est vous qui êtes arrivée à Pecquigny ce matin?

— Oui, dit Hélène.

— Vous avez des papiers?

Elle tendit son sauf-conduit et sa carte d'identité. Le capitaine les examina en silence.

— Qu'est-ce que vous venez faire ici?

— Je suis venue voir une vieille parente, Mme Moulin.

Le capitaine la regarda.

— Non, Mademoiselle. Mme Moulin, n'est pas votre parente.

— Pas exactement, dit Hélène.

— Vous ne la connaissez pas, dit le capitaine. Quand vous êtes arrivée, ce matin, vous ne l'aviez encore jamais vue.

Hélène baissa la tête. Sa vie venait de s'arrêter.

— Nous savons tout, dit le capitaine. Nous savons le nom du soldat qui vous a retenu une chambre.

— Eh bien! oui, dit Hélène avec défi. Je suis venue voir mon fiancé. Je ne suis pas la seule dans ce cas; et vous le savez bien.

— Nous pouvons consentir à fermer les yeux quand on ne nous oblige pas à les ouvrir, dit le capitaine.

— Mais qui vous oblige? dit Hélène. Elle le regarda d'un air implorant : Je vous en supplie, laissez-moi au moins quelques jours...

— L'affaire n'est plus entre nos mains, dit le capitaine. Vous avez été signalée aux autorités compétentes.

— J'ai été signalée? dit Hélène.

— Ah! notre police est bien faite, dit le capitaine. Il se leva : On vous conduira à la gare dans un instant. Vous repartirez par le premier train.

— Au moins, laissez-moi dire au revoir à mon fiancé, dit Hélène. Elle enfonçait ses ongles dans ses paumes; elle ne voulait pas pleurer devant cet homme.

Le capitaine hésita.

— Attendez ici, dit-il.

Il se leva et sortit de la pièce. Signalée. Par qui? Comment? Elle resta assise sur sa chaise, hébétée. Ne pas pleurer. Elle avait si grand faim. Si grand sommeil. Et ce serait de nouveau les cahots du train, l'estomac vide, la gorge sèche, le compartiment bondé. Le train m'emportera, il m'emportera loin de Jean. « C'est sans remède », pensa-t-elle avec une nausée de désespoir.

Le grand lieutenant pâle poussa la porte; il sourit d'un air allant.

— Vous pouvez aller déjeuner chez vous, dit-il. Je viens de convaincre le capitaine que vous n'êtes pas une espionne.

— Moi, une espionne? dit Hélène.

— Il n'aurait pas fallu vous amener avec une énorme valise chargée de paperasses, dit le lieutenant. Le chef de gare de Revigny l'a ouverte, et il a cru que c'était des tracts séditieux. Il vous a fait signaler par le chauffeur qui vous a amenée ce matin.

— Moi qui croyais que vous m'aviez rencontrée par hasard! dit Hélène.

— Heureusement, il m'a suffi d'un rapide examen pour voir que vous n'étiez pas une dangereuse propagandiste, dit le lieutenant.

— Vous avez pris mes papiers?

— On a perquisitionné chez vous pendant que nous vous cherchions dans la campagne, dit le lieutenant. On vous rendra tout. Il s'inclina devant Hélène : Nous viendrons vous prendre dans un moment.

— Il n'y a aucun espoir que je puisse rester? dit Hélène.

— A présent, c'est impossible, dit le lieutenant.

Hélène partit en courant vers la maison. Elle se jeta sur le lit et éclata en sanglots. C'était comme dans son enfance; de grosses mains étrangères disposaient de son bonheur, de sa vie. Qu'est-ce que ça pouvait bien faire, qu'elle soit là? Hypocrites! Des mots, des consignes creuses; et après tout cet horrible voyage, elle allait quitter Jean presque sans l'avoir vu. Elle tourna la tête. La vieille femme entra, l'air méfiant.

— Il y a des militaires qui sont venus vous demander, dit-elle.

— Je sais, dit Hélène.

— Ils disaient que vous ne deviez pas rester ici, dit la vieille.

— Je vais partir tout à l'heure, dit Hélène.

La femme la regarda sans douceur.

— On rend service aux gens; et après ça on n'a que des ennuis, grommela-t-elle. Elle quitta la pièce.

— La vieille punaise! murmura Hélène avec haine. Ses larmes redoublèrent : Ils ont lu mes carnets. Je suis entre leurs mains.

Elle sauta sur ses pieds. Jean poussa la porte et sourit avec innocence. Il tenait à la main un paquet saigneux et serrait sur son cœur une bouteille de vin blanc.

— Je n'ai pas trouvé de rouge, dit-il. Mais je te ramène de beaux beefsteaks.

— J'aurai juste le temps de les manger, dit Hélène. Tu ne sais pas ce qui m'arrive?

— Quoi donc? dit Jean.

— Eh bien! Je suis faite, dit-elle.

— Ce n'est pas vrai?

Hélène se mit à rire avec nervosité.

— Ils m'ont cueillie dans la campagne, et ils m'ont conduite au capitaine. Il paraît qu'hier soir, le chef de gare de Revigny a ouvert ma valise, il a pris mes carnets pour des tracts pacifistes et m'a signalée comme espionne.

— C'est facile de te défendre, dit Jean.

— Oui. Seulement la gendarmerie est alertée. Hélène étouffa un sanglot. Ils vont m'obliger à partir. Mais je ne partirai pas, dit-elle avec désespoir. Je ferai seulement semblant; je me cacherai, je reviendrai de nuit...

— Ma pauvre petite chienne! dit Jean en la prenant dans ses bras.

— Je ne veux pas te quitter! dit Hélène.

— Je crois qu'il faut que tu rentres à Paris, dit Jean. Mais tu n'auras qu'à demander un nouveau sauf-conduit; et tu reviendras t'installer à quatre ou cinq kilomètres.

— Je ne veux pas! répéta Hélène. D'ici là, tu seras parti pour le front, je ne te verrai plus.

— Il n'est pas sûr que nous partions si vite, dit Jean. Et tu sais, en ce moment, c'est paisible là-haut : je redescendrai...

— Non! Je ne peux pas imaginer ça! dit Hélène. Je deviendrai folle... Elle le regarda avec angoisse. Il fallait parler. Les instants étaient comptés : A chaque minute, je me dis que tu es en train de hurler à la mort dans les barbelés; tu ne te rends pas compte... Sa voix se brisa.

— Je sais, dit Jean. C'est bien plus pénible d'être à ta place qu'à la mienne.

Elle détourna les yeux.

— Qu'est-ce que tu dirais si on te proposait de revenir à l'arrière? dit-elle.

— Comment ça?

— Il faudrait que tu fasses une demande pour être versé dans l'aviation, dit Hélène. Mme Grandjouan connaît intimement un général qui a promis de t'expédier aussitôt dans un camp du côté de Chartres.

— C'est toi qui lui as demandé ça? dit Jean.

Le sang monta aux joues d'Hélène.

— Oui, dit-elle.

Jean s'assit et remplit en silence deux verres de vin.

— Tu sais, les aviateurs courront plus de danger que les fantassins dans cette guerre.

— Mais il ne sera pas question de voler, dit Hélène. Les simples soldats ne volent pas. On te mettrait dans un bureau ou dans un coin tranquille à graisser des moteurs. Elle toucha sa main : Je pourrais m'installer près de toi; nous nous verrions tous les jours...

Jean regarda le fond de son verre sans répondre. Hélène retira sa main.

— Quoi? Qu'est-ce qui te gêne? dit-elle.

— Je n'aimerais pas bien être embusqué, dit Jean.

Le cœur d'Hélène se glaça.

— Tu ne vas pas refuser? dit-elle. Elle le regarda avec terreur. Jean hésita.

— Écoute, je ne peux pas te répondre comme ça. Il faut que je réfléchisse.

— Réfléchir à quoi? dit Hélène. On t'offre une existence

humaine; nous serons de nouveau réunis! Et tu hésites, par peur d'une étiquette?

— Tu sais bien qu'il ne s'agit pas seulement d'une étiquette! dit Jean.

Hélène se mordit les lèvres.

— On gagnera bien la guerre sans toi, dit-elle.

— Sans doute, dit Jean. Mais pour moi ça ne serait pas du tout la même chose!

— Oui, dit Hélène avec fureur. Et que moi je tremble de malheur du matin au soir, tu t'en fous...

— Mon cher petit, dit Jean. Essaie de comprendre...

Hélène secoua la tête.

— Non, je ne comprends pas, dit-elle d'une voix étranglée. Quand tu seras mort, tu seras bien avancé.

— Mais si j'étais seulement une peau à sauver, je ne serais pas bien avancé non plus, dit Jean doucement.

Hélène enfonça la main dans ses cheveux.

— Ça n'est pas les quatre coups de fusil que tu tireras qui changeront rien à rien!

— Écoute, Hélène! Tu peux te représenter que je reste planqué dans un petit coin tranquille pendant que les copains se font tuer?

— Je m'en fous des autres, dit Hélène avec désespoir. Je ne dois rien à personne. Elle éclata en sanglots : Je me tuerai si tu meurs, et je ne veux pas mourir.

— Tu ne peux pas essayer, pour une fois, de penser à autre chose qu'à toi? dit Jean.

Sa voix était dure.

— Et toi? ce n'est pas à toi que tu penses? dit-elle avec violence. Est-ce que tu te soucies de moi?

— Il ne s'agit pas de nous, dit Jean.

— Si, dit Hélène. Ses mains se crispèrent sur le tapis de la table : C'est toujours pour soi qu'on lutte.

— Hélène! il ne devrait pas être question de lutte entre nous.

— Moi, je ferais n'importe quoi pour toi, dit-elle avec haine. Je volerais, j'assassinerais, je trahirais...

— Mais tu n'es pas capable d'accepter le risque de ma mort!

— Non, dit Hélène. Non. Tu n'obtiendras pas ça de moi. Tu vois bien que nous sommes en lutte.

— S'il y avait un peu d'amitié entre nous...

— De l'amitié... dit Hélène. Moi c'est de l'amour que j'ai pour toi.

— Je ne comprends pas cette manière d'aimer, dit Jean.

Il la jugeait; il jugeait cette tornade brûlante qui séchait le sang dans ses veines.

— Il n'y en a pas d'autre, dit Hélène. Toi, tu ne m'aimes pas. Une évidence aveuglante la déchira soudain : Je n'ai jamais compté pour toi.

— Je t'aime, dit Jean, mais il n'y a pas que l'amour...

Il était là, buté, opaque, bardé d'idées dures comme de l'acier; chaque pli de son front, chaque éclair de ses yeux criait qu'il n'avait besoin de personne.

— C'est bien, dit-elle. Je m'arrangerai pour que tu reviennes sans te demander ton avis.

— Hélène! Je te défends, dit Jean.

— Ah! tu me défends! et que veux-tu que ça me fasse? Chacun pour soi. Elle ricana : Un beau jour tu te trouveras affecté spécial à Paris.

— Je t'en prie, dit Jean. Nous n'avons plus que quelques minutes: ne nous quittons pas ainsi.

— Tant pis, dit Hélène. Ça n'a pas d'importance puisque d'ici un mois tu seras de nouveau à Clichy.

— Si tu fais ça... dit Jean.

— Tu rompras avec moi? Mais romps tout de suite puisque ça t'est si facile!

— Rends-toi compte : tu tuerais tous mes sentiments pour toi. Je ne peux pas aimer sans estime.

— Eh bien! tu ne m'aimeras plus. Ça ne fera pas tant de différence!

— Hélène! dit Jean.

Elle sursauta. Des pas lourds ébranlaient le carreau de la cuisine. On frappa.

— Entrez, dit-elle.

Les deux lieutenants entrèrent. Jean se leva et boucla son ceinturon.

— N'ayez pas peur, dit le grand pâle.

Jean sourit :

— De quoi aurai-je peur?

— Le lieutenant Masqueray désire vous voir.

— J'y vais, dit Jean. Il prit son calot et regarda Hélène avec indécision. Elle ne bougea pas.

— Au revoir, dit-il.

— Au revoir, dit-elle sans lui tendre la main.

— On ne lui fera pas d'ennui, soyez tranquille, dit le petit lieutenant. C'est un bon soldat.

Hélène se leva.

— Je suppose que je dois faire ma valise?

— S'il vous plaît. L'auto vous attend. Le grand lieutenant sourit : Je me présente : lieutenant Mulet.

— Lieutenant Bourlat, dit l'autre.

Le lieutenant Mulet jeta sur la table les carnets noirs.

— Voilà l'objet du délit.

Elle prit le carnet. Ils avaient lu, avec leurs yeux d'hommes. Sa tête tournait. La chambre s'était vidée d'un seul coup; le paquet de viande reposait à côté de la bouteille à demi pleine. On aurait dit les souvenirs d'une autre vie.

— Je suis prête, dit-elle.

Ils sortirent et elle monta dans l'auto. Le lieutenant Mulet s'assit à côté d'elle.

— Alors, vous me chassez? dit-elle.

— Croyez bien que nous le regrettons, dit Mulet. Il souriait avec une douceur martiale. Au milieu de sa face crayeuse, deux trous bleus s'ouvraient sur d'insondables abîmes.

— Tâchez d'obtenir un autre sauf-conduit et de revenir sans vous faire remarquer, dit Bourlat.

— Et nous tâcherons de ne pas vous rencontrer, dit Mulet.

— Merci, dit-elle.

— Oh! nous comprenons les choses, dit Mulet. Nous sommes mariés.

Hélène sourit lâchement. Leurs sales pensées d'hommes. Et je souris. Je suis à leur merci. Il faudrait ne tenir à rien. Je voudrais ne tenir à rien.

— Est-ce que vous ne pouvez pas me laisser maintenant? dit-elle en descendant de l'auto; elle regarda Mulet d'un air suppliant.

— Nous devons vérifier de nos yeux que vous êtes bien embarquée, dit Mulet avec un charmant sourire.

Elle détourna la tête. C'est fini. Il n'y a plus aucun espoir. De nouvelles démarches : il faudra plus d'un mois; et ça ne réussira pas une seconde fois. C'est fini. Elle fixait au bout des rails l'horizon vide. Elle avait hâte·que le train soit là pour être seule, pour pleurer et pour les haïr. Pour le haïr.

— Bon voyage, dit Mulet.

Elle escalada le marchepied sans répondre et entra dans le premier compartiment. Ils restaient sur le quai, ils la guettaient. Elle mit sa valise dans le filet et s'assit dans le coin, près du couloir. C'était un beau compartiment, avec des banquettes de cuir vert. Il faisait chaud. Il y avait trois soldats qui buvaient dans des quarts une liqueur blanche; des permissionnaires; ils riaient.

— Un peu de marc d'Alsace? dit l'un d'eux. C'est du bon.

— Je veux bien, dit-elle.

Le soldat essuya soigneusement le bord du quart avec un pan de son mouchoir et versa une rasade de marc.

— Qu'est-ce que vous en dites?

— Fameux, dit Hélène. Elle vida le quart. Il y eut dans sa tête un brusque grésillement : tout brûlait, tout flambait; en un instant son cœur était devenu un petit tas de cendres.

—·Elle boit sec, dit le soldat avec admiration.

« Il verra. Ça m'est bien égal. Il verra », se dit-elle. Elle ôta son manteau, le roula en boule, y posa la tête et s'étendit de tout son long. Les soldats riaient, le train roulait et la berçait et pour aujourd'hui tout était fini.

IX

Il m'a mené ici. Il semblait pourtant bien inoffensif dans son uniforme kaki avec son calot sur la tête. On aurait dit que la malédiction originelle était levée, la malédiction d'exister : existait-il? Dans les granges de Pecquigny et de Caumont, dans les wagons et les camions, sur les routes, au fond du trou glacé où il montait la garde, il n'y avait qu'un soldat anonyme, un soldat sans inquiétude et sans remords. C'était si simple. Il n'avait pas à choisir de vouloir : il voulait. Il ne faisait qu'un avec lui-même. Aucune question ne se posait. Le but se dressait devant lui avec une paisible évidence : la victoire contre le fascisme. Une nécessité clémente commandait chacun de ses actes.

Et soudain voilà que dans la colère et dans la honte, il était de nouveau en face de lui-même. Il sortait de la grande bâtisse aux vitres bleues, et derrière lui le lieutenant souriait avec mépris; il traversait la petite place, et les regards de tous les soldats qu'il croisait lui brûlaient les joues. Elle l'a fait, elle a osé le faire. Ils ne savent pas encore, mais ils vont le savoir, il faudra le leur dire. Il faudra le dire à Boucher, à Dubois, à Rivière. Ils sauront. Et ils sauront que tout n'a été que mensonge : l'uniforme, la gamelle, nos rires d'ivrogne, et dans la paille des granges cette unique chaleur animale où se dégourdissaient nos orteils transis. Avec tant de joie il avait endossé la capote couleur de terre, et fait raser les cheveux trop riches, trop serrés qu'il tenait de sa mère! mais ce n'était qu'une imposture, je n'ai jamais été des leurs; jamais je ne serai comme les autres un homme nu et seul, sans protection, sans privilège... « Affecté spécial comme correcteur à l'Imprimerie Nationale. » Il avait bien souvent détesté son visage, mais celui-ci était le plus odieux : un embusqué.

— Je vous jure que je ne resterai pas longtemps là-bas!

— Tu serais bien con de revenir, dit Rivière.

Il y avait six bouteilles vides sur la table et chaque assiette était un petit ossuaire; le goût du vin n'avait pas changé, ni l'odeur du civet, ni leurs rires. Mais tout était différent. « Je n'ai rien demandé », disais-je, et ils me frappaient sur l'épaule d'un air encourageant : « Va, on en ferait autant à ta place. » Mais ils n'étaient pas à ma place, et ils le savaient très bien; c'était moi qui y étais; à présent, on avait chacun une place, sa place; j'étais tout seul. C'était moi qui montais dans le train, qui fuyais loin de la guerre, qui sortais de la gare de l'Est avec un faux air de permissionnaire et que les femmes regardaient en souriant. A Caumont, c'était encore l'hiver; ici, le printemps naissait, et les femmes souriaient. Les femmes de Paris aux cheveux très blonds ou très noirs, aux lèvres rouges, souriaient à l'imposteur. Faux ouvrier, faux soldat. Ils monteront en ligne sans moi; moi je dormirai dans ma chambre, je mangerai dans les restaurants aux nappes de papier au milieu des vieillards et des femmes; et je serai tout seul. Je marchais en rasant les murs de peur de rencontrer Laurent, ou Gauthier, ou Perrier; les camarades le sauront, ils diront : « Blomart s'est fait affecter à Paris »;

et même si je crie : « ce n'est pas vrai, ce n'est pas moi », ils me
regarderont froidement : « En tout cas, tu es là. » Et c'est moi, c'est
bien moi. Ma gorge était nouée par la colère; j'aurais voulu serrer
mes mains autour de son cou jusqu'à ce qu'il n'y ait plus *rien* entre
mes mains.

— Allo. Je voudrais parler à Hélène.

— Allo : c'est Hélène.

— C'est Jean.

Il y eut au bout du fil une exclamation étouffée.

— Tu es à Paris!

— Tu ne t'en doutes pas?

— Tu es furieux contre moi?

— J'ai des choses à te dire. Quand puis-je venir?

— J'aime mieux venir, moi, dit-elle. Tout de suite?

— Si tu veux. Mettons dans une heure.

— Jean!

— Quoi?

— Écoute, Jean...

— Tu me diras ça, tout à l'heure.

Je raccrochai. Elle va voir. Déjà je respirais mieux. Je commençai
à descendre l'avenue de Clichy. Voilà que je rentrais chez moi,
juste comme autrefois. Les mêmes cafés, les mêmes magasins.
Pourtant quelque chose avait changé depuis septembre. Naguère,
ma vie semblait tout entière enfermée entre ces hautes maisons;
elles avaient toujours été là, elles seraient là toujours; moi j'étais
seulement de passage; j'aurai disparu depuis longtemps qu'elles
se dresseraient encore toutes pareilles à elles-mêmes. Je les regardai;
elles étaient déjà différentes. Non plus un bloc impassible, mais un
amoncellement de pierres dont l'équilibre provisoire pouvait être
détruit en un instant. Autrefois, chacune de ces façades avait un
visage singulier; aujourd'hui, ce n'étaient que des revêtements
de matériaux friables, soutenus par des charpentes de fer. Des charpentes de fer tordu, des murs écroulés, des plâtras, des pierres
calcinées : voilà peut-être ce qui existerait demain; et moi, je
pourrais encore être là, le même parmi ces décombres. Mon avenir
ne se confondait plus avec celui de ces rues. Il n'était qu'à moi.
Plus rien ne m'enfermait. Je n'étais nulle part; j'étais hors d'atteinte. Soudain, n'importe quoi était possible.

« Je vais rompre avec Hélène. »

J'avais pensé à la battre, à l'étrangler, mais j'étais si loin d'elle que je n'avais pas même pensé à rompre. Maintenant j'allais la voir, lui parler : qu'est-ce que je lui dirai? Je regardais la longue avenue droite. Si seul, si libre, sans passé. Les mensonges anciens ne m'engageaient plus. Si je lui mentais tout à l'heure, ce serait un mensonge neuf. Ma colère était tombée; avec une espèce d'étonnement je pensais : il faut rompre, pour de bon.

Pourrais-je encore mentir, puisque je savais que chacun de mes actes démentirait mes serments? Demain j'aurais à affronter la mort, l'exil ou la révolution; je les affronterais seul et libre, je prendrais mes décisions sans tenir compte d'Hélène. A chaque fois, elle me haïrait, elle essaierait de me contrecarrer : nous serions deux ennemis. Non, ça n'est pas possible, ça ne peut pas durer. Et pourtant pouvais-je l'abandonner? Ma mère était restée seule dans l'appartement satiné, Hélène allait rester seule. Ah! c'était facile d'être un soldat; c'était beaucoup moins simple de redevenir un homme. De nouveau tout semblait impossible. Et cependant j'allais parler. *Quelque chose sera qui n'existe encore nulle part.* Je montai lentement l'escalier. D'ordinaire je me sentais criminel *après* le crime; cette fois-ci j'étais déjà coupable *avant.* Le mensonge ou le malheur? Je devais choisir moi-même ma faute. « Il n'aurait pas fallu la rencontrer. Il n'aurait pas fallu naître. » Mais j'étais né.

Elle me tendit la main en détournant les yeux.

— Bonjour.

— Bonjour, assieds-toi.

Elle se tenait devant moi avec un air timide et malheureux et je me sentis accablé de tristesse.

— Hélène! Pourquoi as-tu fait ça?

— Je ne veux pas qu'on te tue. Elle me regarda avec défi : Tu peux rompre avec moi, tu peux me battre, tu peux faire tout ce que tu voudras : j'aime encore mieux ça que si un obus t'arrache la tête.

— Ne t'imagine pas que je vais rester ici longtemps. Cette fois je compte bien me servir des relations de mon père.

— Ça sera toujours ça de gagné, dit-elle. Je fus content de retrouver dans ses yeux cette lueur arrogante.

— Comprends-tu que tu as rendu impossible **tout rapport** entre nous?

Le sang lui monta aux joues :

— C'est toi qui décides ça, dit-elle.

— Je n'ai rien à décider. Tu as tout gâché.

— Oh! tu es trop content de pouvoir te débarrasser de moi, tu sautes sur le premier prétexte.

— Ce n'est pas un prétexte. Tu m'as traité en ennemi.

Ses larmes jaillirent : « Oui, je t'ai traité en ennemi », dit-elle. « Je te hais, jamais tu ne m'as aimée. Eh bien! n'aie pas peur, je vais m'en aller, ça m'est bien égal! »

Elle sanglotait avec de gros hoquets. D'un seul coup son nez et ses joues étaient devenus tout rouges et gonflés. Je sentais dans ma bouche un goût d'eau sale et j'avais envie de lui dire : c'est bon, n'y pensons plus. Mais bientôt la lutte recommencerait entre nous, aussi âpre. Elle me regarda à travers ses larmes :

— C'est vrai? Tu veux que je m'en aille?

— Je tiens à toi plus que je n'ai tenu à personne, dis-je. Mais il y a un malentendu trop grave entre nous. Jamais tu n'as cherché à partager ma vie, tu ne m'as aimé que pour toi.

— Je voulais *être* ta vie, dit-elle avec désespoir.

— C'est impossible. Je ne peux pas t'aimer comme tu le souhaites.

Son visage changea : « Tu ne m'aimes pas! » dit-elle. Elle me regarda en silence avec des yeux dilatés; elle passa sa langue sur ses lèvres : « Mais alors pourquoi m'avais-tu dit que tu m'aimais? »

— J'avais tant de tendresse pour toi. Je voulais t'aimer. J'hésitai : J'aurais dû comprendre que nous étions trop différents; ce n'est pas ta faute, mais nous n'avons rien à faire ensemble.

— Tu ne m'aimes pas, dit-elle lentement. C'est drôle. Moi qui t'aime tant.

Elle fixait le vide. Elle avait l'air de déchiffrer avec application un texte difficile. Mon cœur se serra. Est-ce que je ne l'aimais pas? Elle me semblait si proche, j'aurais tant voulu la consoler.

— C'est drôle, reprit-elle, quoique évidemment, pourquoi m'aimerait-on, après tout?

— Hélène!

Elle était déjà seule, très loin de moi. Et je la sentais tout contre moi, intime et chaude.

— Quoi?

Je baissai la tête. Je ne pouvais rien lui dire. Cette détresse stérile qui me noyait le cœur avait un goût de marécage.

— Pardonne-moi.

— Oh! je ne t'en veux pas, dit-elle. C'est mieux ainsi. Comme ça je ne pourrai plus me mentir. Elle se leva : Je veux m'en aller.

— Tu ne vas pas partir comme ça!

— Et pourquoi pas? Ses yeux firent le tour de la chambre et se posèrent sur mon visage avec une espèce d'étonnement :

— Tu ne te rends pas compte de ce que j'ai vécu pendant ce mois, tu ne peux pas te rendre compte. C'était... c'était abject.

— Ce sera comme tu voudras, dis-je. Si je ne me défendais pas, des larmes allaient me monter aux yeux : ce n'était pas à moi de pleurer.

— J'aime mieux ne jamais te revoir, dit-elle. Elle essaya de sourire : « Au revoir. »

Ça semblait impossible. Je la regardais sans comprendre, comme si on m'eût montré dans un bocal, avec ses cicatrices et la forme particulière de ses ongles, ma propre main.

— Au revoir, répéta-t-elle. Elle marcha vers la porte. Un élan déchirant me jeta vers elle : je l'aimais. Mais déjà la porte claquait, elle descendait l'escalier. Je l'aimais pour sa sincérité et son courage, je l'aimais parce qu'elle partait : je ne pouvais pas la rappeler. Hélène! Je crispais mes doigts sur le bras du fauteuil, retenant ce cri sans lendemain. C'était fait. Ces larmes, cette souffrance, cela n'existait pas avant. Et maintenant, c'était là. A cause de moi.

Je l'ai fait. Pourquoi cela, justement cela? Tu pleurais et c'était inutile, puisque demain j'allais t'aimer. *Peut-être tu meurs pour rien. Pour rien les affiches jaunes et les portes qui s'ouvrent et se ferment, et le crépitement des balles dans le petit matin. Pour rien. Il m'a mené ici pour rien. Nous serons vaincus. Ou ils seront vainqueurs sans nous. Tous ces crimes, pour rien. Il n'avait pas pensé à ça. Il disait : il faut faire quelque chose. Qu'a-t-il fait? Seule ta mort est sûre, et cette nuit.*

« Je ne la verrai plus. C'est fini », pensait-il dans le train qui l'emportait loin de Paris. Lentement, comme une plaie, le passé se refermait. Maintenant, la décision était derrière lui, toute pareille aux choses qu'il n'avait pas choisies et qui existaient. *Avoir décidé.* Ce n'était pas plus criminel que d'avoir vécu. La rupture avec Hélène ne pesait ni plus ni moins sur son cœur que le dîner au « Port-Salut ». *Avoir décidé de le tuer; l'avoir tué; être mort.* D'ailleurs, il ne regardait plus derrière lui. Il regardait l'avenir, là-bas, au bout des rails. Un seul but, un seul chemin. Il redevenait un soldat. Les belles vacances! voilà qu'il était seul, comme dans les prairies de son enfance où les pommes craquaient sans remords sous la dent et tout était permis : il pouvait sans danger s'étirer, se vautrer, prendre, briser; ses gestes ne menaçaient plus personne; il n'y avait plus personne en face de lui; les hommes n'étaient que des instruments, ou des obstacles, ou un décor, et toutes les voix s'étaient tues, les voix chuchotantes, les voix menaçantes, les voix de l'inquiétude et du remords. On n'entendait que le grondement des canons, les avions, le sifflement des balles. Tranquillement, comme on croque une pomme, il lançait les grenades, il déchargeait son fusil. Les canons tiraient sur les chars et sur les camions blindés; lui, son travail c'était de tirer sur des hommes. Mais le béton, l'acier, la chair, tout était également matière. Il n'était qu'un rouage dans la machine de fer et de feu qui barrait la route à une autre machine. « C'est moi », pensa-t-il un jour avec stupeur, couché à la lisière d'un bois, avec un fusil mitrailleur entre les mains; et il eut envie de rire; là-bas, au milieu du champ labouré, des hommes tombaient sous les balles et son cœur était léger. « C'est moi qui les tue. » Même cela c'était permis. Parce qu'il savait ce qu'il voulait. Il n'était qu'un soldat et il riait parce qu'il ne pouvait plus rien faire de mal. Quand il sentit cette douleur dans son flanc gauche, alors il sut qu'il ne pouvait plus rien faire du tout. Il était tout à fait perdu, tout à fait sauvé, et il sentit la paix monter en lui comme une fièvre.

Perdu dans l'odeur du chloroforme, dans la blancheur des draps et le silence de la grande salle claire : rien qu'une souffrance anonyme. Le temps ne coulait plus. Un seul instant, toujours le même : cette pure douleur. Il flottait seul avec son corps, il ne pesait plus sur la terre : une douleur sans poids. Il aurait suffi de souffler dessus pour l'éteindre et ça n'aurait fait pour personne aucune différence; ça n'éclairait pas, ça ne chauffait pas : un feu follet.

Peu à peu le monde se reforma autour de lui et de nouveau il était dans le monde; la blessure se cicatrisait : « Que se passe-t-il? ». Il marchait pieds nus sur le linoléum, il regardait par la fenêtre la plaine rouge, les champs de lavande bleue. L'armée française reculait vers la Seine; on disait que les Allemands étaient à Rouen. Mais il voulait dormir encore un peu.

Quel réveil! Il s'était glissé dans le petit bureau, il avait tourné le bouton de la T. S. F. Et une voix avait parlé, en français, avec un accent rauque. « Nous sommes entrés dans Orléans. Un capitaine avec quelques hommes est entré dans Verdun et Verdun est tombé.

Les armées françaises coupées en cinq tronçons fuient en déroute; les réfugiés encombrent les routes par millions; toute la France est en décomposition. » Cette voix arrogante, triomphante, qui clamait leur victoire. Notre défaite. Ma défaite. Il avait courbé la tête, il était resté longtemps immobile, la bouche pleine d'une amertume insupportable qui était le goût même de sa vie. Parce que nous n'avons pas osé vouloir. Il entendait la voix de Paul. Il revoyait les yeux de Blumenfeld. Comme les soirs de printemps étaient tendres, comme les drapeaux claquaient, rouges et tricolores, sous le soleil du 14 juillet! « Pas de grève politique. » Cette prudence, cette prudence insensée! « Je ne pousserai pas mon pays à la guerre. » Et c'est la guerre, la guerre perdue. Nous n'avons pas osé tuer, nous n'avons pas voulu mourir, et cette vermine verte nous dévore vivants. Les femmes et les nouveaux-nés crèvent dans les fossés; sur ce sol qui n'est déjà plus le nôtre un immense réseau de fer s'est abattu, enserrant par millions les hommes de France. A cause de moi. Chacun est responsable de tout. Une nuit, sous le piano, il griffait le tapis, et cette chose amère était dans sa gorge; mais il n'était qu'un enfant, il avait pleuré et dormi. Une nuit dans les rues, il avait marché comme un fou, les yeux rivés sur un visage saignant; mais il était jeune, il avait la vie devant lui pour essayer d'oublier son crime. Maintenant sa vie était derrière lui, sa vie perdue. C'était trop tard, tout était fini. Parce que j'ai voulu me garder pur alors qu'elle était installée en moi, mêlée à ma chair, à mon souffle, la pourriture originelle. Nous sommes vaincus; les hommes sont vaincus. A leur place, proliférera sur la terre une race animale neuve; la palpitation aveugle de la vie ne se distinguera plus de la pourriture de la mort; la vie se gonfle, pullule et se défait d'un rythme égal, muscles, sang, sperme et grouillement de vers repus. Sans témoin. Il n'y aura plus d'hommes.

La chaussée fuyait, luisante et vide vers les frontières de Paris; elle semblait démesurément large; seules quelques bicyclettes fendaient le silence. Les rares passants avaient tous un air solitaire; dans l'exil, dans le malheur et dans la peur ils avaient éprouvé leur solitude et ils étaient restés craintivement rétractés dans leur peau, perdus au sein du cataclysme comme dans un désert. Il était seul lui aussi; il rôdait depuis le matin dans Paris avec sa prime de démobilisation dans sa poche; l'imprimerie était fermée, sa mère loin de Paris. Il ne savait rien d'Hélène. Seul. Mais il était là. Tout un homme. Il marchait sous le soleil morne. Les magasins dormaient d'un sommeil de fer; à travers les grilles écaillées des boucheries rouges, on apercevait des marbres nus; devant la porte fermée d'une épicerie, une longue queue noire stagnait. « Le tour de la France viendra. » Vienne. Prague. Paris. Sur les vitres d'un chapelier, un large papillon jaune était collé : « Maison juive. » Il marchait. « Je suis là. Mais que puis-je faire? » Seul comme tous les autres. Eux, cependant, ils avançaient en longues files sur les boulevards déserts, entourés comme d'une nuée de la forte odeur de leurs bottes; des camions les transportaient en masse compacte jusqu'en haut de Montmartre, ils faisaient au pas cadencé le tour de la place du Tertre et quand un coup de sifflet brisait leurs rangs, ils restaient coagulés par douzaines pour aller photographier le Sacré-Cœur. Le bruit de leurs pas, le claquement de leurs talons, leurs chants, leurs uniformes tissaient entre eux un immense réseau vert-de-gris, si épais, si enchevêtré qu'il était impossible d'y discerner aucune figure individuelle. Il acheta un journal et le froissa avec colère. Nos maîtres. Et nous courbons la tête, sans parler, sans bouger. En Pologne, les femmes tiraient par les fenêtres, elles empoisonnaient les puits.

— Seule une collaboration loyale peut éviter de nouveaux désastres, dit Gauthier. Pourquoi refuses-tu? Jamais encore nous n'avons eu la chance de pouvoir donner à la *Vie Syndicale* une telle ampleur. Et tu ne seras jamais obligé d'écrire autre chose que ce que tu penses.

— Je veux écrire *tout* ce que je pense ou rien.

— Mais tu pourras tout écrire, dit Gauthier. Après tout, n'avons-nous pas toujours souhaité une organisation plus équitable de l'Europe?

Il m'avait donné rendez-vous à la terrasse d'un café; un grand café bourgeois où il semblait bien à son aise. Ça devait être le genre d'endroit qu'il fréquentait à présent. Tout autour de nous, c'était un pullulement d'uniformes verts où le cuir jaune des étuis à lorgnettes mettait une note touristique. Une femme passait entre les tables, portant à son cou une corbeille pleine de photographies, de journaux illustrés et de « souvenirs de Paris ». Comme au temps des Américains. Ils faisaient pleuvoir avec insouciance dans la corbeille de beaux billets de papier neuf aux dessins inconnus. Presque tous avaient commandé du champagne. A côté du seau à glace, ils avaient posé de petits paquets soigneux : du chocolat, des parfums, du linge de soie. Ils achevaient de dévaliser tendrement les derniers magasins de luxe de Paris.

Je regardai Gauthier avec colère :

— Est-ce que beaucoup de camarades pensent comme toi?

— Quelques-uns. Ses yeux me fuyaient : Aucun d'entre nous ne voulait cette guerre.

— Ce n'est pas cette paix que nous voulions, dis-je.

— C'est la paix, dit-il.

Vienne : la paix. Prague : la paix. Paris; dirons-nous encore : la paix?

Je regardais une jeune Allemande à une table voisine qui confiait un paquet de thé au garçon avec mille recommandations; elle posa sur la table un petit pot de confiture, du beurre, du sucre. Nous buvions du café d'orge à la saccharine. Ils étaient parmi nous comme un peuple colonisateur au milieu d'une foule indigène; deux mondes qui glissaient l'un sur l'autre sans se pénétrer. Ils vivaient à l'échelle de l'automobile, de l'avion; nous n'avions plus que nos pieds, à la rigueur des bicyclettes. Les distances n'étaient pas les mêmes pour nous et pour eux, ni le prix d'un verre de vin.

— Tu vas vraiment accepter de leur vendre le journal? dis-je.

Gauthier eut un sourire sec : Pourquoi ne travaillerait-on pas sous leur contrôle? le contrôle de Daladier ne te gênait pas. Il haussa les épaules. Je t'aurais cru plus lucide.

— Je suis lucide. Toi aussi. Tu sais ce que tu fais. Je me levai : Si tu peux encore te regarder dans une glace après ça, tant mieux pour toi.

La colère me faisait trembler. La colère contre Gauthier; contre moi. Paul avait-il eu raison? Avions-nous été des traîtres? J'essayais avec angoisse de conjurer le passé : non, nous n'étions pas des lâches; non, nous n'avons pas trahi. *Prouve-le. Prouve-le. C'est à toi de le prouver.* Mais n'étais-je pas en train de trahir? Entre Gauthier et moi, quelle est la différence? Il rampe devant eux, il est plus franc que moi. Mais moi aussi, je suis complice. Je marchais dans Paris et chacun de mes pas scellait cette complicité : je mange le pain qu'ils me donnent, le pain qu'ils refusent à Léna Blumenfeld, à Marcel, à la Pologne affamée; ma cage est large, et j'arpente docilement ma cage. Non, dit-il, non. Il regarda ses mains qui tremblaient. C'est inutile; la colère est inutile; les questions sont inutiles; le passé est passé :

à moi de décider si c'est un passé d'esclave ou le passé d'un homme. *Prouve-le*. Je ferai la preuve.

« Que peut-on faire? » Mais il savait que tout arrive par les hommes et que chacun est tout un homme. L'un après l'autre, il alla trouver ses camarades. Nous ne sommes pas seuls si nous nous unissons, disait-il. Nous ne sommes pas vaincus si nous luttons. Tant que nous serons là il y aura des hommes. Il parlait, et ses camarades allaient trouver d'autres camarades et parlaient. Et déjà parce qu'ils parlaient, ils étaient unis, ils étaient en lutte, les hommes n'étaient pas vaincus.

— Il ne suffit pas de parler, dit-il.

Les deux messieurs le regardèrent avec inquiétude. Tous deux grisonnaient; les yeux de Leclerc étaient doux et bleus au milieu d'un visage affable; les traits de Parmentier étaient réguliers et secs; il avait un air protestant.

— Je sais, dit Parmentier. Un danger nous guette; faute de buts précis nos réunions dégénéreront fatalement en cercles d'études ou en conversations de salon.

— C'est pourquoi nous accepterions volontiers de collaborer avec vous pour créer un journal, dit Leclerc, et aussi pour rédiger des tracts et pour les diffuser.

— Ça ne suffit pas non plus, dit-il.

Leclerc se caressa le menton d'un air perplexe. On n'entendait aucun bruit. Des rideaux, d'épais tapis, des portières de cuir étouffaient les échos du monde. Sur le bureau massif il y avait trois tasses de café et des verres pleins d'alcool. Des livres recouvraient les murs.

— Que faire? dit Leclerc. Il ajouta vivement, comme pour éviter une réponse : On pourrait essayer aussi de constituer un service de renseignements.

— Tout ça, ce ne sont que des semblants d'action, dit Blomart.

Il y eut un silence. A présent dans cette pièce civilisée et calfeutrée, une menace planait. Ces hommes n'étaient pas des lâches; ils savaient oser, vouloir, mais juste assez pour se mettre en paix avec eux-mêmes. C'était cette paix qui était en jeu soudain : ils eussent préféré n'importe quel autre risque.

Parmentier rassembla son courage : « Qu'est-ce que vous envisagez? » dit-il.

— De vrais actes, dit Blomart.

— Des actes, dit Leclerc. Il ne regardait pas Blomart. Il regardait en lui-même. Cette barrière rassurante dressée en travers de sa route, il n'avait jamais voulu se demander quelles mains l'avaient élevée. Ses propres mains. Il pouvait la détruire. C'est de lui qu'il avait peur.

— Avec de l'argent, il serait facile de se procurer des armes, dit Blomart. Et j'ai des camarades capables de fabriquer des explosifs. Nous sommes prêts à prendre tous les risques.

— Oh! l'argent, ça ne manque pas, dit Leclerc.

— Ce n'est pas que je réprouve la violence par principe, dit Parmentier. Mais je vous avoue que je ne vois pas bien l'utilité d'assassiner quelques malheureux soldats irresponsables.

— Si nous voulons constituer une force capable de rallier des masses, capable de tenir le coup jusqu'à la fin de guerre et de construire l'avenir, nous devons agir, dit Blomart. Nous n'existons que si nous agissons.

— On pourrait peut-être se livrer à des sabotages, dit Leclerc.

— Il faut des actes bien visibles, dit Blomart. Des trains de munitions qui sautent, des hôtels réquisitionnés qui explosent. Il faut que les Français se sentent encore en guerre. Voulez-vous créer ou non une résistance? Ce n'est pas avec des V, des croix de Lorraine, des cannes à pêche que vous maintiendrez le pays dans un état d'agitation.

— Avez-vous pensé qu'il y aurait de terribles représailles? dit Parmentier.

— Justement, dit Blomart.

— Justement?

Parmentier regardait Blomart avec scandale. « Je sais », pensa Blomart. Qui savait mieux que lui? Il était là, un verre de fine dans sa main et disposant avec des mots d'un sang qui n'alimentait pas son propre cœur. Mais ce n'était pas de lui qu'il était question.

— Ce sont ces représailles que j'escompte, dit-il. Pour que la politique de collaboration soit impossible, pour que la France ne s'endorme pas dans la paix, il faut que le sang français coule.

— Ainsi, vous laisseriez fusiller sans remords des innocents? dit Parmentier.

— J'ai appris de cette guerre que le sang qu'on épargne est aussi inexpiable que le sang qu'on fait verser, dit Blomart. *Pas de grève politique. Je ne pousserai pas mon pays à la guerre. Et nous voilà. Assez. Assez. Cette prudence insensée.* Pensez à toutes ces vies que notre résistance sauvera peut-être.

Ils se turent longtemps.

— Mais si notre effort avorte, dit Parmentier, nous nous retrouverons chargés de crimes inutiles.

— Sans doute, dit Blomart. De toutes façons on était toujours criminel, mais ces deux-là ne le savaient pas, le crime leur faisait peur : Mais nous devons supposer la réussite. De toutes façons, vos partisans risquent la prison, la mort. Un journal, des tracts ce ne sont pas non plus des entreprises sûres.

— Ce n'est pas pareil, dit Parmentier. Nos membres ont accepté le risque.

— Ils l'acceptent pour un certain résultat. Si nous les mettons en danger, sans profit, alors nous sommes coupables. Non, dit Blomart. Nous ne devons nous soucier que du but à atteindre et faire tout ce qu'il faut pour l'atteindre.

— Vous estimez que tous les moyens sont bons? dit Leclerc avec incertitude.

— Au contraire. Tous les moyens sont mauvais, dit Blomart.

Naguère, il rêvait lui aussi de garantir ses actes par de belles raisons sonnantes; mais ç'aurait été trop facile. Il devait agir sans garantie. Compter les vies humaines, comparer le poids d'une larme au poids d'une goutte de sang, c'était une entreprise impossible, mais il n'avait plus à compter, et toute monnaie était bonne même celle-ci : le sang des autres. On ne paierait jamais trop cher.

— Voilà. Nous avons l'argent, dit-il à ses camarades.

— Tu es un as! dit Laurent.

— Enfin, on va pouvoir travailler pour de bon! dit Berthier.

Tous riaient. Mais sur quelques visages il y avait de l'angoisse.

— Si seulement on savait pour qui on va travailler, dit Lenfant. Si c'est pour ramener Reynaud et Daladier...

— Non, dit Blomart. Tu le sais bien. Nous travaillons pour devenir forts, et pour que demain ce soit nous qui commandions.

— Serons-nous assez forts? dit Lenfant.

« C'est vrai », dit Berthier. « Comment être sûr que nous ne luttons pas pour le capitalisme bourgeois, pour l'impérialisme anglosaxon, pour le triomphe des forces réactionnaires? »

Il a hésité. C'était vrai. Jamais on ne savait d'avance ce qu'on était en train de faire. Il a hésité; mais il a répondu d'une voix assurée : « Tout vaut mieux que le fascisme. » Et en lui-même il se disait : au moins, on peut savoir ce qu'on veut; il faut agir pour ce qu'on veut. Le reste ne nous regarde pas.

Il voulait. Il allait, sachant ce qu'il voulait. *Ne sachant pas ce qu'il faisait.* Piétinant les vieux pièges de la prudence, jeté aveuglément vers l'avenir et refusant le doute : *peut-être tout a été inutile; peut-être je t'ai tuée pour rien.*

X

Hélène referma son livre; elle ne pouvait plus lire. Elle regarda le ciel noir au-dessus du Panthéon. Le temps était orageux, mais ce n'étaient pas des nuages qui cachaient le soleil; une fine cendre noire flottait dans l'air épais. On disait que tout autour de Paris il y avait des réservoirs d'essence qui brûlaient. L'horizon grondait et de petites vapeurs blanches se déroulaient contre le fond sombre du ciel. Ils approchaient; une menace de plomb écrasait la ville; bientôt les dernières barrières allaient céder, ils déferleraient par les rues. Autour d'Hélène, la terrasse du Mahieu était déserte. Déserte, la rue Soufflot. Pas un taxi. Des autos filaient sur le boulevard Saint-Michel, à sens unique, vers la porte d'Orléans. Le boulevard était devenu une grand'route qui perçait la ville de part en part; une route de fuite par où la vie s'écoulait à grands flots. Cependant un homme en cotte bleue, juché sur une échelle, nettoyait avec soin le globe d'un réverbère.

« Demain, ils seront là. » Hélène regarda au loin avec un peu d'inquiétude. L'auto devait arriver à dix heures. Elle ne voulait pas se trouver prise au piège dans cette ville sans issue. Le silence envelopperait les rues figées entre des façades aveugles; chaque habitant serait plus seul qu'un sinistré perdu dans une campagne inondée. C'était difficile de croire que les maisons demeureraient solidement enfoncées dans la terre, et que les marronniers déverseraient une ombre inaltérée sur les jardins du Luxembourg.

Parmi le flot impétueux des automobiles, des tombereaux de réfugiés défilaient lentement, transportant des villages entiers. C'étaient de vastes chariots, traînés par quatre à cinq chevaux et chargés de foin que protégeait une bâche verte; aux deux extrémités s'amoncelaient des matelas, des bicyclettes, et au milieu, figée dans une immobilité de cire, la famille se tenait en groupe à l'ombre d'un grand parapluie. On aurait dit un tableau vivant composé pour un cortège solennel. Les larmes montèrent aux yeux d'Hélène. « Moi aussi, je vais m'exiler. »

Elle regarda autour d'elle. Tout son passé était là, parmi ces îlots de pierre. Sur ce trottoir elle jouait à la marelle avec Yvonne, sous l'œil bienveillant de Dieu. Près de ce réverbère, Paul l'avait embrassée. En haut de cette rue, Jean avait dit « Je t'aime. » Elle essuya ses yeux. Dieu n'existait pas, elle n'aimait pas Paul. Jean ne l'aimait pas. Toutes les promesses étaient fausses. L'avenir s'écoulait goutte à goutte hors de la ville, et le passé se vidait; une carapace sans vie qui ne méritait pas un regret; il tombait déjà en poussière; il n'y avait plus de passé; il n'y avait pas d'exil. La terre entière n'était qu'un exil sans retour.

La dame du lavabo sortit du café, une lourde valise à la main. A ce moment, l'auto de M. Tellier s'arrêta contre le trottoir et la tête de Denise apparut à la portière : « Vous ne savez pas, cria-t-elle. On vient de nous dire que les Russes et les Anglais ont débarqué à Hambourg! » Elle saisit la valise d'Hélène. A l'intérieur de la voiture, sur le toit, il y avait un amoncellement de valises; on avait amarré une bicyclette devant les phares. Hélène s'assit à l'arrière à côté de Denise et l'auto démarra. Le patron de la grande épicerie était en train de tirer les grilles derrière lesquelles s'abritaient des boîtes de fruits au sirop. Tous les magasins étaient fermés.

— Vos parents ne partent pas? dit Denise.

— Ils ont peur qu'on pille le magasin, dit Hélène. Elle ajouta d'une voix forte : Votre père est si aimable de m'emmener!

— C'est tout naturel, dit M. Tellier. La maison est grande. Il y a de la place pour tout le monde.

L'auto franchit la porte d'Orléans et s'engagea sur une petite route. Le ciel était bleu au-dessus des villas fermées et on aurait pu croire à un départ pour le week-end. « C'est fini, pensa Hélène, pour toujours. » Pour toujours, elle était restée là-bas, dans l'ombre des marronniers, dans l'odeur de miel et de cacao; pour toujours dans la ville engloutie, engloutie elle aussi avec le fantôme de son amour perdu. Celle qui se penchait à la portière, ce n'était plus qu'une réfugiée parmi des millions d'autres.

Sur la route, on apercevait des charrettes semblables à celles qui défilaient tout à l'heure sur le boulevard; mais elles s'étaient démantibulées : les paysans marchaient à pied à côté des chevaux, et la provision de foin était à demi consommée; ceux-là devaient venir de loin et marcher déjà depuis longtemps. De temps à autre, des chicanes barraient le chemin, et l'auto s'arrêtait derrière une longue queue de voitures qui se traînaient lentement dans la poussière comme une chenille désarticulée.

— Demain, on ne pourra plus rouler, dit M. Tellier; il tourna la tête : Avez-vous faim?

— On pourrait s'arrêter au prochain village, dit Denise.

— Arrêtons-nous.

Devant leurs maisons fleuries de roses et d'iris les paysans guettaient :

— Alors? Paris est pris? c'est foutu?

— Paris n'est pas la France, dit M. Tellier.

Ils entrèrent dans un café. Denise déballa des sandwiches, des brioches, des fruits et commanda des cafés. Assise à côté de la T.S.F. il y avait une femme qui écoutait le communiqué; les larmes montèrent aux yeux d'Hélène; des larmes qu'elle ne reconnaissait pas. Les siennes, elle avait appris pendant tous ces mois leur goût de désespoir et de colère; celles-ci étaient tièdes, à peine salées, elles roulaient sans souffrance sur ses joues.

Une auto couverte de feuillage comme pour une mascarade rustique était arrêtée devant la porte; elle arrivait d'Évreux : Évreux était en flammes, Louviers flambait, Rouen flambait. Tout l'après-midi, on croisa sur la route des voitures qui descendaient de Normandie, bondées de matelas, camouflées de branchages qui leur donnaient un air de fête. « Quelque chose arrive », pensa Hélène. « Pas à moi. Je n'ai pas d'existence. Quelque chose arrive au monde. » Il ne s'agissait plus d'un repli, d'une retraite. Dans les yeux pleins d'angoisse et de reproche qui guettaient le défilé des voitures, sur les visages poussiéreux des fuyards, parmi les couvertures, les brocs, les chaises entassées sur les camions, la défaite était là.

Le soir tomba. Les charrettes étaient arrêtées contre les talus, les chevaux dételés; les gens allumaient des feux pour faire cuire la soupe et préparaient un campement pour la nuit. Hélène pensa aux pionniers des films de Far-West. Elle se sentait aussi dépaysée que si elle se fût trouvée sur une terre lointaine. Comme si le temps était devenu un vaste espace inexploré.

— On va s'arrêter un moment à Laval pour téléphoner à maman que nous arrivons, dit M. Tellier.

Une immense cohue avait échoué au cours de la journée dans la calme petite ville. Les trottoirs étaient bondés d'automobiles, les terre-pleins noirs de réfugiés; les plus riches étaient affalés sur des chaises devant les tables des cafés qui submergeaient des places tout entières; d'autres gisaient à même le sol.

— Reste dans la voiture. Je monte à la poste avec Hélène, dit Denise.

Elle prit le bras d'Hélène et dès qu'elles se trouvèrent seules, son visage s'altéra.

— On va être coupé de tout, dit-elle. Je n'aurai plus de nouvelles de Marcel. Comment vais-je vivre sans rien savoir?

Hélène ne répondit rien. On ne pouvait rien répondre. Sans savoir. Il n'y avait rien à savoir. Seulement ce corps fatigué, ce cœur qui bat, qui ne bat plus pour personne, un cœur anonyme. L'Histoire se déroule, et moi je n'ai plus d'histoire. Plus de vie. Plus d'amour.

— C'est une chance pour Blomart qu'il ait été blessé, dit Denise. On va sans doute l'évacuer vers le Midi.

— Sans doute, dit Hélène. Elle avait appris sa blessure par Mme Blomart.

Elles approchèrent du guichet; dans l'odeur de poussière et de sueur, une foule harassée se pressait. Une femme en noir, toute petite et misérablement vêtue leva vers la téléphoniste un visage implorant : « S'il vous plaît, Madame, voulez-vous téléphoner pour moi? » La téléphoniste haussa les épaules. « S'il vous plaît, Madame?» répéta la femme.

Hélène lui toucha l'épaule : « Où voulez-vous téléphoner? »

— Au village, pour qu'on prévienne mon mari.

— Quel village?

— C'est à Rougier, dit la femme.

— Attendez, je vais vous chercher ça, dit Hélène. Elle feuilleta l'annuaire. Rougier : Maine-et-Loire : A qui faut-il téléphoner?

— Je ne sais pas, dit la femme.

Il y avait dix abonnés à Rougier. « A Boussade? »

— Eh non! il n'est plus au village.

— A Fillonne?

— Pensez! il est aux champs à cette heure-ci!

— A Mercier?

— Oh! non! dit la femme d'un air effaré.

Elle était perdue sans espoir dans ce monde trop vaste. Nous sommes tous perdus. Me retrouverai-je jamais? pensa Hélène. A quoi bon? A quoi bon les ongles qui s'accrochent et ce cœur qui voudrait ne plus vouloir et qui veut encore, et qui veut vouloir malgré soi? Ne plus rien vouloir. Ne plus rien savoir. Être là simplement, tout occupée à entendre le glou-glou tranquille de la vie qui fuit sans aller nulle part.

Elles redescendirent vers la voiture. M. Tellier roulait une cigarette, appuyé contre le capot.

— Les Russes n'ont pas mobilisé, dit-il. Et les Italiens viennent de nous déclarer la guerre.

**

Des camions pleins de femmes, d'enfants, de literie, de vaisselle traversaient chaque jour le village. Ils venaient d'Alençon, de Laigle. Un soir, le conducteur cria : « Ils sont au Mans. » Les habitants de la maison se regardèrent. Les parents de Denise, sa grand'mère, une tante et deux belles-sœurs. La voiture de M. Tellier était trop petite pour emmener la famille entière. Et personne ne se souciait de ressembler à ces réfugiés hâves qui venaient le soir implorer un toit pour la nuit.

— Nous devons donner l'exemple à la population, dit Mme Tellier. Nous resterons ici.

Le lendemain, dès l'aube, les villageois s'enfuyaient en camionnette, en carriole, à bicyclette. Ceux qui ne pouvaient pas partir fermaient leurs magasins, leurs maisons, et couraient se cacher au fond des campagnes. Le canon grondait au loin et on entendait de temps à autre le bruit sourd d'une explosion : c'étaient les réservoirs à essence d'Angers qui sautaient.

— Nous allons dresser la tente au fond du grand pré, dit Mme Tellier.

— A quoi bon? dit Denise. Elle était dans le jardin avec Hélène; elle regardait passer sur la route ensoleillée les camions qui venaient de Laval. Trente kilomètres. Quelques heures à peine. On est en train de signer l'armistice. On va être tranquille. On ne se battra pas.

— C'est quand même plus prudent de ne pas se montrer, dit le

Hollandais qui logeait avec sa femme et sa belle-mère dans le pavillon du jardin.

Mme Tellier s'éloigna, les bras chargés de couvertures; le Hollandais marchait derrière elle, tenant à la main un panier plein de provisions. Denise s'accouda à la barrière.

— Je suis sûre que Marcel est prisonnier, dit-elle d'une voix sourde. Ils ont été pris par derrière.

— Peut-être les a-t-on fait fuir à temps, dit Hélène.

Denise se mordit la lèvre : « Je ne le reverrai plus avant des années! ».

Un camion déboucha. Un camion militaire chargé de soldats français qui chantaient. Un autre camion passa. Encore un autre. Les hommes agitaient la main en riant.

— Ils chantent! dit Denise.

— La guerre est finie et ils ont sauvé leur peau, dit Hélène.

Une auto s'arrêta; et quatre officiers en descendirent. Ils ressemblaient à ceux de Pecquigny, élégants, désinvoltes, avec deux trous liquides au milieu du visage. « C'est bien la route de Cholet? » demanda un jeune lieutenant.

— Oui, dit Denise.

— Ce qu'il faudrait savoir, dit le colonel d'un air perplexe, c'est si les Allemands sont oui ou non à Angers. Il regarda Denise avec décision : Où est la poste?

— Je vais vous conduire, dit Denise. Elle poussa la barrière. Deux soldats passèrent, sans casque, sans fusil, appuyés sur des bâtons : des prisonniers échappés des mains allemandes. Personne d'autre dans les rues. La garde d'élite qui, les jours précédents déambulait fièrement dans la grand'rue, le fusil sur l'épaule, avait fondu d'un seul coup.

A l'intérieur de la poste, le téléphone sonnait. La porte était fermée à clef.

— Où sont les responsables? dit le colonel d'un ton courroucé.

— Quelque part dans les champs, dit Denise.

— C'est insensé! dit le colonel. Il fit signe à un lieutenant : Enfoncez-moi ça!

Le lieutenant donna un violent coup d'épaule dans la porte.

— Ça ne marche pas, dit-il, il faudrait une hache.

— Je vais en chercher une, dit Denise.

A présent, des canons et des tanks traversaient le village.

— Ils seront bientôt ici? dit Hélène.

— Dans une heure. Mais n'ayez pas peur. Il ne se passera rien, dit le lieutenant; il sourit avec importance : « Nous allons jusqu'à la Loire pour tenter une action retardatrice. »

— Voilà la hache, dit Denise. Le lieutenant fit sauter la serrure. Le colonel entra et revint au bout d'un instant.

— Allons! dit-il. Ils s'acheminèrent vers l'auto.

— Rentrez dans vos maisons, dit le lieutenant.

— Nous rentrons, dit Denise. Elle regarda l'auto qui filait vers la Loire. Les tanks continuaient à défiler, leurs mitrailleuses tournées vers le sud, le dos à l'ennemi.

— Denise! appela Mme Tellier. Venez tout de suite toutes les deux!

— Je reste dans la maison, dit Denise. Je veux voir.

— Ton père ne veut personne aux fenêtres : c'est comme ça que les accidents arrivent, dit Mme Tellier avec agitation. Elle portait son collier de perles à son cou, et à ses doigts toutes ses bagues; son ventre, sa poitrine se boursouflaient de grosseurs insolites.

— Mais je n'ouvrirai pas les volets, dit Denise; elle rit... Tu crois que tes bijoux sont à l'abri?

— Ils n'oseront pas les prendre sur moi, dit Mme Tellier.

Hélène monta dans la chambre de Denise; elles approchèrent de la fenêtre et poussèrent légèrement les persiennes. Un tank encore passa sous la fenêtre. Puis la route resta déserte. Le cœur d'Hélène se serra. A présent, le village gisait abandonné, entre la France et l'Allemagne, sans maître, sans loi, sans défense. Tous les volets étaient clos; dans les maisons blanches de soleil, plus rien ne vivait. On se sentait hors du monde; on flottait, suspendu au cœur d'un mystérieux délire sans commencement ni fin.

— Ah! dit Denise. Elle saisit la main d'Hélène. Quelque chose explosa au coin de la rue et les vitres du restaurant volèrent en éclats. Puis il y eut un grand silence et soudain une voix gutturale cria des mots inconnus. Ils apparurent. Ils étaient tous grands et blonds avec des visages roses; ils marchaient d'un air grave, sans regarder autour d'eux, à pas durs comme l'acier. Vainqueurs. « Nous sommes vaincus. Qui, nous? » Il y avait des larmes dans les yeux de Denise. « Et moi? » pensa Hélène. « La France est vaincue. L'Allemagne victorieuse. Et moi, où suis-je? Il n'y a plus de place pour moi! » Les yeux secs, elle regardait passer les hommes et les chevaux, les

tanks, les canons étrangers, elle regardait passer l'Histoire qui n'était
pas la sienne, qui n'appartenait à personne.

**

Le Hollandais se planta devant les trois femmes assises au bord
du trottoir; il balançait au bout de son bras le bidon vide.

— Il n'y avait pas d'essence, dit-il.

La belle-mère haussa les épaules : « Naturellement. »

Les gens disaient que depuis huit jours on annonçait l'arrivée d'un
wagon-citerne. Personne n'y croyait plus.

Le Hollandais posa son bidon : « Je voudrais bien manger. »

— Moi aussi. J'ai faim, — faim, dit la jeune femme d'une voix
enfantine.

« Ils ne mangeront pas de si tôt », pensa Hélène. Les magasins
du Mans étaient plus dévastés qu'un champ après une pluie de saute-
relles. Pas un morceau de pain, pas un fruit; pas une place dans les
restaurants grouillants de soldats verts et gris. Hélène n'avait
plus faim; elle n'avait plus aucun besoin; elle pourrait rester indéfiniment assise sur ces pierres, dans l'étroite bande d'ombre que le
soleil rongeait. Tout au long de la rue, les gens déambulaient, de la
place de la Préfecture à la grand'place où se dressait la Kommandantur, tenant à la main des bidons, des arrosoirs vides; de temps
en temps, ils posaient le récipient sur le sol, ils s'asseyaient un court
moment et repartaient; un peu plus tard, on les voyait passer dans
l'autre sens, renvoyés de la Kommandantur à la Préfecture, les bidons
et les arrosoirs vides au bout de leurs bras. Inlassablement. Comme
Sisyphe, comme les Danaïdes. Dans la chaleur foudroyante des
enfers, la vie tournait en rond de plus en plus vite, pareille à un
manège affolé. Des milliers d'autos stagnaient sur le terre-plein
entourées de femmes et d'enfants aux yeux mornes, assis à l'ombre
des voitures sur des ballots, sur des matelas, sur le sol. D'autres
autos grises et luisantes, des voitures blindées filaient dans la grand'-
rue; des motocyclettes pétaradaient autour de la place. Les cafés
dégorgeaient jusqu'au milieu de la chaussée des milliers de jeunes
soldats sanglés dans des uniformes neufs; des files de soldats
fendaient d'un pas dur la foule écrasée par le soleil et par la faim.
Un haut-parleur diffusait une musique militaire. Et cette voix de
feu, cette lumière sans vie, cet air opaque existaient depuis l'éveil

des temps, pour l'éternité. Hélène était devenue éternelle; le sang avait séché dans ses veines; elle était là sans souvenirs, sans désirs, à jamais.

— Asseyez-vous, dit la belle-mère. Ne restez pas comme ça les bras ballants!

Le Hollandais sourit. Il était rose et blond, ses dents s'avançaient au-dessus de la lèvre inférieure dans un sourire figé pareil à celui d'un enfant ou d'un cadavre.

— Fais attention au soleil, dit la jeune femme. Son chapeau blanc s'était défraîchi depuis la veille et sa robe s'était fripée. Elle tendit à son mari un grand cornet de papier : Mets ça sur ta tête.

Il obéit docilement et toujours souriant s'assit sur le marche-pied de l'auto.

— Il fait vraiment chaud, dit-il.

La belle-mère le regarda avec fureur.

— Dire qu'avant-hier à Angers, vous pouviez avoir vingt-cinq litres.

— La queue était si longue, dit-il d'un ton d'excuse. Je croyais que les Allemands nous ravitailleraient en route.

Quand elle avait accepté une place dans la voiture, Hélène croyait elle aussi que le réservoir était plein. De toutes façons, elle ne regrettait pas d'être partie; malgré l'amabilité de Denise, elle se sentait indésirable dans la maison surpeuplée.

— Il y a encore du monde devant la Préfecture, dit-elle.

— On devrait aller voir, dit la belle-mère.

— Ce sera comme ce matin, dit le Hollandais.

— Allons voir. On ne peut pas passer encore une nuit dans la voiture, dit sa femme.

Elle se mit debout sur ses minces talons Louis-XV. Hélène les suivit. Deux à trois cents personnes se pressaient contre les grilles, serrant contre leurs flancs des récipients vides. Des femmes faisaient bouillir des marmites au pied de la statue d'un conventionnel coiffé d'un grand chapeau à plumes. D'autres dormaient, couchées sur des matelas.

— Il y a trop de monde, dit le Hollandais.

— Un peu de patience, mon chéri, dit la femme. Elle pressa contre son nez un petit mouchoir de dentelle :

— Ça ne sent pas très bon.

Hélène se tourna vers une femme :

— Qu'est-ce qu'on attend au juste?

— Un numéro d'ordre. Pour avoir un bon d'essence.

— Et avec le bon, on aura de l'essence?

— Le jour où l'essence arrivera.

La grille s'ouvrit, et il y eut une ruée. Hélène se trouva transportée au fond d'un grand corridor. Un homme remettait aux gens de petits carrés de papier qu'ils emportaient jalousement. Hélène saisit le sien et courut vers le Hollandais qui était resté en arrière.

— J'ai un numéro!

— Il paraît qu'il y a un garage au bout de la ville qui distribue l'essence par cinq litres, dit la belle-mère.

— Oui, dit le Hollandais. Il regardait stupidement le morceau de carton au fond de sa main.

— Eh bien! allez-y voir, dit la belle-mère en le poussant par l'épaule.

— Moi, je vais faire un tour, dit Hélène.

Elle se dirigea du côté de la gare. A défaut des cinq litres d'essence il fallait trouver un moyen de sortir de cette ville brûlante et saccagée. Tant pis pour les Hollandais. Peut-être parviendrait-elle à se hisser dans un train. Là-bas, au bout des rails, il y avait un lit frais, du pain d'épice, du thé chaud. Elle entra dans le hall.

— A quelle heure y a-t-il un train pour Paris? dit-elle.

— On n'accepte aucun voyageur pour Paris. Jusqu'à Chartres seulement, dit l'employé.

Hélène hésita. Une foule inerte, couchée sur le sol, parmi les ballots, attendait on ne savait quoi. Tout valait mieux que cette résignation stupide.

— Donnez-moi un billet pour Chartres.

— Avez-vous des papiers prouvant que vous habitez Chartres? Hélène tourna les talons.

— Pourquoi est-ce qu'on nous dit de rentrer chez nous, puisqu'on nous empêche de bouger? dit une femme qui tenait un enfant sur ses genoux.

— Il paraît qu'à Paris, c'est la famine, dit un homme.

— Et ici? dit la femme. Ils aiment mieux qu'on crève sur place?

Hélène la regarda. Il lui sembla soudain qu'elle sentait le poids de l'enfant sur ses genoux, et l'appel de ces yeux pleins de reproche. Avec étonnement, elle entendit en elle une voix du passé : « Les autres existent. Il faut être aveugle pour ne pas les voir. » Elle s'arrêta devant la femme.

— Vous êtes de Paris? dit-elle.

— Je suis de Saint-Denis, dit la femme.

— Je suis avec des gens qui ont une voiture, dit Hélène. Ils vont peut-être trouver de l'essence pour démarrer. Voulez-vous qu'ils vous emmènent?

— Qu'ils m'emmènent? dit la femme sans bien comprendre.

— Venez avec moi, dit Hélène. Je ne vous promets rien. Mais il y a une chance.

La femme la suivit. Une grange pour dormir. L'air frais de la campagne. Du lait. Des œufs. Demain, Paris. « Pourquoi moi plutôt qu'elle? » pensa Hélène. La tête lui tournait de soleil et de faim mais elle n'avait pas envie de nourriture ni d'ombre. C'était drôle. Autrefois, elle avait tant d'envies.

Les deux femmes étaient assises sur le marchepied de l'auto, toutes deux rousses et vêtues de clair.

— Maurice n'est pas revenu, dit la mère. Le pauvre garçon.

— Les vilains Allemands, dit la fille. Tout ça c'est leur faute.

Hélène revint vers la femme.

— Il faut attendre un peu, dit-elle. Elle s'adossa au mur. Ce n'était pas même une attente; il n'y avait rien à attendre. Je n'ai plus de vie. Rien qu'une petite flaque stagnante où se reflète la figure capricieuse du monde.

— Ils m'ont donné dix litres, dit le Hollandais.

Les deux femmes se levèrent d'un sursaut.

— Ah! dit la jeune, on va pouvoir sortir d'ici!

— Il paraît qu'un peu plus loin, c'est plus facile de se ravitailler, dit le Hollandais. Il souleva le capot. Hélène s'approcha.

— S'il vous plaît, est-ce que vous verriez quelque inconvénient à ce que je cède ma place à cette jeune femme qui est là avec son gosse? Moi je me débrouillerai si seulement vous voulez bien garder ma valise avec vous.

— Cette jeune femme? dit le Hollandais d'un air vague. La femme était misérable et dépeignée; il la regarda d'un air incompréhensif.

— Oui. Son gosse va crever si vous ne l'emmenez pas, dit Hélène d'un ton menaçant.

— Mais vous? dit la belle-mère. C'est impossible de tenir cinq là-dedans.

— Je sais, dit Hélène. Je vous ai dit que je me débrouillerai.

— Alors, qu'elle monte, dit le Hollandais.

La femme hésita.

— Montez, dit Hélène.

Elle monta à côté de la belle-mère qui l'examina d'un air rancuneux.

— Vous ne venez pas? dit la femme.

— Non, dit Hélène. Elle sourit au Hollandais : Au revoir. Merci.

Elle s'éloigna vers la grand'place. Derrière elle, la portière de l'auto claqua; la voiture démarra. Elle fuyait les rues désolées, elle filait vers une ombre tiède à l'odeur de foin coupé. Hélène restait seule dans ce flamboiement de poussière. « Autant ici qu'ailleurs », pensa-t-elle avec indifférence.

Sur la place, des soldats allemands s'affairaient autour d'un camion; les réfugiés les regardaient avec des visages pleins de crainte et d'espoir. Les vainqueurs. Les maîtres. Ils étaient jeunes et souvent beaux; leurs uniformes sans tache dégageaient leurs cous musclés; ils se penchaient avec condescendance sur le troupeau sans feu ni lieu. L'un d'eux tendit la main à une femme qui se hissa dans la voiture.

— Où vont-ils? dit Hélène.

— A Paris, dit une vieille femme. Ils emmènent des gens quand ils ont de la place.

En quelques instants, le camion s'était rempli de femmes et d'enfants.

— Est-ce qu'il y en aura d'autres?

— On ne sait pas. Il faut attendre.

Hélène s'assit sur le sol, entre la vieille femme et une fille noire aux cheveux ébouriffés.

— Eh bien! je vais attendre, dit-elle. Elle appuya la tête sur ses genoux et ferma les yeux.

Quand elle s'éveilla, la fille brune à côté d'elle mordait dans un quignon de pain. La chaleur s'était adoucie.

— Vous avez bien dormi, on dirait! dit la fille.

— J'avais sommeil, dit Hélène.

— Vous n'avez rien à manger?

— Non, je n'ai rien trouvé.

— Tenez, dit-elle d'un air mystérieux. Elle lui tendit une tranche de pain.

— Oh! merci, dit Hélène. Elle mordit avidement dans le pain. Il était compact, trop salé. Et c'était presque pénible de manger.

— Attention! dit la fille brune. Un camion débouchait sur la place : Venez, grand'mère, dit-elle en prenant la vieille femme par le bras; elle fit signe à Hélène : Venez aussi. Elles s'élancèrent.

— *Nur zwei*, dit l'Allemand en levant deux doigts en l'air. Il hissa la vieillarde dans la voiture. La fille enjamba le rebord du camion et tira Hélène par la main.

— C'est ma sœur, dit-elle au soldat. Montez, montez donc. Hélène s'accrocha au camion. Le soldat rit et lui tendit la main.

Hélène s'assit tout à l'arrière, sur un bidon vide. Le camion était bourré de monde. Une bâche épaisse recouvrait toute la voiture. Dès les premiers cahots, suffoquée par l'odeur d'essence et par la chaleur, Hélène sentit son estomac qui se retournait. Elle regarda autour d'elle. Impossible de bouger. Elle frissonna. La sueur perlait à son front. Une autre femme, au bout de la voiture, vomissait avec indifférence. « Tant pis », pensa Hélène. Elle retira ses pieds, le plus loin possible, se pencha et vomit entre les bidons. Elle essuya sa bouche et son visage. Elle se sentait soulagée; il y avait à ses pieds une espèce de pâtée blanchâtre, mais personne n'y prenait garde. « Comme si on ne pouvait même plus avoir honte de son corps », pensa-t-elle. « Comme si même mon corps n'était plus moi. »

Le camion, gavé d'essence, filait sans obstacle sur les routes plates que creusait de loin en loin un trou d'obus. Au passage on apercevait le long des talus des autos renversées, des autos calcinées et aussi des tombes avec des croix. Le défilé se poursuivait : les chars à foin, les bicyclettes, les piétons. On traversa une ville : des bombes avaient crevé les toits, deux pâtés de maisons avaient flambé, devant les pans de murs brûlés s'amoncelaient des ferrailles tordues. L'exode, la misère, la mort. Et cependant dans les belles voitures gris fer des hommes jeunes et forts passaient en chantant.

« *Heil!* » cria l'un d'eux en agitant gaiement la main. Il était vêtu de gris ainsi que ses camarades et tous portaient des roses rouges sur leur cœur.

Le camion s'arrêta à la porte de Paris. Hélène sauta à terre; elle avait peine à tenir sur ses jambes. Dans une glace elle aperçut son visage tout maculé de poussière. L'avenue de la Grande-Armée était déserte. Tous les magasins étaient fermés. Un moment elle resta immobile au milieu du silence, puis elle se mit à marcher vers l'Étoile. Tout était là : les maisons, les boutiques, les arbres. Mais les hommes avaient été anéantis : personne pour ouvrir les magasins condamnés, personne pour se promener dans les rues, pour reconstruire un lendemain, pour se rappeler le passé. Elle seule survivait par miracle, intacte, absurde au milieu de ce monde sans vie. Mais elle n'avait plus ni corps ni âme. Seulement cette voix qui dit : « Je ne suis plus moi. »

*
* *

Denise avait posé le bloc sur ses genoux, et elle écrivait, de sa petite écriture abondante.

— J'ai fini, dit-elle. Nous partirons quand vous voudrez.

Hélène se souleva sur un coude. La route était encore blanche de chaleur. Cinq heures. C'était trois heures à l'heure française. L'air était lourd et la Seine coulait lentement sous le ciel immobile.

— On ne croirait jamais que c'est dimanche, dit Hélène. Elle redressa sa bicyclette couchée sur le bord du talus. Plus d'autos, plus de tandems, plus d'amoureux, plus de rires : la campagne était déserte. De loin en loin, des hommes aux torses bronzés étaient assis à l'ombre : on les reconnaissait à leurs nuques rasées. Ils étaient seuls à vivre ce dimanche de France; un dimanche d'exil. Au milieu de l'eau, dans le morne scintillement du soleil, il y en avait un tout seul dans une barque, qui jouait de l'accordéon. Les pieds d'Hélène s'immobilisèrent; l'espace et le temps avaient éclaté autour d'elle, elle avait été soudain projetée le long d'une mystérieuse dimension, au cœur d'une époque, d'un monde auxquels aucun lien ne la rattachait; perdue sous un ciel insolite, elle assistait à une histoire d'où sa présence était exclue. « Exactement comme si je n'étais pas là; comme si je n'étais là que pour dire : je ne suis pas là. » Elle se pencha sur son guidon. Toutes les villas étaient fermées; les enseignes des hostelleries commençaient à .s'éteindre et à s'écailler. Parfois derrière un portail ouvert on apercevait sur le gravier des voitures grises, et des voix rauques résonnaient dans le jardin.

— Hélène!

Hélène accéléra. Par instants, elle s'émerveillait de se trouver plongée dans cette extraordinaire aventure; mais à d'autres moments, elle avait peur; elle avait perdu la clef du chemin du retour. « Il n'y aura plus jamais rien d'autre! »

— Est-ce que votre Allemand pourra quelque chose pour Marcel? dit Denise.

— Je lui parlerai à dîner, dit Hélène. Il a un tas de relations. En tout cas, quand je serai à Berlin, je m'arrangerai pour faire des connaissances utiles.

— Il faudrait intervenir tout de suite, dit Denise. Les trois quarts des camps ont été évacués en Allemagne. Elle regarda Hélène : Vous allez vraiment partir?

— Pourquoi non? dit Hélène; elle se raidit; elle savait ce que pensait Denise, elle savait ce que penserait Jean; elle fixa avec défi le fond de l'horizon : « Tu avais raison, nous n'avions rien à faire ensemble. »

— Ça vous est égal de travailler pour eux?

— Qu'est-ce que ça change? dit Hélène.

— Ce n'est pas la question, dit Denise avec un accent de blâme. Moi je ne voudrais pas, par égard pour moi-même.

— Moi-même, dit Hélène. Elle regarda sa main sur le guidon. Moi. Hélène... Les gens avaient perdu sur les routes leurs autos, leurs armoires, leurs chiens, leurs enfants : elle s'était perdue elle-même.

— En somme, vous avez pris votre parti de la situation? dit Denise.

— Oh! je ne suis pas convertie au fascisme, dit Hélène. Mais quoi? ça existe. Et après, il y aura autre chose, et encore autre chose. Elle haussa les épaules : Alors, qu'est-ce que ça peut faire?

— Mais ce qui compte pour nous, c'est le moment que nous vivons, dit Denise.

— Il compte si nous le faisons compter, dit Hélène. Elle se rappelait. Jean disait : « C'est nous qui décidons. » Mais justement. Pourquoi devrais-je décider que c'est mon destin personnel qui compte, ou celui de la France, ou celui de ce siècle où je me trouve jetée par hasard? Elle filait sur la longue avenue pavée, sous le soleil impassible et unique, fugace comme un météore qui fend le ciel indifférent.

Elles franchirent la porte de Paris.

— Je passe porter ma lettre à la Croix-Rouge, dit Denise.

— Je vous accompagne, dit Hélène.

Le ciel s'était couvert. On baignait dans une chaleur moite. Une dizaine de jeunes femmes aux regards morts piétinaient devant la porte de la permanence. Des autos grises étaient rangées tout au long des trottoirs. Au fond de l'avenue, l'Opéra avec son dôme d'un vert orageux semblait un monument fétiche, témoin d'un âge révolu.

L'employée regarda l'enveloppe et la repoussa vers Denise :

— Nous n'acceptons plus de courrier pour Baccarat, dit-elle. Le camp a été acheminé vers l'Allemagne.

— Baccarat aussi! dit Denise.

— Oui, madame, Baccarat aussi, dit l'employée avec un peu d'impatience. Hélène saisit le bras de Denise et l'entraîna vers la sortie. Denise était devenue si pâle qu'elle semblait sur le point de s'évanouir.

— Elles sont souvent renseignées tout de travers, dit Hélène.

— En Allemagne! dit Denise.

La gorge d'Hélène se serra; sur le visage de Denise, dans la chaleur grise de cette fin de dimanche, elle reconnaissait l'ombre détestée du malheur.

— On revient même d'Allemagne, dit-elle. Nous trouverons un moyen. Elle respira profondément. Grâce au ciel, ce n'était pas son malheur; pour elle, elle en avait fini : plus d'amour, plus de vie, plus de malheur.

— Imaginez ce départ, dit Denise. Sa voix se brisa.

— Je suis sûre que Marcel s'arrange pour ne pas être malheureux, dit Hélène.

— Lui peut-être, dit Denise. Elle lâcha le bras d'Hélène : Excusez-moi. J'ai besoin de rester seule.

— Je comprends, dit Hélène. Elle serra la main de Denise : Je vous téléphonerai demain matin pour vous dire la réponse de Bergmann.

— Merci. Téléphonez, dit Denise.

Hélène lui sourit et enfourcha sa bicyclette. Souffrir pour un autre : quelle duperie! ils s'en foutent, ils font avec leur propre cœur leur petite cuisine personnelle. C'est fini, c'est bien fini. Elle traversa le boulevard Saint-Germain. Des camions blindés défilaient avec fracas, suivis de chars d'assaut d'où émergeaient des soldats tout noirs, coiffés de larges bérets qui flottaient au vent. Ils souriaient. De toute leur jeunesse émerveillée ils saluaient leur victoire. La victoire. La défaite. Il l'a perdue, sa guerre. Elle serra plus fort

le guidon. Il n'y a ni victoire, ni défaite; il n'y a ni tien ni mien :
c'est juste un moment de l'Histoire.

Hélène s'arrêta devant la confiserie, rangea sa bicyclette et monta
dans sa chambre. Elle enfila la jolie robe imprimée dont elle avait
dessiné elle-même le tissu. Dans l'armoire, un manteau clair tout
neuf se balançait sur un cintre à côté d'un beau tailleur sport. Le
client allemand payait bien.

— Bonsoir maman, bonsoir papa.

— Bonsoir, dit Mme Bertrand froidement; M. Bertrand ne leva
pas les yeux de son journal. Ils étaient alléchés par l'éclat de la
situation qui s'offrait à leur fille, mais ils la blâmaient de se compromettre avec l'envahisseur. Hélène ouvrit la porte du magasin et les
longs pendentifs de métal tintinnabulèrent gaiement. Comme autrefois, quand elle allait rejoindre Paul, ou Jean; elle aurait voulu les
arracher.

La bicyclette fila, rapide, sur le boulevard Saint-Michel. Elle
était salie, rouillée; les couches de peinture bleue et verte transpa-
raissaient sous le vernis noir; mais c'était encore une bonne machine.
« Je l'emmènerai là-bas », pensa Hélène. Elle freina; en bas du boulevard, il y avait un attroupement devant une palissade de bois. Elle
sauta à terre. Une affiche jaune était collée aux planches : « Robert
Jardiller, ingénieur à Lorient, a été condamné à mort pour acte de
sabotage; il a été fusillé ce matin. » Les gens restaient plantés sans
rien dire devant le morceau de papier. Fusillé. C'était fascinant ces
lettres grasses étalées sur le fond jaune. Fusillé. Hélène s'éloigna
brusquement : « Eh bien! il faut sans doute qu'on en passe par là »,
pensa-t-elle. Elle se mit à pédaler avec rage : « Tout ça n'a pas d'importance. Rien n'a d'importance. Rien! »

Elle poussa la porte du restaurant; parmi les bassines de cuivre
et les chapelets d'oignons, une profusion de saucissons et de jambons
pendaient des grosses poutres du plafond; de chaque côté du corridor s'ouvraient des niches où des tables étaient dressées. Herr Bergmann se leva, claqua légèrement des talons et s'inclina pour baiser
la main d'Hélène.

— Exacte comme un homme, dit-il en souriant.

Il portait un élégant complet sombre, avec un col dur; sous les
cheveux châtains, son visage avait un air affable et un peu solennel.
Il fit un signe; un maître d'hôtel, affublé d'une blouse paysanne, fit
signe à son tour à un garçon.

— Notre assiette spéciale, dit-il comme le garçon posait sur la table un plateau couvert de pâtés, de jambon fumé, de saucisson et de rillettes.

— Je crois qu'on mange assez bien ici, dit Herr Bergmann.

— On le dirait, dit Hélène. Elle se servit avec abondance. A la table voisine, une grosse femme congestionnée, au corsage de satin, dévorait un châteaubriant; le public était surtout composé d'officiers allemands qui dînaient entre eux ou en compagnie d'élégantes jeunes femmes; quelques-uns des boxes étaient fermés par d'épais rideaux rouges.

— J'ai parlé longuement avec Mme Grandjouan, dit Herr Bergmann. Nous avons fini par nous entendre : d'ailleurs vous n'êtes liée par aucun contrat.

— Non. Mais j'ai fait tout mon apprentissage chez elle. Ce n'est pas très élégant de la quitter maintenant.

— Elle aurait dû vous associer à ses affaires, dit Herr Bergmann. Vous traiter comme une employée ordinaire, c'était de l'exploitation.

— Autrefois, elle m'avait proposé d'aller diriger une succursale en Amérique, dit Hélène. C'est moi qui ai refusé.

— Pourquoi avez-vous refusé?

— En ce temps-là, je voulais rester à Paris, dit Hélène.

— Vous ne regretterez pas, dit Herr Bergmann. Il n'y a pas d'avenir pour vous en France. Bientôt Lyon n'existera plus. C'est nous qui sommes les maîtres de la soie.

Il parlait avec une satisfaction posée qui l'apparentait soudain aux officiers des tables voisines.

— Attendez un peu, dit Hélène avec un petit rire. Tout n'est pas fini.

— Non. Tout commence, dit Herr Bergmann. Il versa à Hélène un peu de bordeaux sucré : La France et l'Allemagne sont faites pour s'entendre. Regardez, vous et moi, comme notre collaboration sera profitable. Je produis les tissus, et vous m'apportez ce qu'on ne trouve pas chez nous : le goût français, acheva-t-il galamment.

— Oui, dit Hélène.

— Les papiers sont en règle, reprit Herr Bergmann. J'ai retenu nos places pour lundi.

— Lundi..., dit Hélène.

— J'aurais aimé rester davantage. Il hésita : Quoique ce soit triste de retrouver Paris comme il est en ce moment. Ce n'est plus une capitale, c'est une garnison.

— Vous étiez venu souvent à Paris?

— J'ai habité un an près du Parc Monceau, dit Herr Bergmann. Le matin, j'allais me promener dans le jardin, je regardais jouer les petits enfants.

— J'aime mieux le Luxembourg, dit Hélène.

— Le Luxembourg aussi, dit-il. Le quartier Latin. Les quais de la Seine. Je mangeais la soupe à l'oignon aux Halles à cinq heures du matin avec des camarades français. Il soupira. Ce restaurant était si intéressant : plein de figures typiquement françaises. Maintenant, à Montmartre, à Montparnasse, on n'entend plus parler qu'allemand. Il remplit la coupe d'Hélène avec du champagne sec : Il faudra revenir plus tard.

— Le passé ne renaîtra jamais, dit Hélène.

— Non. Mais il y aura autre chose. Vous n'êtes pas curieuse de voir la Nouvelle Europe?

— Oui, je suis curieuse, dit Hélène. J'aime la nouveauté. Elle lui sourit. Le passé ne renaîtrait pas, c'était bien fini; elle était délivrée. Plus de dîners au « Port-Salut », plus de rires dans la neige, plus de larmes dans les crépuscules tièdes parfumés de violettes. Un seul avenir pour tout le monde : Allemands, Français, hommes, femmes; ils se valaient tous. Personne n'aurait plus jamais un visage unique, un regard sans pareil. Cet homme était un homme avec des mains, un cœur, une tête, tout autant que Jean.

— Il faut que je vous demande un service, dit Hélène.

— Ce sera avec joie.

— Y aurait-il moyen de faire rapatrier un prisonnier qui vient de partir pour l'Allemagne? Il s'agit du mari de ma meilleure amie.

— J'ai des amis à l'Ambassade, dit Herr Bergmann. Donnez-moi le nom et l'adresse et je verrai si je peux tenter une démarche. Il hésita : Quoique je ne pense pas que cela serve à grand'chose, dit-il.

Le cœur d'Hélène se serra. Combien de temps Marcel allait-il rester là-bas? quatre ans? cinq ans?

— C'est douloureux cette question des prisonniers, dit Herr Bergmann. L'amitié serait plus facile entre nous si nous pouvions vous les rendre.

Il porta à sa bouche un gros morceau de tournedos; il mangeait vite. Hélène regarda avec une brusque stupeur sa main soignée, la grosse chevalière qui ornait ses doigts blancs. *Nous* ne pouvons pas *vous* les rendre. Il mentait; elle se mentait; tous deux savaient : pas une minute ils n'avaient vécu la même histoire.

— Vous pourriez si vous vouliez, dit-elle.

— Tous les Français ne sont pas des amis sûrs, dit-il d'un ton courtois. Que voulez-vous? ce sont là les nécessités de l'Histoire.

Hélène posa sa fourchette sur son assiette. Elle n'avait plus faim. Elle regarda les officiers à binocle qui se gorgeaient de grasses nourritures françaises. Pendant ce temps Mme Bertrand réchauffait un plat de poireaux, Denise pelait une pomme de terre bouillie. Marcel était resté huit jours sans rien manger. Et demain, Yvonne la juive n'aurait plus de travail, bientôt plus de maison. C'était sans doute les nécessités de l'Histoire. Mais moi? pourquoi suis-je là?

Herr Bergmann lui tendit la carte : Un fromage? un fruit?

— Merci, je ne veux plus rien, dit-elle.

— Un alcool?

— Non, merci.

Herr Bergmann commanda des fraises à la crème; avec sa cuiller il écrasait les fruits rouges dans la crème.

— Est-ce que vous connaissez un endroit gentil pour finir la soirée? dit-il. Une vraie boîte française, qui ne soit pas « pour touristes », ajouta-t-il d'un air complice.

— Je ne connais pas grand'chose, dit Hélène; elle fit un effort : On m'a parlé d'un endroit au quartier Latin où on peut danser.

— Eh bien! allons là-bas, dit-il. J'ai ma voiture.

— Qu'est-ce que je vais faire de ma bicyclette? dit Hélène.

— Ne vous inquiétez pas, dit-il. C'est très simple. Je vais demander qu'on la ramène chez vous. Ils sont très complaisants ici.

Hélène tira son poudrier de son sac. Bien sûr c'est simple, tout leur est simple. Il parlait au maître d'hôtel d'une voix lente et précise et il sortait des billets de son portefeuille. Le maître d'hôtel s'inclinait et souriait. Moi aussi je souris. Souriez, souriez. Ceux qui ne sourient pas, on les fusille. Fusillé ce matin, dans le petit matin, tout seul, sans sourire. Les nécessités de l'Histoire : mais qui décide si moi je continue à sourire, ou si je ne souris plus?

Elle monta dans la voiture. Il faisait encore grand jour.

— Où faut-il s'arrêter?

— Arrêtez place Médicis. C'est dans une petite rue tout à côté.

La place Médicis était si calme qu'on entendait le bruissement des voix à la terrasse des deux grands cafés; le boulevard était une grande route abandonnée. Mais tout était resté en place : le bassin, les marronniers, le réverbère que l'homme nettoyait avec tant de soin au matin du 10 juin. On croyait que tout serait changé, les maisons, les visages, et jusqu'à la couleur du sol. Mais il y avait seulement ce silence, la clarté insolite du ciel et aux côtés d'Hélène cet homme déférent et gourmé.

— C'est ici, dit-elle. Elle poussa la porte. Ils entrèrent dans une toute petite salle capitonnée de rouge et décorée de plantes vertes. Les musiciens étaient suspendus entre ciel et terre, dans une tribune. Quelques couples dansaient.

— Vous voyez, il n'y a pas trop d'uniformes, dit Hélène.

Ils s'assirent et Herr Bergmann commanda du champagne. Il regarda autour de lui d'un air réfléchi :

— Un endroit sympathique, dit-il. Mais ça manque un peu... comment dites-vous? nous dirions de « Stimmung ».

— C'est la guerre, dit Hélène.

— Oui, naturellement, dit Herr Bergmann. Il hocha la tête :

— Vous vous êtes fait bien du mal!

— Est-ce que Berlin est plus gai? dit Hélène.

— Vous allez voir Berlin, c'est aussi une belle ville, dit Herr Bergmann.

Hélène regarda les couples qui dansaient et son cœur devint lourd. Les musiciens jouaient un air d'avant la guerre, et quelque chose d'oublié se réveillait en elle : c'était doux et tiède, et soudain cela vous déchirait de mille pointes aiguës. Les derniers jours. Les derniers soirs. Dans huit jours, à cette heure-ci, les gens autour de moi parleront une langue inconnue.

— Je n'ai jamais voyagé, dit-elle.

— Ah! maintenant, vous allez devenir Européenne, dit Herr Bergmann.

Une jeune femme en robe noire décorée de nœuds orange et qui tenait une corbeille entre ses mains s'approcha de la table : « Chocolats? cigarettes? »

— Une boîte de chocolats, dit Herr Bergmann.

Le sang monta aux joues d'Hélène; elle les connaissait ces boîtes enrubannées; une jeune femme blonde, toute pareille à celle-ci, en achetait chaque semaine à Mme Bertrand : « Je les revends quatre cents francs aux Fritz », disait-elle en riant.

— Non, dit Hélène.

— Permettez-moi, dit Herr Bergmann.

— Non, je n'en veux pas, dit-elle avec violence, elle ajouta :
J'ai horreur du chocolat.

— Des cigarettes?

— Je ne fume pas. Je vous en prie : je ne veux rien.

Elle le regarda avec rancune. Rien sauf la liberté de Marcel, la
sécurité pour Yvonne; sauf la vie de Robert Jardiller, ingénieur qui
a été fusillé ce matin. La jeune femme s'était éloignée. Il y eut
un silence glacé.

— Me ferez-vous l'honneur de m'accorder cette danse? dit Herr
Bergmann.

— Je veux bien, dit Hélène. Elle se leva. Il m'a pris dans ses bras
et nous avons dansé, les drapeaux claquaient sous le ciel bleu, il
était debout sur l'estrade, il parlait, et tout le monde chantait. C'est
à moi, pensa-t-elle avec angoisse, c'est mon passé. Je l'emporterai
à Berlin. J'irai à Berlin avec tout mon passé. Herr Bergmann la
tenait solidement contre lui. Il dansait correctement, mais avec
application. Leurs pas s'accordaient, et cependant chaque corps
demeurait seul. Elle pensa : « Il me tient dans ses bras. » Elle jeta un
coup d'œil sur la glace. Dans ses bras. C'est bien moi. Elle se voyait.
Et Denise la voyait. Marcel la voyait, Yvonne la voyait, Jean la
voyait. C'est moi qu'ils voient.

— Excusez-moi, dit-elle. Elle se dégagea et marcha vers la table.

— Qu'y a-t-il? dit Herr Bergmann d'un ton paternel; il ajouta
en souriant : Je danse si mal?

— Non. Je suis terriblement fatiguée. Elle s'assit et n'essaya pas
de sourire. Elle ne voulait plus sourire. Ils me voient, ils existent.
Jean existe. Elle mit la tête dans ses mains. C'est parce que je ne voulais pas souffrir : j'ai menti; j'existe. Je n'ai jamais cessé d'exister.
C'est moi qui partirai pour Berlin, avec tout mon passé; c'est moi
qu'il tenait dans ses bras. C'est ma vie que je suis en train de
vivre.

— Prenez un peu de champagne, dit Herr Bergmann avec solli-
citude.

— Merci. Elle but une gorgée piquante. « J'ai menti pour oublier,
pour me venger. J'ai choisi de mentir, j'ai choisi d'être là, à côté
de cet homme. » D'un seul coup les milles pointes aiguës entrèrent
dans son cœur : « J'existe et j'ai perdu Jean pour toujours. »

— Est-ce que vous êtes mieux?

— Oui, dit-elle. Elle reconnaissait cette longue plainte de son cœur; elle reconnaissait les battements de son cœur et le goût de sa salive dans sa bouche. C'est moi. C'est bien moi. Notre défaite. Leur victoire. Nos prisonniers. Elle regarda Herr Bergmann :

— Je ne crois pas que je pourrai partir pour Berlin, dit-elle.

XI

Je t'ai tuée pour rien, puisque ta mort n'était pas nécessaire : j'aurais pu y aller moi-même; ou bien envoyer Jeanne ou Claire; pourquoi Jeanne? pourquoi Claire? pourquoi toi? comment osé-je choisir? Je me rappelle, il disait : Il faut agir pour ce qu'on veut. Il disait cela. C'était hier. Je ne peux plus rien dire. Ni : il avait raison. Ni : il avait tort. Mais puisque je ne peux rien dire, il faut que cette voix se taise. Il faut que ma vie se taise.

La voix parle et l'histoire se déroule. Mon histoire. Et toi tu te tais, tes yeux demeurent fermés. Ce sera bientôt l'aube. Tu te tairas à jamais et moi je parlerai tout haut. Je dirai à Laurent : « Vas-y, ou n'y va pas. » *Je ne parlerai pas.*

Il parlait. Il savait ce qu'il voulait, et il parlait en arpentant les rues désertes, il parlait dans sa chambre, il parlait à travers Paris, et le dimanche il parlait dans les fermes du Morvan, dans les fermes de Normandie et de Bretagne avec les paysans qui avaient enterré leurs armes. Les paysans l'écoutaient, et les ouvriers, les bourgeois. On l'écoutait en Angleterre et parfois le soir la radio lui répondait : « Les coquelicots fleuriront sur les tombes. » Dans des champs de Normandie et de Bretagne des avions parachutaient des mitrailleuses et des grenades.

— Ça va commencer, pour de bon.

Ils avaient loué en banlieue un pavillon isolé et M. Blomart acceptait de fournir du matériel d'imprimerie. Une imprimerie. Un arsenal. Nous irons chercher les armes en camionnette. Et tout commencera. Quelque chose arrivera, par moi, et non plus malgré moi; parce que je l'aurai voulu.

Il tressaillit. On frappait à la porte.

Je ne l'ai pas reconnu tout de suite. Sa tête était rasée et il portait une barbe en broussaille :

— Marcel!

— Eh oui! dit Marcel. Il riait.

— Comment es-tu là? tu t'es évadé?

— Tu ne penses pas qu'ils m'ont donné un sauf-conduit, dit Marcel. Il entra dans ma chambre et regarda autour de lui d'un air satisfait.

— Tiens! tu as toujours des tableaux de moi, dit-il. Il les examina un instant en silence.

Je le saisis par l'épaule :

— Je ne peux pas croire que tu sois là, dis-je.

— C'est bien moi, dit-il.

Je sortis du placard un morceau de pain et du beurre.

— Tu as sans doute faim?

— Je veux bien manger, dit Marcel. Il s'assit : C'est vrai que c'est la famine à Paris?

— Pas encore, dis-je. Je mis sur le feu une marmite de pommes de terre. Marcel était là, avec sa grosse tête, ses mains trapues, son rire mystérieux de cannibale; il remplissait ma chambre. J'étais tout heureux.

— Nous qui te croyions déjà en route pour l'Allemagne!

— Oh! mais c'est qu'ils voulaient m'y envoyer, dit Marcel.

— Tu as eu du mal à te tirer? ça a été dur?

— Non. J'aime bien marcher, dit Marcel. Il étalait le beurre sur le quignon de pain. Il leva la tête :

— Raconte, toi. Comment ça va ici?

Je haussai les épaules.

— Les Allemands se promènent sur les boulevards? dit-il. Vous vous asseyez à côté d'eux dans les métros? Ils vous demandent leur chemin dans les rues et vous leur répondez?

— Oui, dis-je. C'est ainsi. Mais ça ne sera peut-être pas toujours ainsi.

Je commençai à raconter. Il m'écoutait en mangeant.

— Ainsi, te voilà à la tête d'un mouvement terroriste, dit-il. Il se mit à rire : Décidément, il ne faut désespérer de personne.

— Nous rencontrons les sympathies et les appuis les plus inattendus, dis-je. Imaginerais-tu que je suis réconcilié avec mon père? La bourgeoisie nationaliste nous tend la main.

— C'est bien, dit Marcel. Il mangeait toujours. Malgré sa barbe et son crâne de forçat, il semblait tout pareil à lui-même.

— Qu'est-ce que tu vas faire toi ? dis-je. Je vais te donner l'adresse d'un copain près de Montceau-les-Mines qui te fera passer la ligne.

— Il faut que j'aille me faire démobiliser là-bas ? dit Marcel.

— Il le faut si tu veux être en règle !

— Alors je vais y aller, dit Marcel.

— Et après ? dis-je. Tu vas recommencer à jouer aux échecs ?

— J'ai beaucoup joué au camp ; à la fin j'arrivais à faire sept parties les yeux fermés.

— Comment c'était là-bas ?

— C'était tranquille ! Marcel tira sa pipe de sa poche : Tu as du tabac ? Je lui tendis ma blague. Il la soupesa d'un air admiratif.

— Tout ce tabac ! dit-il.

— Tu n'en avais pas ?

— Pas souvent. Il bourra lentement sa pipe : Est-ce que tu aurais du boulot pour moi ?

— Tu serais homme à travailler avec nous ? dis-je.

— Ça dépend. Je ne veux pas faire des écritures, ni des discours.

— Je ne peux pourtant pas te charger de lancer des bombes, ni de mettre le feu à des garages. Tu te ferais sauter le premier jour.

— Évidemment, dit Marcel avec regret. J'hésitais. Il y avait bien un service qu'il pouvait nous rendre.

— Tu veux vraiment entrer dans le coup ?

— Ça t'étonne ? dit Marcel. Tu penses qu'on peut jouer aux échecs sous tous les régimes ?

— Chez toi, l'indifférence politique ne me choquerait pas. Tu as toujours misé sur l'inhumain.

— Et j'ai perdu, dit Marcel.

Il y eut un silence.

— J'ai quelque chose à te proposer, dis-je.

— Vas-y.

— Eh bien ! ce pavillon où nous allons planquer les armes et l'imprimerie, il n'a pas encore de locataire. Il nous faudrait quelqu'un qui se tienne en dehors de toutes nos activités. Tu es marié, ça n'en ferait que mieux l'affaire. On ne te demanderait rien que de passer tes journées à peindre ou à sculpter.

— Où est-il ton pavillon ? dit Marcel.

— A Meudon.

— Meudon, dit-il d'un air peiné. Enfin! il ne faut pas trop demander.

— Seulement, tu te rends compte, dis-je. Tu risques ta peau et celle de Denise.

Il sourit :

— Denise sera trop contente.

— Tu es sûr que ce n'est pas pour me rendre service que tu acceptes?

— Qu'est-ce que ça peut te faire? dit Marcel. Il rit : Tu ne dois considérer que l'intérêt de ta cause.

— Non, dis-je. Quelque chose remuait au fond de moi. Je croyais avoir pourtant muselé cette voix. *D'abord Jacques...* « Je ne voudrais pas me servir de toi comme d'un moyen. »

— Tu ne me sembles pas avoir encore la trempe d'un chef, dit Marcel.

— Peut-être, dis-je. Je ne souriais pas. Il me regarda sérieusement.

— Tu es toujours aussi présomptueux. Crois-tu pouvoir me traiter comme un moyen? Je fais ce qui me plaît.

— Ça sera comme tu voudras.

Mon cœur restait serré. Pourquoi lui? Savoir ce qu'on veut, et le faire. Ça paraissait simple. Je voulais des armes, un pavillon pour cacher les armes, un locataire pour le pavillon. Mais je ne voulais pas que ce fût justement Marcel qui courût ce danger. *Et qui d'autre? pourquoi Vignon plutôt que lui?* Le but brillait avec évidence; mais il n'éclairait pas la route incertaine. *Tous les moyens sont mauvais. Pourquoi toi?*

Il m'a mené ici. Tu es là, tu meurs et moi je te regarde. Elle s'agite, elle gémit « Ruth! Ruth! » qui donc appelle-t-elle? qui donc est-elle? Je ne sais plus. A présent l'histoire se déroule très vite, comme si j'étais au fond de l'eau et qu'il ne me restât plus que quelques secondes de souffle. Au fond de l'eau. Au fond du désespoir. Des camionnettes sillonnent les routes. Il y a même un camion allemand qui entre dans Paris chargé de lourdes caisses; le conducteur croit qu'il transporte du beurre et du jambon, on l'a payé très cher. Dans la villa de Meudon, on décharge des meubles, des matelas et des ballots de linge; on décharge les caisses. Malgré le froid, Laurent est en bras de chemise; la sueur a collé des plaques de poussière sur son visage. Il descend l'escalier de la cave courbé sous le poids de la poudre, et il rit. Et déjà me voilà dans le salon où Denise a installé ses tapis et ses meubles, le poêle ronfle et je montre à Laurent une mince ligne rouge qui serpente à travers un plan de Paris.

— Tu vois : le premier tournant à droite; le deuxième à gauche et nous suivons le boulevard.

— Ça va, dit-il. J'ai compris.

— Tu as le plan dans la tête?

— Je peux te le dessiner par cœur.

Je froisse le morceau de papier et je le jette dans le poêle. Marcel est assis devant un échiquier, il médite. Denise va et vient à travers la pièce.

— Ça me plaît de commencer par la Gestapo, dit Laurent.

Je regarde ses cheveux frisés, ses yeux bleus, sa bouche brutale; je ne l'avais jamais tant regardé. Il ne ressemble pas à Jacques; mais son sang a la même couleur.

— Tu as vidé tes poches?

— N'aie pas peur. Il tire de son portefeuille une fausse carte d'identité et la contemple avec satisfaction : Elle est rudement bien. Dis donc : est-ce qu'on a des nouvelles de Périer?

— Non, rien. Il est toujours au secret. Dès qu'on le transférera dans un camp, nous essaierons de nous mettre en liaison avec lui.

— Il paraît qu'on a trouvé Singer étranglé dans sa cellule, dit Denise. Et l'aumônier affirme qu'il n'a jamais songé à s'étrangler.

— C'est bien probable.

Je regarde la pendule. Dix heures cinq, c'est encore trop tôt. Je me lève et je m'approche de Marcel.

— Alors? le roi se défend?

Il lève la tête :

— Le cœur n'y est plus, dit-il. On ne peut pas faire deux choses à la fois.

— Je suis content que tu aies recommencé à peindre.

— Moi aussi. Il me sourit. Il comprend que j'ai envie de parler, de parler d'autre chose : J'ai été un imbécile.

— Ça ne te semble plus absurde de peindre?

— Non, dit Marcel. Au camp, j'ai compris. Les types m'ont demandé des fresques pour décorer la salle de lecture : si tu avais vu les yeux qu'ils ouvraient. C'est formidable, une admiration sincère. Ça a bouleversé mes idées.

— J'ai toujours pensé qu'il te manquait avant tout un public, dis-je.

— C'était aussi de la présomption, dit Marcel. Je voulais que mon tableau existe tout seul, sans avoir besoin de personne. Pour de vrai, ce sont les autres qui le font exister. Mais c'est passionnant au contraire. Parce que c'est moi qui les force à le faire exister. Il eut un sourire mystérieux et un peu cruel : Comprends-tu? ils sont libres, et moi je viens et je viole leur liberté; je la viole en la laissant libre. C'est bien plus intéressant que de fabriquer des objets.

— Oui. Je le dévisageais avec curiosité : Et c'est pour ça que tu t'occupes de ce qui se passe autour de toi?

— Naturellement, dit Marcel. Je veux choisir mon public.

Je posai la main sur son épaule. De son côté tout était bien. Mais je n'avais jamais été très inquiet de lui. J'étais sûr qu'il ne faisait jamais autre chose que ce qu'il voulait. Je regardai Denise.

— Est-ce que le chauve rôde toujours par ici?

— Je ne l'ai pas vu depuis trois jours. Elle sourit : J'ai dû rêver; il ne s'occupait pas du tout de nous. Il n'y a aucune raison pour qu'on s'occupe de nous.

— Bien sûr.

Elle parle d'une voix raisonnable; mais il y a des cernes sous ses yeux. Elle fait des cauchemars la nuit et le jour, à travers les grilles du jardin, elle guette. Je sais qu'elle ne reculera pas, qu'elle ne trahira pas. Elle sera à la hauteur de toutes les tâches. Mais elle n'a pas choisi de mourir; elle a seulement choisi une certaine manière de vivre. Elle a peur. Et la mort peut venir, une mort qui ne serait qu'un accident stupide comme la corde qui casse, le courant qui vous happe. « C'est très joli de laisser les gens libres. » Où est sa liberté?

— Encore un peu de café chaud? demande-t-elle.

— Je veux bien.

Elle remplit nos tasses. Dix heures vingt. Laurent boit son café avec un clappement mouillé. Il est placide. Il accepterait volontiers de mourir, mais il est convaincu qu'il ne mourra pas puisqu'il travaille avec moi. Est-ce que j'ai bien pensé à tout? *J'avais vérifié le cran d'arrêt, j'avais pensé à tout.* Je pose ma tasse.

— Allons! dis je.

Denise me regarde avec stupeur.

— Comment? vous n'allez pas avec Laurent!

— Bien sûr que si.

— Mais vous ne devez pas, dit-elle. Qu'est-ce que deviendra le mouvement s'il vous arrive quelque chose?

— Je sais. Les généraux meurent dans leur lit. Je n'ai pas une âme de général.

— Il faut en acheter une, dit Denise. Vous savez bien que personne n'est capable de vous remplacer.

— Vous voulez que j'envoie les copains risquer leur peau et que je reste à siroter mon café? J'aurais du mal à me supporter.

Denise me regarde avec blâme :

— Vous vous occupez trop de vous, dit-elle.

Ce mot m'a mordu. Elle a raison. C'est peut-être parce que je suis un bourgeois, il faut toujours que je m'occupe de moi.

— Vos scrupules personnels ne nous intéressent pas, reprend-elle durement. Nous nous sommes confiés à vous comme à un chef qui fait passer le parti avant tout : vous n'avez pas le droit de nous trahir.

Je regarde Laurent; il écoute avec indifférence : tout ce que je fais est bien fait. Je regarde Marcel :

— Qu'est-ce que tu en penses?

Il rit :

— La même chose que toi.

— Oui, dis-je à Denise. Vous avez raison. Je ne recommencerai pas. Mais pour cette fois j'accompagne Laurent : il faut être deux, et je ne veux pas remettre l'expédition. Je me lève : Et puis je veux une fois voir de mes yeux comment ça se passe.

— Je poserai la question devant le comité, dit Denise. Je connais d'avance leur décision.

— D'accord, dis-je.

Nous sortons. Nos bicyclettes glissent dans la nuit, poussant devant elles un petit rond de lumière. Dans ma sacoche, sous les oignons et les carottes, il y a une espèce de boîte de sardines à l'air inoffensif. A notre droite, dans le noir, c'est un faible miroitement noir et une odeur fraîche : la Seine. Des sacs de sable nous barrent la route : nous mettons pied à terre et nous repartons; nous sommes entrés dans Paris. La ville a l'air endormie; personne dans les rues et les maisons sont des blocs de pierre sombre. Eux seuls dédaignent de camoufler leurs fenêtres, et leurs immeubles brillent : là-bas

au fond de l'avenue, on aperçoit un grand rectangle lumineux.
Je plonge la main dans ma sacoche, je saisis la boîte à sardines;
Laurent roule derrière moi et je sais qu'il serre aussi entre ses doigts
le métal dur et froid. A droite le rectangle de lumière se rapproche.
De l'autre côté des vitres, il y a des hommes en uniforme bleu avec
un brassard jaune, il y en a du haut en bas de la maison. Devant
la porte, une automobile est arrêtée et des officiers allemands sont
debout devant la voiture. Je me retourne.

— Raté, dis-je à Laurent. Suis-moi.

Nous passons devant eux; ils ne voient pas nos mains. Nous descendons l'avenue et nous tournons à droite. Je ralentis.

— C'est con, dit Laurent.

— Ils ne resteront pas là toute la nuit. Baladons-nous tranquillement un petit moment.

Je me sens déçu. Hier après-midi, il n'y avait pas d'automobile;
dans ma tête, il n'y avait pas d'automobile, et elle est là, si simplement, avec tant de naturel. Dans ma tête, nous rentrons gaiement
dormir chez Madeleine. Et pour de vrai? On l'a trouvé étranglé
dans sa cellule... Nous errons un long moment en silence.

— Retournons voir.

De nouveau nous gagnons le haut de l'avenue; nous descendons
sans hâte : la chaussée est déserte. Un flic, tout seul, fait les cent
pas sur le trottoir : je ralentis, je vise le carreau éclairé et je lance
la boîte.

— Ça y est! Derrière nous, un bruit de verre cassé, une explosion,
des cris, des coups de sifflet. L'avenue descend en pente douce, elle
fuit à toute vitesse sous les roues. On siffle derrière nous. Premier
tournant à droite. On siffle encore. Deuxième tournant à gauche.
Nous pédalons à perdre haleine. Quand nous reprenons notre souffle,
c'est le silence. Les rues dorment, le ciel dort. On dirait que nulle
part rien ne se passe jamais.

— On les a eus, dit Laurent.

— Oui, je crois.

— C'est pas du sport; c'est trop facile.

— Ils n'ont pas encore l'habitude. Attends un peu.

Nous pédalons sans hâte. J'ai chaud, je me sens léger. C'est facile
de faire ce qu'on veut; tout est facile. Nous recommencerons demain.
D'autres immeubles exploseront. Et des trains, des entrepôts, des
usines. Nous sommes à la porte de la pension Colibri et nous buvons

du punch au coin du feu, avec Madeleine. Là-bas, ils emportent les morts et les blessés, ils crient des ordres, ils nous fusillent. Et nous regardons flamber le punch, tranquilles et perdus comme au fond d'un maquis.

Le lendemain à midi, Madeleine est venue me chercher à la sortie de l'atelier :

— C'est du beau travail, dit-elle. Il y a eu huit morts et je ne sais combien de blessés. Tout le quartier est en ébullition.

Je marche allégrement dans les rues de Clichy : ces morts-là ne pèsent pas lourd sur mon cœur. Il n'y a aucune trace sur mon visage, sur mes mains; ils me croisent, ils me voient et ils ne me voient pas : je ne suis qu'un passant inoffensif. A l'atelier, les camarades nous regardent sans surprise. Nous n'avons pas du tout l'air de condamnés à mort. C'est un jour comme tous les autres. Le soir, je devais dîner chez mes parents; à sept heures je suis descendu dans le métro et j'ai vu l'affiche rouge contre les faïences blanches.

— Tu as vu? dit ma mère.

— Quoi?

— Les affiches. Il y a eu un attentat cette nuit; en représaille ils ont fusillé douze otages. Elle me regarde : ses yeux sont creux, ses joues congestionnées, elle a l'air d'une vieille femme; elle récite d'une voix blanche :

— Si les auteurs de l'attentat ne sont pas découverts d'ici trois jours, douze autres otages seront fusillés.

— Je sais. Ça commence, dis-je.

— Ils promettent cinq cent mille francs de récompense pour tout renseignement utile, dit mon père d'un ton goguenard.

— Est-ce qu'ils ne vont pas se dénoncer? dit ma mère. Est-ce qu'ils vont laisser fusiller douze innocents?

Mes mains ne tremblent pas; je n'ai pas rougi. Pourtant sur mes mains, sur mon visage, il y a des traces, je les sens; ma mère les voit et son regard me brûle.

— Ils ne peuvent pas, dis-je. S'ils se dénonçaient, ils ne pourraient jamais plus recommencer.

— Ils se doivent à la cause, dit mon père. Il est tout fier. C'est lui qui a jeté la bombe et il ne regrette pas son acte : c'est un homme fort.

— Alors, ils ne devraient pas faire ce qu'ils ont fait, dit ma mère. Ils ont assassiné des Français.

— Tu sais ce qui se passe en Pologne? dis-je. Ils embarquent les Juifs dans des trains, ils ferment hermétiquement les wagons, et ils font circuler des gaz à travers tout le convoi. Tu veux que nous nous fassions complices de ces massacres? A l'heure qu'il est, on est toujours en train d'assassiner quelqu'un.

— Est-ce que cette bombe a sauvé la vie d'un seul Polonais? dit ma mère. Ça fait vingt-quatre cadavres de plus, et voilà tout.

— Ce sont des cadavres qui pèsent lourd, dis-je. Crois-tu qu'après ça le mot de collaboration garde un sens? crois-tu qu'ils pourront encore nous sourire avec des airs de grand frère. Maintenant, entre eux et nous, il y a du sang tout frais.

— Ceux qui veulent lutter, qu'ils luttent, et qu'ils versent leur propre sang, dit ma mère. Elle passa la main dans ses cheveux : Mais ces hommes-là ne voulaient pas mourir, on ne les a pas consultés. Sa voix s'étrangla : On n'a pas le droit, c'est un assassinat.

Je hausse les épaules avec impuissance. Ma gorge est nouée. Heureusement mon père parle, il explique. La vieille odeur d'encre et de poussière flotte dans la galerie; jadis, elle me suffoquait, et sous le piano je griffais le tapis : le petit de Louise est mort. Mort sans remède, pour toujours. J'ai pris leur vie pour toujours, leur vie unique, personne ne la vivra pour eux. Ils ne me connaissaient même pas et moi je leur ai pris leur vie. Quelqu'un frappe à la porte. *Marcel lisait dans l'atelier les pieds sur la table et j'ai frappé à la porte.* Assez. Assez. Je le savais. Je l'ai voulu. Nous recommencerons demain.

La bonne apporte le potage. Je n'ai pas faim, mais il faut que je mange. Ma mère ne mange pas : elle me regarde. Il ne faut pas qu'elle sache. *Elle sait. Je sais qu'elle sait. Elle ne me pardonnera jamais.*

Je mange. Je bois le café d'orge. Et si je lui disais : c'est bon, je vais me dénoncer, que ferait-elle? Mais je ne dis rien et elle n'a rien à faire qu'à me détester passionnément. Elle n'écoute pas mon père; elle regarde au loin, farouche et distraite; et mon père parle et moi je lui réponds.

Nous parlons, et l'aiguille de la pendule tourne. Onze heures. Mon cœur se serre; soudain j'ai cinq ans, j'ai peur et j'ai froid, je voudrais que ma mère me borde dans mon lit, qu'elle m'embrasse longtemps; je voudrais rester ici : je me coucherais dans ma vieille chambre, blotti dans mon passé, et peut-être je dormirais :

« Il faut que je parte. »

Je me lève; mes jambes sont lourdes; je ne peux pas rester; son regard me chasse; quand je me penche pour l'embrasser, elle serre les lèvres et se raidit : « Tu l'as fait. Maintenant, supporte-le. » Elle se tait, mais j'entends sa voix dure. Elle mourra sans m'avoir pardonné. ·

J'ai plongé dans la nuit, j'ai marché devant moi, criminel et résigné au crime. J'aurais voulu marcher jusqu'au matin. A minuit je suis remonté dans ma chambre et je me suis assis près de la cheminée vide. Seul. Enfermé seul avec mon crime. Je regardais flamber dans la grille de vieux journaux. « Et si tout était inutile? Si je les avais tués pour rien? » A l'aube, je me suis réveillé près de la cheminée, transi, la bouche amère et pensant : « Il faut recommencer. Sinon tout aura été inutile. Je les aurais tués pour rien. »

Je n'ai plus la force. Je ne peux plus poursuivre : cette nuit, sur ce lit, c'est toi qui meurs. Je veux m'arrêter. Est-ce que je ne peux pas m'arrêter? J'appuierai le revolver contre ma tempe. Et après? que feront-ils *après?* Je ne serai plus là. Mais je suis là, et tant que je suis là, l'avenir existe, par delà ma mort. Je songe à mourir, j'y songe vivant. Décide de mourir, décide encore, décide seul. Et après? et après?

XII

Hélène posa la lime sur la table de nuit et trempa la main gauche dans la cuvette d'eau mousseuse. Elle était à demi couchée sur le divan, elle avait tiré les rideaux et allumé la lampe de chevet : comme ça, on pouvait croire que la journée allait bientôt finir; mais elle savait bien que ça n'était pas vrai. On devinait derrière la fenêtre un ciel bleu et tout un fade dimanche de mai. En bas, la porte de la confiserie était ouverte et les enfants mangeaient des glaces roses dans des timbales de carton. Hélène retira sa main de la cuvette et prit un bâtonnet entouré d'ouate qu'elle plongea dans un liquide blanc; elle se mit à repousser les peaux mortes à la racine de ses ongles. Chaque jour, tant d'heures à tuer, pendant combien d'années? Et même s'il m'avait aimée, qu'est-ce que ça aurait changé? Deux huîtres dans une coquille. Il y aurait toujours eu ce silence, et ce clapotis fade et bleu... Elle tira sa jupe sur ses jambes. Quelqu'un frappait.

— Entrez!

C'était Yvonne. Elle tenait à la main un bouquet de violettes. Elle avait un drôle d'air.

— Eh bien! ça y est, dit-elle. Elle souriait, d'un sourire indécis et faux, comme si elle était en train de jouer un bon tour à Hélène.

— Quoi? qu'y a-t-il?

— Ils sont à la maison; ils embarquent tous les Juifs.

— Ça n'est pas vrai? dit Hélène. Elle regarda Yvonne avec perplexité : les lèvres continuaient à sourire, mais le visage était contracté.

— C'est vrai. Le sourire se défit et les joues se mirent à trembler : Qu'est-ce que je vais faire? je ne veux pas qu'ils m'emmènent en Pologne.

— Qu'est-ce qui se passe au juste? dit Hélène.

— Je ne sais pas bien. J'avais été prendre l'air. En revenant j'ai acheté des violettes et la marchande de fleurs m'a dit de me sauver.

Hélène sauta sur ses pieds : N'aie pas peur. Ils ne t'emmèneront pas.

— Mais j'ai peur pour ma mère, dit Yvonne. Si je ne rentre pas ils vont lui faire du mal. Ils sont peut-être déjà en train de la battre.

— Il ne faut pas que tu restes ici, dit Hélène. C'est le premier endroit où elle les enverra. Viens. Allons-nous-en!

— Hélène, je ne peux pas la laisser comme ça, sans savoir... Elle regarda Hélène avec timidité : Est-ce que ça t'ennuierait d'aller là-bas? S'il faut que je revienne, tu me diras, je reviendrai.

— J'y vais tout de suite, dit Hélène. Elle enfila son manteau : Où est-ce que je te retrouverai?

— J'avais pensé à me cacher à Saint-Étienne-du-Mont. Ils font des rafles dans tout le quartier; mais je ne pense pas qu'ils regarderont dans les églises.

Elles descendirent quatre à quatre l'escalier.

— Ils embarquent les Juifs! je ne peux pas le croire! dit Hélène.

Yvonne la regarda; il y avait dans ses yeux une espèce d'ironie triste.

— Moi je peux. Je savais bien que ça arriverait. Elle toucha l'épaule d'Hélène : Va vite. Je serai à la chapelle de la Vierge.

Hélène partit en courant; elle avait beau courir, le regard

d'Yvonne restait posé sur elle et sa gorge était serrée de honte. Je n'y croyais pas, je n'y pensais pas, je dormais; et la nuit, elle se retournait dans son lit sans pouvoir dormir, elle attendait. Je vernissais mes ongles, et pendant ce temps-là ils embarquaient les Juifs! Enfermée dans cette chambre pleine de sommeil, de silence, et d'ennui; et dehors, c'est le jour, et les gens vivent et souffrent. Elle ralentit le pas, elle était hors d'haleine. Les rues avaient leur aspect quotidien : un dimanche pareil à tous les autres, un de ces longs dimanches où il ne se passe rien.

Elle franchit la porte cochère; il y avait deux agents sous le porche, et on entendait à travers la maison un grand bruit de dispute; des portes claquaient, des objets lourds tombaient avec fracas sur le plancher; une femme criait d'une voix rauque dans une langue inconnue. Au milieu de l'escalier, Hélène croisa un agent qui tenait un nourrisson dans ses bras; il avait l'air gauche et gêné. Elle s'arrêta sur le palier du second étage; la porte était ouverte, et on entendait des voix d'hommes dans le petit appartement. Hélène entra.

— Yvonne!

Un agent sortit de la chambre du fond : « Ah! vous voilà! » dit-il.

— Je ne suis pas Yvonne, dit Hélène.

— C'est ce qu'on va voir. Entrez là.

Hélène hésita une seconde. La chambre interdite, pleine de nuit, de cauchemar et d'une odeur de folie, était ouverte toute grande; l'électricité était allumée et il y avait deux agents au pied du lit. Mme Kotz était enfouie sous les couvertures, seule sa tête émergeait, une tête aux cheveux rasés, aux joues rebondies et duvetées de poils noirs.

— Où est Yvonne? dit-elle.

— Vous avez vos papiers? dit l'agent.

Hélène tira de son sac sa carte d'identité et ses cartes d'alimentation.

— Qu'est-ce qui se passe?

— Où est Yvonne? répéta Mme Kotz. Elle ne reste jamais si longtemps dehors.

L'agent examinait les papiers et prenait des notes sur un calepin :

— Ça va, dit-il d'un ton déçu. Qu'est-ce que vous venez faire ici?

— Je venais voir mon amie.

— Vous ne savez pas où elle est?

— Non.

— Elle va sûrement revenir dans un instant, dit Mme Kotz d'un ton suppliant.

— Eh bien! vous ferez aussi bien de lui dire de ne pas chercher à se défiler, dit l'agent. Demain, c'est les Allemands qui viendront la chercher; et s'ils ne la trouvent pas, ils ne sont pas toujours patients.

Les deux hommes quittèrent la chambre, et la porte d'entrée claqua.

— Elle me tuera! dit Mme Kotz. Elle ferma les yeux : Ah! je m'en vais, dit-elle, je m'en vais. Donnez-moi ma potion, vite.

Hélène prit au hasard une des bouteilles posées sur la table de nuit et remplit une cuiller.

— Merci, dit Mme Kotz; elle respira profondément : Dites-lui de revenir vite. Ils me tueront!

— Je ne pense pas qu'ils vous tuent, dit Hélène. N'ayez pas peur. Je reviendrai vous voir ce soir. Je m'occuperai de vous.

— Mais Yvonne? où est Yvonne?

— Je ne sais absolument pas, dit Hélène. A tout à l'heure.

Elle referma la porte derrière elle. Sur la table d'Yvonne, il y avait des ciseaux, des épingles, des bobines de fil à côté d'un vase vide. Une robe de lainage bleu, faufilée de blanc, pendait à la poignée de la fenêtre. On aurait dit qu'elle allait rentrer dans cinq minutes. Elle avait acheté des violettes. Et le vase restera vide, elle ne rentrera pas. Sur l'étagère où elle rangeait ses livres, il y avait un petit ours en peluche qu'Hélène avait volé pour elle dix ans plus tôt : il avait déjà l'air d'un orphelin. Hélène le prit et le mit dans son sac.

Dans l'escalier, on n'entendait plus aucun bruit; on aurait dit que toute la maison était vide. Hélène remonta la rue; la marchande de fleurs était assise sur un pliant, à côté de la voiture verte. Yvonne ne lui achètera plus de fleurs, elle n'entrera plus dans la boulangerie. Où sera-t-elle? seule, perdue, sans amis... Moi, j'avais fermé les rideaux et je me faisais les ongles!

Elle s'arrêta net. Sur la place de la Contrescarpe, quatre autobus étaient rangés contre les trottoirs; il y en avait deux vides, à gauche du terre-plein; ceux de droite étaient pleins d'enfants. Des agents montaient la garde sur les plates-formes. Une longue file de femmes débouchait de la rue Mouffetard, encadrée par d'autres agents. Elles marchaient deux par deux et tenaient des baluchons à la main. La petite place était silencieuse comme une place de village. A travers les vitres des grosses voitures, on apercevait de petits visages bruns et traqués. Tout autour de la place, immobiles, les gens regardaient. Les femmes traversèrent le terre-plein et se dirigèrent vers les autobus vides. Il y en avait une qui tenait une petite fille à la main : une toute petite fille, aux nattes brunes attachées par des nœuds rouges. Un agent s'approcha d'elles, dit quelques mots qu'Hélène n'entendit pas.

— Non, dit la femme. Non.

— Allons, dit l'agent. Pas d'histoire. On vous la rendra plus tard. Il enleva l'enfant dans ses bras.

— Non. Non, dit la femme. Des deux mains elle s'accrochait au bras de l'agent. Sa voix s'enfla : Laissez-la-moi. Ruth, ma petite Ruth!

L'enfant se mit à hurler. Hélène serra les poings, les larmes lui montaient aux yeux. Est-ce que nous ne pouvons rien faire? Si on courait tous ensemble sur l'agent. Si on lui arrachait l'enfant? Mais personne ne bougeait. L'agent déposa Ruth sur la plate-forme d'une des voitures de droite. Elle criait. A l'intérieur, plusieurs enfants se mirent à crier avec elle.

La femme restait immobile au milieu de la place. L'autobus démarra lourdement.

— Ruth! Ruth! Elle tendit les mains en avant et partit en courant derrière la voiture. Elle portait des escarpins à talons hauts tout éculés, et elle courait par saccades maladroites. Un agent la suivait à grands pas d'homme, sans hâte. Elle cria encore : Ruth! un cri strident et sans espoir. Et puis elle s'arrêta au coin de la rue et mit la tête dans ses mains. La petite place était toute calme, et elle était là debout, au milieu du dimanche bleu, la tête dans ses mains, avec son cœur qui s'en allait en morceaux. L'agent mit la main sur son épaule.

« Ah! pourquoi? pourquoi? » pensa Hélène avec désespoir. Elle pleurait, mais elle demeurait immobile comme les autres, et elle regardait. Elle était là, et sa présence ne faisait aucune différence. Elle traversa la place. « Comme si je n'existais pas. Et pourtant j'existe. J'existe dans ma chambre fermée, j'existe dans le vide. Je ne compte pas. Est-ce que c'est ma faute? » Devant le Panthéon, des soldats allemands descendaient d'un car de tourisme; ils avaient l'air plutôt fatigués, ils ne ressemblaient pas à ces vainqueurs fringants qui criaient : « *Heil!* » sur les routes. « Je regardais passer l'Histoire! c'était mon histoire. Tout ça m'arrive à moi. »

Elle entra dans l'église. La voix de l'orgue résonnait sous les voûtes de pierre; la grande nef était pleine de monde : ils priaient, les petits enfants à côté de leur mère, en famille, le cœur plein de musique, de lumière, et d'une odeur d'encens. Au fond d'une chapelle, derrière le rideau de buée qui montait des cierges, la Sainte Vierge souriait avec inconscience. Hélène toucha l'épaule d'Yvonne.

— Ah! te voilà déjà! Alors?

— J'ai vu ta mère, dit Hélène; elle s'agenouilla à côté d'Yvonne : Les agents ont été très gentils; ils ont compris qu'elle était malade, ils la laisseront tranquille. Elle dit que tu ne t'inquiètes pas d'elle.

— Elle a dit ça? dit Yvonne surprise.

— Oui. Elle a été très bien. Elle ouvrit son sac. Tiens, je t'ai apporté ton ours; il avait l'air de s'ennuyer de toi.

— Comme tu es gentille! dit Yvonne.

— Maintenant on va s'occuper de toi. Je vais aller voir Jean. Il paraît qu'il pourrait te faire passer la ligne.

— Tu vas voir Jean?

— Denise m'avait dit de m'adresser à lui en cas de besoin.

— Mais, ça ne t'ennuie pas?

— Non. Pourquoi? Hélène se leva : Reste là. Je reviendrai le plus tôt possible.

— Tiens, dit Yvonne... Prends-les. Elle mit entre les mains d'Hélène le bouquet de violettes. Merci, dit-elle d'une voix étouffée.

— Tu es bête, dit Hélène.

Elle traversa l'église. L'orgue s'était tu; une sonnette tintait, toute grêle dans le silence, et le prêtre élevait au-dessus de sa tête l'ostensoir d'or. Hélène descendit la rue Soufflot, sortit sa bicyclette et l'enfourcha. « Je vais voir Jean. » C'était indifférent, c'était naturel. Elle n'avait pas peur, elle n'attendait rien de lui. « Ruth! ma petite Ruth! » Il ne pourrait pas effacer ce cri, ce cri que plus jamais elle ne cesserait d'entendre. Et rien d'autre n'avait d'importance : « Ruth! Ruth! » Dans les rues, c'était la fin du dimanche, dimanche dans l'église, dimanche autour des tables de thé, et dans les cœurs fatigués. « Mon histoire : et elle se vit sans moi. Je dors et parfois, je regarde : et tout arrive sans moi. »

Elle monta l'escalier, et écouta un instant, l'oreille collée à la porte. On entendait une espèce de grignotement. Il était là. Elle sonna.

— Bonjour, dit-elle. Sa voix s'arrêta dans sa gorge. Elle n'avait pas pensé qu'il la regarderait avec ces yeux; il ne souriait pas. Elle fit un effort et sourit la première : Est-ce que je peux te parler cinq minutes?

— Bien sûr. Entre.

Elle s'assit et dit très vite :

— Tu te rappelles mon amie Yvonne? on la recherche pour l'expédier en Allemagne. Denise m'a dit que tu pourrais la faire passer en zone libre.

— Ça peut se faire, dit Jean. Est-ce qu'elle a de l'argent?

— Non, dit Hélène; elle pensa au manteau clair, au beau tailleur pendus dans son armoire : Elle en aura un peu, mais pas tout de suite.

— Ça ne fait rien. Dis-lui de s'amener sur les cinq heures chez M. Lenfant, 12, rue d'Orsel. Il l'attendra.

— L'enfant, 12, rue d'Orsel, répéta Hélène.

Brusquement, les mots montèrent à ses lèvres; elle n'avait pas pensé à les dire, mais ils s'imposaient avec tant d'évidence qu'il lui sembla être venue là exprès pour les dire : Jean, je veux travailler avec vous.

— Toi?

— Tu n'as pas de travail pour moi?

Il la dévisagea : Tu sais ce que nous faisons?

— Je sais que vous aidez des gens. Je sais que vous faites quelque chose. Donne-moi quelque chose à faire!

— Attends, dit-il. Laisse-moi réfléchir.

— Tu te méfies de moi?

— Me méfier! dit Jean.

— On a dû te dire que j'avais pensé à partir pour Berlin. Elle sourit. Mais je ne suis pas partie.

— Pourquoi veux-tu travailler avec nous?

— Sois tranquille, dit-elle, ce n'est pas à cause de toi.

— Je ne pense pas ça.

— Tu pourrais le penser. Ses yeux firent le tour de la chambre. Rien n'avait changé. Mon amour n'a pas changé... : Non. Ce n'est pas pour être de nouveau mêlée à ta vie.

— C'est du travail dangereux, dit Jean.

— Ça m'est égal. Ces mots-là non plus, elle ne les avait pas pensés avant; et pourtant, ils étaient là, tout prêts à être formulés : Je ne vis plus; je suis comme une morte. Tu te rappelles : tu m'as dit une fois qu'on pouvait accepter de risquer la mort pour que la vie garde un sens. Je pense que tu avais raison.

— C'est toi qui parles ainsi? dit Jean.

— Tu trouves que j'ai changé?

— Non. Tu devais en arriver là. Il réfléchit : Tu sais conduire une voiture?

— Je conduis très bien. J'ai de bons réflexes.

— Alors, tu pourras rendre de grands services. Il y eut un silence : Tu es tout à fait sûre de toi? dit Jean. Si on t'arrête, tu te tairas? Il faut que tu saches que si jamais on nous découvrait, nous serions fusillés aussitôt.

— Oui, dit Hélène. Elle hésita. Vous aidez des gens. Et... c'est tout?

— Ça n'est pas tout.

— Ah! Toi aussi tu as changé, dit-elle.

— Pas tant que ça, dit-il. Il regardait devant lui d'un air triste. Il est inquiet; il est seul... je n'ai pas su l'aimer, pensa Hélène. Elle pensa : « Il n'est pas trop tard. Je l'aimerai toujours. » Elle se leva.

— Tu me feras signe dès que tu pourras m'utiliser.

— Dans deux ou trois jours. Il la regarda; il sourit : Je suis si content de t'avoir revue, dit-il.

Hélène passa sa langue sur ses lèvres; elle avait peur de se mettre à pleurer.

— Tu sais, j'ai compris, dit-elle. Je n'aurais pas dû faire ce que j'ai fait. Je... J'ai été infecte.

— Oh! j'ai été coupable aussi, dit Jean.

Ils se regardèrent un moment, silencieux, indécis.

— Au revoir, dit-elle. Je voudrais que tu ne me détestes plus. Elle ouvrit la porte et descendit l'escalier sans attendre sa réponse.

Hélène poussa la porte-fenêtre. Le gravier crissa sous ses pieds. La nuit était chaude; une odeur fraîche de verdure montait vers le ciel noir. Elle s'assit sur le petit banc de bois, contre le mur. « Après tout, il n'est jamais rien arrivé », pensa-t-elle. Au fond de la vallée, un train siffla; il roulait, tous rideaux baissés, invisible. « Il ne faut pas penser ainsi. Chaque fois ça peut arriver. » Elle cueillit une feuille de laurier et la froissa entre ses doigts. « Je n'ai plus peur. » Elle se sentait légère et comblée comme aux plus beaux soirs de son enfance, quand elle reposait dans les bras d'un Dieu paternel.

Être mort : on n'*est* jamais mort. Il n'y a plus personne pour être mort. Je suis vivante. Je serai toujours vivante. Elle sentait sa vie qui battait dans sa poitrine et cet instant était éternel.

— Hélène!

La lueur rouge d'une cigarette trouait l'obscurité. Elle reconnut Jean.

— Hélène, je t'en prie, dit-il. N'y va pas ce soir!

— C'est inutile, dit-elle. J'irai.

— Quand le coup est manqué, on ne doit jamais recommencer. On peut vous avoir remarquées sur la route. Attends quelques jours.

— Ils n'attendront pas. Demain ils peuvent l'emmener dans un autre camp. Il n'y a pas de temps à perdre.

Jean s'assit à côté d'elle :

— Si ce n'était pas Paul, le ferais-tu?

— C'est Paul.

— Paul n'est rien pour Denise.

— Elle est d'accord. Nous faisons équipe. Elle réfléchit : Mais je vais te proposer quelque chose : pour cette fois, j'irai seule.

— Non. Le moindre accident, si tu es seule, tu es perdue. Il écrasa sa cigarette sous son talon : Je t'accompagnerai.

— Toi? tu ne dois participer à aucune expédition; c'est une règle absolue.

— Je sais, dit Jean. J'envoie des gens se faire tuer, et je ne partage même pas leur sort.

— Si tu le partageais, ça ne changerait rien, dit-elle.

Il y eut un silence.

— Tu seras en danger, et je ne serai pas près de toi : je ne peux pas supporter ça, dit-il.

— Tu seras près de moi, dit-elle. La distance n'y fait rien : tu es toujours près de moi.

Il mit un bras autour de ses épaules et elle appuya sa joue contre la sienne :

— Tu as raison, dit-il. Maintenant, rien ne nous séparera, jamais.

— Tu sais, dit Hélène. Les premières fois, j'avais peur; mais je suis si heureuse que je ne peux plus avoir peur.

— Mon cher amour, dit-il.

A l'autre bout du jardin, une voix appela :

— Hélène!

Hélène se leva :

— A demain. Téléphone à Lamy qu'il peut donner le signal. Nous serons là dans une heure.

— Prends bien soin de toi, dit Jean. Et reviens vite. Il la prit dans ses bras : Reviens-moi.

Il la lâcha et elle s'élança vers le garage.

— Voilà. Je suis prête, dit-elle.

Denise abaissa le capot de la camionnette où s'entassaient des ballots de linge sale. Un fichu cachait ses cheveux :

— Tout est en ordre, dit-elle.

Hélène noua un foulard sous son menton :

— Vous avez le costume? les papiers?

— J'ai tout ce qu'il faut.

Elles montèrent dans la voiture. Hélène prit le volant.

— Jean ne voulait pas que nous partions. Il dit que c'est imprudent.

— Il me l'a dit. Mais Paul compte sûrement sur nous. Et bientôt les nuits seront moins noires.

Hélène débraya. Là-bas, tapi derrière une baraque, Paul écoutait dans le silence. Lamy avait enfourché sa bicyclette, il passait devant le camp en chantant. Jean descendait vers la gare : elle ne l'avait pas quitté. Maintenant, elle n'était plus jamais seule, plus jamais inutile et perdue sous le ciel vide. Elle existait avec lui, avec Marcel, avec Madeleine, Laurent, Yvonne, avec tous les inconnus qui dormaient dans les baraques de bois et qui n'avaient jamais entendu son nom, avec tous ceux qui souhaitaient un autre lendemain, avec ceux mêmes qui ne savaient rien souhaiter. La coquille s'était brisée : elle existait pour quelque chose, pour quelqu'un. La terre entière était une présence fraternelle.

— Quelle belle nuit! dit-elle.

XIII

Un rai de lumière filtre à travers les persiennes. Cinq heures. Les premières portes s'ouvrent. Le médecin, la sage-femme accourent au chevet du malade et de l'accouchée. Les dancings clandestins se vident dans les rues désertes. Autour des gares quelques cafés s'allument. *On les adosse au mur.* Il plongea la main dans sa poche. Dur et froid. Un jouet. « On ne croirait pas que ça puisse tuer. » Ça tue. Il s'approcha du lit. Elle ne passera pas la nuit. Et la nuit est presque passée. Serai-je encore là pour dire : je l'ai tuée? pour dire : il faut tuer encore? Cette voix... C'est pour moi qu'elle parle; c'est pour moi qu'elle doit se taire. Qu'importe que pour eux mon silence soit encore une voix? Rien ne me sauvera. Mais je peux m'endormir, m'engloutir dans ces eaux coupables. L'angoisse tire et déchire; elle m'arrache à moi-même. Que cet arrachement s'achève...

— Jean.

Il se retourna. Elle avait ouvert les yeux. Elle le regardait.

— Paul est venu?

— Oui. Il est ici. Tout va bien.

— Ah! je suis contente, dit-elle. La voix était faible, mais distincte. Il s'assit au bord du lit.

— Comment te sens-tu?

— Je suis bien. Elle prit sa main entre les siennes : Tu sais, ne sois pas triste. Ça ne m'ennuie pas de mourir.

— Tu ne vas pas mourir.

— Tu crois?

Elle le regarda; le même regard qu'autrefois, soupçonneux, exigeant.

— Qu'a dit le médecin?

Cette fois, il ne pouvait pas hésiter; il ne doutait pas : malgré la sueur sur ses tempes et sa voix haletante, ce n'était pas là un pauvre objet de chair; un regard, une liberté; ses derniers instants n'appartenaient qu'à elle.

— Il n'a pas laissé beaucoup d'espoir.

— Ah! dit-elle. Il me semblait bien. Elle resta un instant silencieuse : Ça ne m'ennuie pas, répéta-t-elle.

Il se pencha, effleura de ses lèvres la joue mauve.

— Hélène, tu sais que je t'aime.

— Oui, maintenant, tu m'aimes, dit-elle. Elle serra sa main. Je suis heureuse que tu sois là; tu penseras à moi.

— Mon seul amour, dit-il. Tu es là. Et c'est par ma faute.

— Où est la faute? dit-elle. C'est moi qui ai voulu aller.

— Mais j'aurais pu te le défendre.

Elle sourit : Tu n'avais pas le droit de décider pour moi.

Les mêmes mots. Il la regarda. C'est bien elle. Elle disait : c'est à moi de décider. Ces cheveux ternes étincelaient, ces joues creuses brillaient de vie; c'était elle. La même liberté. N'ai-je donc trahi personne? est-ce donc bien à toi que j'ai parlé, à toi unique dans la vérité unique de ta vie? dans ce souffle haletant, dans ces paupières bleues, est-ce que tu reconnais encore ta volonté?

— C'est ce que tu disais autrefois; je t'ai laissée choisir; mais est-ce que tu savais ce que tu choisissais?

— Je te choisissais. Je ferais encore le même choix. Elle secoua la tête. Je ne voudrais pas avoir eu une autre vie.

Il n'osait pas encore croire à ces mots qu'il entendait; mais l'étau autour de son cœur se desserrait; un espoir se levait dans la nuit.

— Tu n'avais pas choisi de me rencontrer, dit-il. Tu as buté contre moi comme on bute sur une pierre. Et maintenant...

— Maintenant, dit-elle. Mais qu'y a-t-il à regretter? est-ce que j'avais tant besoin de vieillir?

Les mots franchissaient avec peine ses lèvres. Mais son regard guettait. Vivante, présente. Il semblait soudain que le temps n'avait plus d'importance, tout ce temps où elle ne serait plus, puisqu'en cette minute elle existait, libre, sans limite.

— C'est vrai que tu ne regrettes rien? dit-il.

— Non. Pourquoi?

— Pourquoi? répéta-t-il.

— N'aie surtout pas de remords, dit-elle.

— J'essaierai.

— Il ne faut pas en avoir. Elle sourit faiblement. J'ai fait ce que j'ai voulu. Tu étais tout juste une pierre. Des pierres, il en faut pour faire des routes, sans ça comment pourrait-on se choisir un chemin?

— Si c'était vrai, dit-il.

— Mais c'est vrai, j'en suis sûre. Qu'est-ce que j'aurais été s'il ne m'était rien arrivé?

— Ah! je voudrais te croire, dit-il.

— Qui croirais-tu?

— Quand je te regarde, je te crois, dit-il.

— Regarde-moi. Elle ferma les yeux. Je vais dormir encore un peu. Je suis fatiguée.

Il la regardait. « *C'est bien!* » Peut-être Paul avait-il eu raison de dire « c'est bien ». Elle respirait doucement et il la regardait. Il lui semblait qu'il n'aurait pas su lui inventer une autre mort, une autre vie. Je te crois, je dois te croire. Aucun mal ne t'est venu par moi. Sous tes pieds je n'ai été qu'une pierre innocente. Innocent comme la pierre, comme ce morceau d'acier qui a déchiré ton poumon. Il ne t'a pas tuée; ce n'est pas moi qui t'ai tuée, mon cher amour.

— Hélène!

Il étouffa un cri. Les veines sont gonflées et la bouche entr'ouverte. Elle dort; elle a oublié qu'elle allait mourir. Tout à l'heure, elle savait; maintenant, elle est en train de mourir, et elle ne sait plus. Ne dors pas, réveille-toi. Il se pencha. Il aurait voulu la prendre aux épaules, la secouer, la supplier; en soufflant de toutes ses forces sur une flamme vacillante, on arrive à la ranimer. Mais de ma bouche à sa vie, il n'y a pas de passage; elle seule pourrait se faire rejaillir vers la lumière. Hélène! elle a encore un nom : ne peut-on déjà plus l'appeler? Le souffle remonte avec effort des poumons aux lèvres, il descend en grinçant des lèvres aux poumons, la vie halète et peine, et cependant elle est encore entière, elle restera entière jusqu'au dernier instant; ne veux-tu pas l'employer à autre chose qu'à mourir? Chaque battement de son cœur la rapproche de sa mort. Arrête. Son cœur continue à battre, inexorablement; quand il ne battra plus, elle sera morte déjà, ce sera trop tard. Arrête-toi tout de suite, arrête-toi de mourir.

Elle ouvrit les yeux; il la prit dans ses bras. Ces yeux ouverts ne voyaient plus. Hélène! elle n'entendait plus. Quelque chose demeure qui n'est pas encore absent à soi-même, mais déjà absent de la terre, absent de moi. Ces yeux sont encore un regard, un regard figé qui n'est plus regard de rien. Le souffle s'arrête. Elle a dit : je suis heureuse que tu sois là; mais je ne suis pas là; je sais que quelque chose se passe, mais je ne peux pas y assister; cela ne se passe ni ici, ni ailleurs : par delà toute présence. Elle respire encore une fois; les yeux se voilent; le monde se détache d'elle, il s'effondre; et cependant elle ne glisse pas hors du monde; c'est au sein du monde qu'elle devient cette morte que je tiens dans mes bras. Un rictus tire le coin de ses lèvres. Il n'y a plus de regard. Il abaissa les paupières sur les yeux inertes. Cher visage, cher corps. C'était ton front, c'étaient tes lèvres. Tu m'as quitté : mais je peux encore chérir ton absence; elle garde ta figure; elle est là, présente dans cette forme immobile. Reste; reste avec moi...

Il releva la tête. Il avait dû rester longtemps, le front posé contre ce cœur silencieux. Cette chair qui a été toi. Il regarda avec angoisse le visage figé. Il était demeuré tout pareil à lui-même, mais déjà, ce n'était plus elle. Une dépouille. Une effigie. Plus personne. Voilà que son absence a perdu ses contours, voilà qu'elle a fini de glisser hors du monde. Et le monde est aussi plein qu'hier; il ne lui manque rien. Pas une faille. Cela ne semble pas possible. Comme si sur la terre elle avait été rien.

Comme si j'étais rien. Rien et toutes choses; présent à tous les hommes à travers le monde tout entier, et séparé d'eux à jamais; coupable et innocent comme le caillou sur la route. Si lourd et sans aucun poids.

Il tressaillit. Quelqu'un frappait. Il marcha vers la porte.

— Qu'est-ce que c'est?

— Il me faut ta réponse, dit Laurent. Il fit un pas et regarda le lit.

— Oui, dit Blomart. C'est fini.

— Elle n'a pas souffert?

— Non.

Il regarda la fenêtre. Le jour était né. Les minutes appelaient les minutes, se chassant, se poussant l'une l'autre, sans fin. Avance. Décide. A nouveau le glas sonne, il sonnera jusqu'à ma mort.

— La machine peut être posée d'ici une heure, dit Laurent. Es-tu d'accord ou non?

Il regarda le lit. Pour toi, rien qu'une pierre innocente : tu avais choisi. Ceux qu'on fusillera demain n'ont pas choisi; je suis le roc qui les écrase; je n'échapperai pas à la malédiction : à jamais je resterai pour eux un autre, à jamais je serai pour eux la force aveugle de la fatalité, à jamais séparé d'eux. Mais que seulement je m'emploie à défendre ce bien suprême qui rend innocents et vains toutes les pierres et tous les rocs, ce bien qui sauve chaque homme de tous les autres et de moi-même : la liberté; alors, ma passion n'aura pas été inutile. Tu ne m'as pas donné la paix; mais pourquoi voudrais-je la paix? tu m'as donné le courage d'accepter à jamais le risque et l'angoisse, de supporter mes crimes et le remords qui me déchirera sans fin. Il n'y a pas d'autre route.

— Tu n'es pas d'accord? dit Laurent.

— Si, dit-il, je suis d'accord.

LA LONGUE MARCHE, *essai sur la Chine* (1957).

MÉMOIRES D'UNE JEUNE FILLE RANGÉE (1958).

LA FORCE DE L'ÂGE (1960).

LA FORCE DES CHOSES (1963).

LA VIEILLESSE (1970).

TOUT COMPTE FAIT (1972).

LES ÉCRITS DE SIMONE DE BEAUVOIR (1979), par Claude Francis et Fernande Gontier.

LA CÉRÉMONIE DES ADIEUX suivi de ENTRETIENS AVEC JEAN-PAUL SARTRE, août-septembre 1974 (1981).

Témoignage

DJAMILA BOUPACHA (1962), en collaboration avec Gisèle Halimi.

Scénario

SIMONE DE BEAUVOIR (1979), un film de Josée Dayan et Malka Ribowska, réalisé par Josée Dayan.

Ouvrage reproduit
par procédé photomécanique.
Impression S.E.P.C.
à Saint-Amand (Cher), 15 mars 1984.
1ᵉʳ dépôt légal : août 1945.
Dépôt légal : mars 1984.
Numéro d'imprimeur : 383.

ISBN 2-07-028023-3. / Imprimé en France.

33194